日本の古典をよむ 14

方丈記・徒然草
歎異抄

神田秀夫・永積安明・安良岡康作［校訂・訳］

小学館

写本をよむ

大福光寺《だいふくこうじ》本 方丈記

巻末識語《しきご》に「右一巻者鴨長明自筆也」とある最古の『方丈記』写本。自筆かどうかは説が分れる。当時の古体の片仮名を残す。　大福光寺蔵

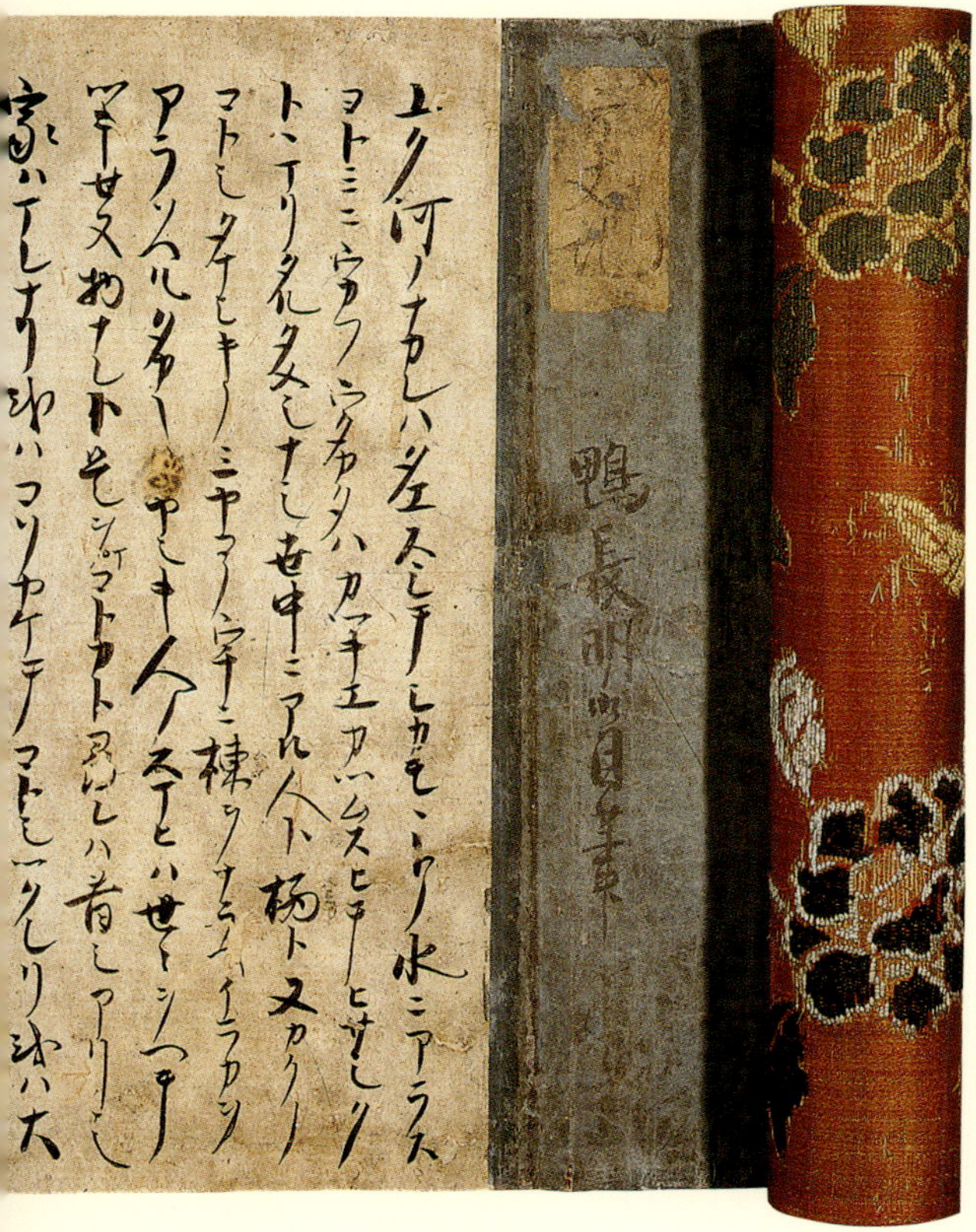

上は冒頭部。一～二行目の翻刻を記す。

ユク河ノナガレハタエズシテ、シカモ、（モ）トノ水ニアラズ。ヨドミニウカブウタカタハ、カツキエ、カツムスビテヒサシク……。（本文一六頁参照）

書をよむ

親鸞の書

石川《いしかわ》九楊《きゅうよう》

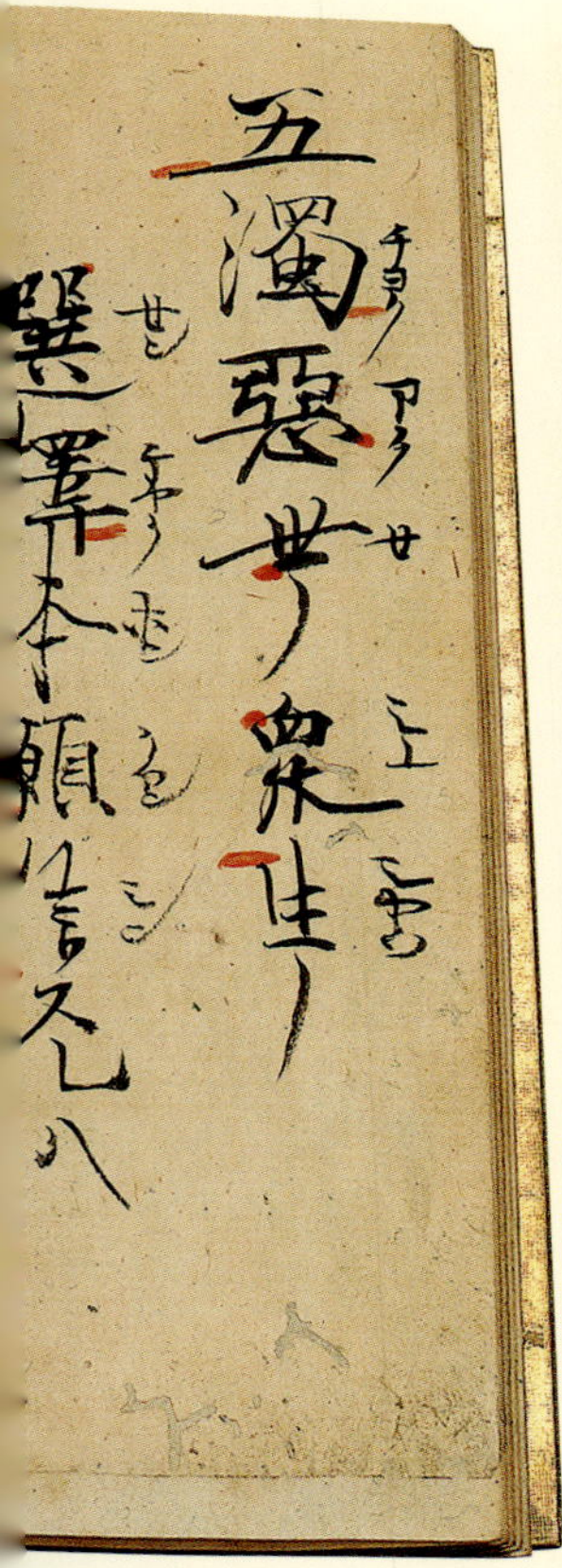

日本の書の歴史上、誰が書いても類的な顔立ちの古典時代を終えて、個性的な姿を見せ始めるのはどのころだろうかと考えると、親鸞《しんらん》、道元《どうげん》、日蓮《にちれん》の、いわゆる鎌倉新仏教の僧の書が思い出される。

先の尖《とが》った圭利《けいり》な起筆を見せる、道元の『普《ふ》勧坐《かんざ》禅儀《ぜんぎ》』の、いわば「知の書」とでも称《よ》ぶべきたたずまい。超高速度で回転する筆蝕《ひっしょく》の日蓮の『神国王御書《しんこくおうごしょ》』の「熱の書・狂の書」。そして、行間も字間もなきがごとくに文字が書きこまれ、学問の際限のなさを暗喩《あんゆ》するがごとき親鸞の『観無量寿経註《かんむりょうじゅきょうちゅう》』(次頁2)の書きぶり。そこには、三者三様の書の世界が広がっている。その歴史的転換の理由を、歴史家は「武士の登場」と総括するのだろうが、一三世紀・日本史上の精神の風景が一変したことは間違いない。

そこで、親鸞の『正像末和讃《しょうぞうまつわさん》』(1)の書を読み解いてみる。多くの人は、「上手《うま》いのか、下手《へた》なのか」と頭を抱えるのだろうが、この書は畏《おそ》るべき書である。おそらくは、先に向かって長く尖った穂(筆毫《ひつごう》)の筆で書かれたであろうが、全体的基調としては、細いながらも、強靭《きょうじん》な弾力をもって紙に深く「キリキリ」と螺旋《らせん》状に食い込む筆蝕を見せている。書を見てい

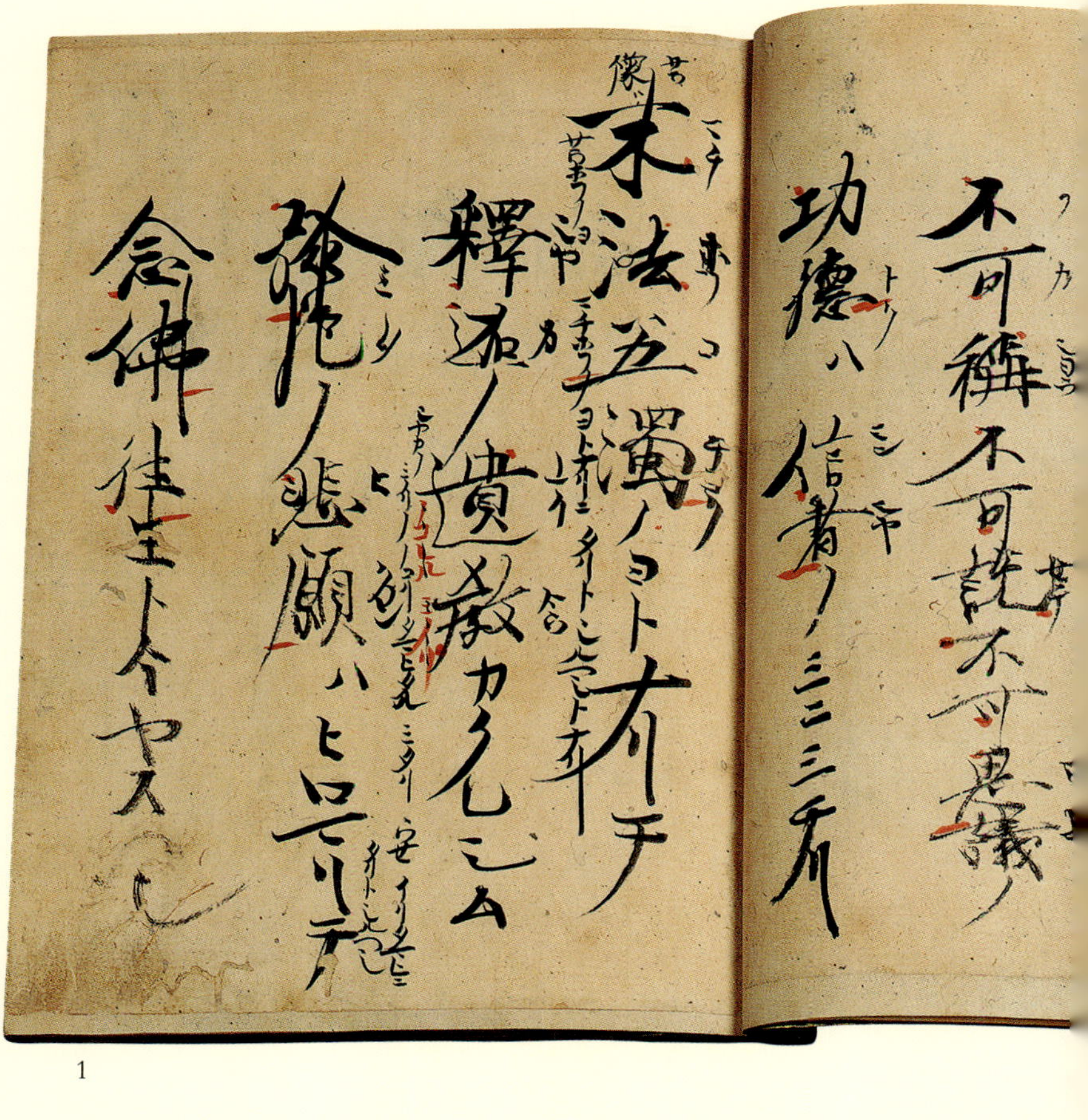

1

1 —— 親鸞筆『正像末和讃』

部分・国宝・専修寺蔵

和讃は七五調風の仏教賛歌。浄土真宗の開祖・親鸞は五百首余を作り、教えを民衆に流布した。これは親鸞 85 歳頃の作。『浄土和讃』『浄土高僧和讃』とあわせて「三帖和讃」と呼ばれる。四句一章の連作で、右訓、左訓、四声点が施される。

ると、人はその、文字が書かれることによって、紙の姿を次々と変貌《へんぼう》させていく、筆尖《ひっせん》と紙との力のやりとりの劇(筆蝕)に感情移入するのであろうか、胸に突き刺さる痛ささえ感じとることになる。

この一枚の書の圧巻は、「釈迦ノ」の、起筆から直線的とでも思えるほど一気に、かつ一瞬のゆるみもなく払われた「ノ」の字にある。これは『歎異抄《たんにしよう》』の「善人《ぜんにん》なほもつて、往生《わうじやう》を遂《と》ぐ。況《いは》んや、悪人《あくにん》をや」(二四八頁)と善悪を逆転した逆説的断言のように断《だん》乎《こ》たる書きぶりである。「五・悪・世・可・説・思・議・末・ナ・遺・マ」の横画は遠く左側から長く引かれ、また「ノ・願・不・功・信・ナ・テ・ク」の左はらい画は長く鋭く左へはらわれている。自信と確信に裏づけられて横画や左はらい画は鋭く伸び、左側の余白に向けて切り込んでいるのである。

唯円《ゆいえん》が記録した親鸞の『歎異抄』の圧巻はむろん、前述の断乎たる逆説。だが、もうひとつの魅力は、その逆説の構造を自ら明らかにすべく論理を旋回してみせるところにある。「例《たと》へば、人、千人《せんにん》殺してんや。しからば、往生は一定《いちぢやう》すべし」(二七七頁)の場面——「私・親鸞の言うことをあなた(唯円)は信じるか」「もちろんです」「では、千人殺しなさい。そうすれば往生間違いない」——「ノ」の字のように親鸞は唯円に迫る。「滅相もありません、私にはとてもそんなことはできません」と唯円は後ずさりする。親鸞は「たったいま私の言うことに背かないと言ったのに」と再詰問《さいきつもん》する。

和讃の書に戻る。「ノ」字に見られた遠心力は同時に強く大きな求心力をもっていて、「信・陀」字では、扁《へん》を書き終えるや否や、鋭い筆尖は即座に旁《つくり》へと旋回する。そして「衆・本・末・弥・念」字の右はらい(磔)は、左はらいとは一転して、女手《おんなで》(平仮名)の書きぶりのしのびこんだ和様《わよう》の、ひきずるような鈍いはらいの姿を見せる。再び『歎異抄』に戻れば、「わかっただろう。そうならざるやむをえない必然がなければたったひとりも殺せない、だが、その逆な

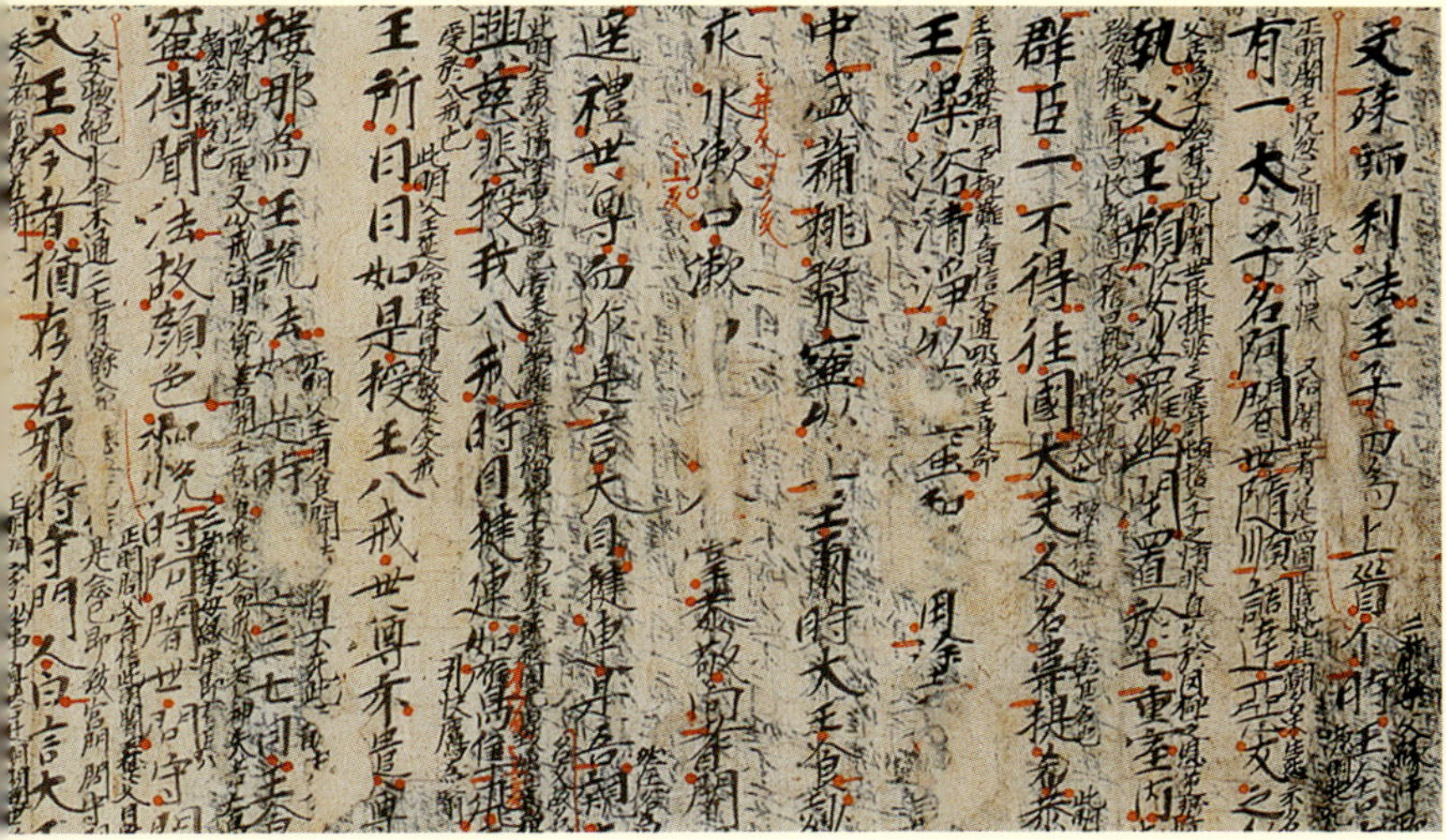

2

2——親鸞筆『観無量寿経註』
部分・国宝・本願寺蔵
経文に句切り点・送り仮名・返り点・四声点を加え、行間や天地、紙背にまで註を書き込んだもの。法然門下時代の若き親鸞の研鑽をつたえる。

らば百人、千人を殺すこともあるのだよ」と、嚙《か》んで含めるように、唯円を諭すのである。

私はこの鋭く問い、翻って愛情に満ちて諭す場面《シーン》が好きである。深読みと誤解されるかもしれないが、象徴的に言えば、この「和讃」の文字の書きぶりは、左側は鋭い刃で問い、右側は愛と赦《ゆる》しに満ちた手で諭している姿である。そして、もしも右はらいの先までも鋭く尖っていたら、あまりにも痛々しく、救われようがないことだろう。

日本史の場景についてつけ加えれば、仏典等とともにあった高等言語は、漢字片仮名交《まじ》り文の和讃などを通じて、民衆のもとにまで届けられ、民衆の「文装」が可能になった。最後に、漢字の省画から片仮名が生まれたが、それを証《あか》すかのように、片仮名「レ」は「礼」の、「ハ」は「八」の、「ケ」は「介」、「テ」は「天」、「マ」は「末」の姿をとどめ、さらに「テリ」や「ナリ」は一字化せんとする姿を見せていることについても指摘しておこう。

（書家）

美をよむ

隠逸の造形

島尾《しまお》 新《あらた》

「隠逸《いんいつ》の文学」は日本ではジャンルとして確立はしなかった、というのは言い過ぎだろうか。確かに慶《よし》滋保胤《しげのやすたね》の『池亭記《ちていき》』から鴨長明《かものちょうめい》の『方丈記』と西行《さいぎょう》の歌、そして兼好《けんこう》法師の『徒然草《つれづれぐさ》』へという珠玉の語りの流れはある。しかしそれらは「点と点」、大きなうねりという感じはしない。

　そのもとには、日本における隠逸のあり方があるだろう。中国の隠逸思想は、政治的混乱からの逃避や、理念の合わぬ君主に仕えぬ潔癖な態度から、老荘の思想を背景に無為を楽しむ、より積極的な価値観となってゆく。まさしく乱世を遁《のが》れた漢代の逸民《いつみん》から、官を辞し田園に帰った陶淵明《とうえんめい》、失脚して山水を謳《うた》った謝霊運《しゃれいうん》の毀誉褒貶《きよほうへん》などを経て、北宋時代、西湖《せいこ》の孤山《こざん》に隠《こも》った林和靖《りんなせい》の頃《ころ》ともなれば、世から隠れなくとも俗塵《ぞくじん》を離れた隠逸と山水を謳歌《おうか》するのは当然のこととなっていた。その林和靖は、権力者からの出馬要請はなくとも、詩文というメディアによって、強烈な存在感を主張してもいた。隠者と隠者文学とは、社会的な制度として認定されていたのである。そして彼らはあくまでも俗人だった。

　これに対して、日本の隠逸には仏教が大きく影を落としている。「出家遁世《しゅつけとんせい》」と連称されるように、世を逃れることは出家することと深く結びついていた。慶滋保胤が、『往生要集《おうじょうようしゅう》』で知られる源信《げんしん》とともに念仏の結社を組織したことはよく知られているし、西行も出家して歌の道に邁進《まいしん》した人。「鈴鹿《すずか》山《やま》、うき世をよそにふりすてて」の漂白のイメージも、行雲流水の如く諸国を遍歴する僧の姿である。建礼門院《けんれいもんいん》の大原での侘《わ》び住まいは、あくまでも都の雅《みやび》からの脱落。「侘び」の美学は見いだせようが、いかに強がりではあっても、山里住みを謳歌する隠逸とは言い

1 ──「山水屏風」に描かれた隠士

部分・11世紀後半・国宝・京都国立博物館蔵
平安時代の屏風絵唯一の遺品。中国の風俗を描いた唐絵の屏風である。草庵で貴人を迎える老隠士は、唐代の詩人・白楽天ともいわれる。

難《がた》い。鴨長明や兼好は、いわば例外的な人なのだが、しかし出家のシステムから自由なわけではなかった。

それに歩を合わせるように、隠逸の造形も多くはない。平安時代にも竹林《ちくりん》の七賢《しちけん》を描いた絵の記録などがないことはないが、『和漢朗詠集《わかんろうえいしゅう》』にも「仙家《せんか》」の付《つけたり》として「道士《どうし》隠倫《いんりん》」が出てくるくらい、とても主要なジャンルとはいい難い。この時代の「漢」が倣《なら》ったのが「中隠《ちゅういん》にしくはなし」と称して市井《しせい》にあった白楽天《はくらくてん》だったのだから当然なのかも知れないが。いまに遺《のこ》るのは、その白楽天の姿を描いたともいわれる東寺旧蔵の「山水屏風《せんずいびょうぶ》」（1）くらいだろうか。西行の事績を描いた「西行物語絵巻」にしても、テーマはやはり歌人としての彼だろう。隠者らしい姿を見いだそうとすると、どうしても空也上人《くうやしょうにん》のような「聖《ひじり》」ということになってしまう。

2

2——「江天遠意図」の風景
部分・15世紀・重文・根津美術館蔵
書斎図に典型的な景観を描き出している。

結局のところ、中国風の隠逸のイメージが一般化するのは室町時代を待たねばならない。この時代には、禅僧という「出家者」の上に「文人」が重ね合わされた。その隠逸の地が表現されたのが、詩画軸の書斎図である。「江天遠意図《こうてんえんいず》」（2）では、清らかな水辺に建つ松竹に抱かれた茅屋、傍《かたわ》らには小舟が繋《つな》がれ、遠く青山《せいざん》が望まれる。しかしそれは理想化された中国の風景で、日本に生きる日本の隠者を描き出してはいないのだ。

（美術史家）

方丈記
徒然草
歎異抄

装丁　川上成夫
装画　松尾たいこ
本文デザイン　川上成夫・千葉いずみ
解説執筆・協力　平野多恵（十文字学園女子大学短期大学部）
コラム執筆　佐々木和歌子
編集　土肥元子・師岡昭廣
編集協力　松本堯・戸矢晃一・兼古和昌・原八千代
校正　中島万紀・小学館クォリティーセンター
写真提供　内藤貞保・賀茂別雷神社・西念寺
小学館写真資料室

はじめに――中世人の希求

平安末期から鎌倉・南北朝期、長明《ちょうめい》・親鸞《しんらん》・兼好《けんこう》が生きたのは動乱の中世でした。『方丈記《ほうじょうき》』の作者、鴨長明《かものちょうめい》が生まれた頃《ころ》、保元《ほうげん》の乱（一一五六）が勃発《ぼっぱつ》、崇徳《すとく》院と後《ご》白河《しらかわ》天皇の皇位継承争いに武士の勢力争いがからみ、動乱の時代が始まりました。三年後には後白河院の寵臣《ちょうしん》同士の争いから平治《へいじ》の乱が起こります。以後、ここで活躍した平清盛《きよもり》が政権の中心となりますが、平家への不満が次第に高まり、源平《げんぺい》の戦いの火蓋《ひぶた》が切られました。

うち続く戦乱の合間に天変地異が都を襲いました。平家全盛期の安元《あんげん》三年（一一七七）、都が大火に包まれ、源頼朝《よりとも》が平家打倒のため挙兵した治承《じしょう》四年（一一八〇）には辻風《つじかぜ》が吹き荒れています。翌年からは大飢饉《だいききん》が続き、無数の死体が町に溢《あふ》れました。さらに平家が滅亡した元暦《げんりやく》二年（一一八五）、大地震で都が壊滅状態に陥ります。血で血を洗う合戦に、天災が次々と重なり、人々の心は不安に満ちていました。大災害を身をもって経験した長明はその様子を『方丈記』に詳しく記し、一切を吹き飛ばすという地獄の業風《ごうふう》も治承の辻風ほどではあるまいと述べています。当時の都は地獄のように悲惨な有り様でした。

承安《しようあん》三年(一一七三)に生まれた親鸞は、このような環境で幼少期を過ごしています。そしてこの頃、後に親鸞の師となった法然《ほうねん》が比叡山《ひえいざん》を下り、南無阿弥陀仏《なむあみだぶつ》をとなえれば極楽に往生できるという念仏の教えを人々に説きはじめました。時は末法、仏教の正しい教えが廃《すた》れて人心も荒《すさ》むと考えられた時代です。救いのないこの世を諦め、来世の往生を人々が願ったのも当然のことでした。希望の見えないこの世の中で、人々は信じられるものを求めました。法然の念仏の教えは、苦しむ人々を救おうとする阿弥陀仏の本願に基づいており、仏を信じきって念仏をとなえれば、おのずから救われるというものでした。法然も親鸞も念仏を信じ、『歎異抄《たんにしよう》』には「煩悩具足《ぼんのうぐそく》の凡夫《ぼんぶ》、火宅無常《くわたくむじよう》の世界は、万《よろづ》の言《こと》、皆以《みなもつ》て、虚言《そらごと》・戯言《たはこと》、実《まこと》ある言《こと》なきに、ただ、念仏のみぞ実《まこと》にておはします」という親鸞の言葉が引かれています。

このような親鸞とは対照的に、『方丈記』は、長明が草庵生活への自らの執着心にとまどい、念仏を二、三度となえたところで終わっています。長明は浄土に心を寄せながら、仏を信じきることができなかったのです。しかし転変の世を生きた彼は、命を水に浮かぶ泡《あわ》にたとえ、すべては変化し続けるという仏教的な無常の理《ことわり》に、この世の真実を見出《みいだ》しました。無常を見つめたのは『徒然草』の作者・兼好も同じです。

兼好が生まれたのは弘安《こうあん》六年(一二八三)頃、源頼朝の開いた鎌倉幕府の基盤が蒙古《もうこ》襲来を契機に揺らぎはじめた時期でした。折しも朝廷では、天皇の系統が持明院《じみょういん》統と大覚寺《だいかくじ》統に分かれ、皇位継承をめぐって対立していました。そのような中で後醍醐《ごだいご》天皇は政権奪回を目指して挙兵し、元弘《げんこう》三年（一三三三）、幕府が滅びます。大覚寺統の後醍醐天皇がはじめた建武《けんむ》の新政《しんせい》はたちまちに破綻《はたん》、味方であった足利尊氏《たかうじ》は後醍醐天皇に反旗を翻し、持明院統の光明《こうみょう》天皇を擁立しました。以後、朝廷は大覚寺統の南朝と持明院統の北朝に分裂し、明徳《めいとく》三年（一三九二）の南北朝合一まで、各地で争いが繰り返されました。

兼好の人生の大半は、この南北朝の動乱期に重なっています。兼好は「無常の来《きた》る事は、水火《すいくわ》の攻むるよりも速《すみや》かに、遁《のが》れがたきもの」（『徒然草』第五九段）として、避けられない人間の死を「無常」と捉えて出家を重要視し、やがて消え去る無常の人生を厳しく見つめました。また、「折節《をりふし》のうつりかはるこそ、ものごとにあはれなれ」（同第一九段）と述べ、移ろいゆく季節のなかに無常の美を見出しています。

長明・親鸞・兼好。彼らは貴族階級に生まれながら、各々の事情で出家し、世俗を捨てて遁世者となりました。かつて属した貴族社会が衰えゆく動乱の時代に、揺るがない真実を求め、人生の本質を見据えようとした点で、三人は共通します。これは、時代的な希求でもありました。『方丈記』『歎異抄』『徒然草』は、中世の人々が見つめた真実をそれぞれに映し出しています。

（平野多恵）

目次

徒然草

歎異抄

凡例

◎本書は、新編日本古典文学全集第四四巻『方丈記・徒然草・正法眼蔵随聞記・歎異抄』（小学館刊）の中から、『方丈記』『徒然草』『歎異抄』の現代語訳と原文を掲載したものである。『方丈記』については現代語訳と原文の全文を、『徒然草』については序を含め全二四四段より著名な章段・七八段を選び出し、その現代語訳と原文を、『歎異抄』については最後の「流罪記録」と「奥書」を除いた現代語訳と原文を掲載した。
◎本文は、現代語訳を先に、原文を後に掲出した。
◎『方丈記』については、編集部で便宜的な見出しを付した。『徒然草』については、原文の冒頭部を各章段の見出しとし、新編日本古典文学全集『徒然草』の当該段数を付した。『歎異抄』については、一八の章に分けて便宜的な見出しを付し、その全体を三部にまとめた。
◎現代語訳でわかりにくい部分には、（ ）内に注を入れて簡略に解説した。
◎『徒然草』で、掲載した章段中の一部を、中略あるいは後略した場合は、原文の省略箇所に（略）と記した。
◎本文中に文学紀行コラム「方丈記の風景」「徒然草の風景」「親鸞の風景」を設けた。
◎巻頭の「はじめに――中世人の希求」、各作品の「あらすじ」、巻末の「解説」は、平野多恵（十文字学園女子大学短期大学部）の書き下ろしによる。

方丈記

神田秀夫［校訂・訳］

方丈記

あらすじ

「ゆく河の流れは絶えずして、しかももとの水にあらず」で始まる『方丈記《ほうじょうき》』冒頭の一節は、あまりにも有名である。鴨長明《かものちょうめい》は、人の世の無常という主題を、たえず流れゆく河の水や朝顔のはかない露に喩《たと》えて『方丈記』を書きはじめた。

前半では、不安で移ろいやすい世の実例として、かつて都で暮らしたときに自ら体験した五つの大災害が回想される。平安京の三分の一が焼失した安元《あんげん》三年（一一七七）の大火、竜巻で多くの家が吹き飛ばされた治承《じしょう》四年（一一八〇）の辻風《つじかぜ》、同年六月頃《ごろ》の平清盛《きよもり》による慌ただしい福原遷都《ふくはらせんと》と同年十二月の京への還都《かんと》、干魃《かんばつ》・台風・水害が続いて引き起こされた養和《ようわ》年間（一一八一〜八二）の大飢饉《だいききん》、都を壊滅状態にした元暦《げんりやく》二年（一一八五）の大地震。都での大惨事が畳みかけるように語られ、この世の中そのものが生きにくく、はかないものだと結論づけられている。

後半に入ると、俗世を遁《のが》れた長明の草庵《そうあん》生活とそこでの思索が綴《つづ》られる。三十歳を過ぎてから祖母の家を出て庵《いおり》を結び、五十歳で出家して遁世《とんせい》、六十歳で方丈《ほうじょう》（四畳半ほど）の庵を造り、日野山《ひのやま》の奥に隠棲《いんせい》したという。極小の住まいの内部や周辺の様子、四季の情趣、日々の風雅な暮らしぶりなどが次々と語られ、都を離れているからこそ平穏でいられるとも述べて、草庵での隠遁《いんとん》生活が讃美される。

世の無常を悟り、簡素で心穏やかな草庵生活の幸せを語る長明であったが、書き進めるにつれ意識は内側に向かい、閑居《かんきょ》に執着する自らに気付く。出家修行者でありながら執着を脱しきれない自分を批判して自問するものの、最終的な答えは得られず、念仏を二、三度唱えたところで筆が置かれている。

（上）河合神社境内に復元された方丈。河合神社は下鴨神社の摂社で、糺（ただす）の森の南端に位置する。

（下）方丈の想像図。北と西は締め切りにしてみたが、季節により壁面・扉・戸は異同があったであろう。

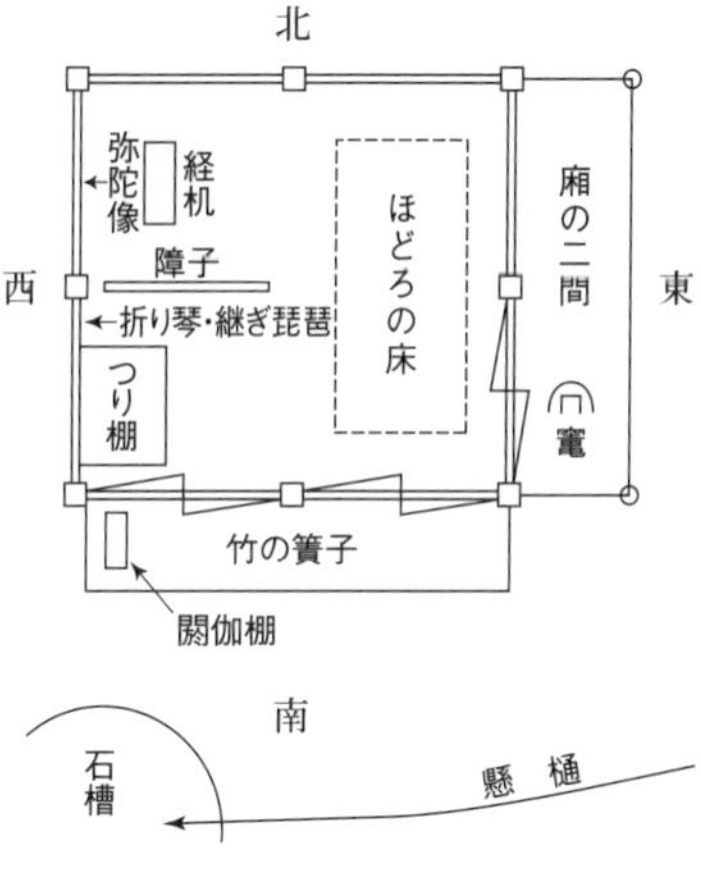

一　ゆく河の流れは絶えずして

川は涸《か》れることなく、いつも流れている。そのくせ、水はもとの水ではない。よどんだ所に浮ぶ水の泡も、あちらで消えたかと思うと、こちらにできていたりして、けっしていつまでもそのままではいない。

世間の人を見、その住居を見ても、やはりこの調子だ。壮麗な京の町に競い建っている貴賤《きせん》の住居は、永久になくならないもののようだけれども、ほんとうにそうかと一軒一軒あたってみると、昔からある家というのは稀《まれ》だ。去年焼けて今年建てたのもあれば、大きな家が没落して小さくなったのもある。

住んでいる人にしても、同じこと。所は同じ京であり、人は相変らず大勢だが、昔会ったことがある人は、二、三十人のうち、わずかに一人か二人になっている。朝死ぬ人があるかと思えば、夕方生れる子がある。まさによどみに浮ぶうたかたにそっくりだ。ああ、私は知らぬ、こうして生れたり死んだりする人がどこから来て、どこへ消えてゆくのか、を。

また、いったい、仮の宿であるこの世で、誰のためにあくせくし、どういう因縁で豪《ごう》奢《しゃ》な生活に気をとられるのか。そうして、あくせくした人も、その建てた豪奢な邸宅も、先を争うようにして変ってゆく、消えてゆく。言ってみれば、朝顔とその露に同じだ。露が先に落ちて花が残る。残って咲いているといっても朝日にあたれば枯れてしまう。花が先にしおれて、露が消えずに残っていても、それが夕方までもつわけではない。

ゆく河《かは》の流れは絶えずして、しかももとの水にあらず。よどみに浮《うか》ぶうたかたは、かつ消え、かつ結びて、久しくとどまりたるためしなし。世の中にある人と栖《すみか》と、またかくのごとし。たましきの都のうちに棟《むね》を並べ、甍《いらか》を争へる高き賤《いや》しき人の住《すま》ひは、世々を経《へ》て尽きせぬものなれど、これをまことかと尋ぬれば、昔ありし家は稀《まれ》なり。或《あるい》は去年《こぞ》焼けて、今年《ことし》作れり。或は大家《おほいへ》ほろびて小家《こいへ》となる。

住む人もこれに同じ。所も変らず、人も多かれど、いにしへ見し人は、二三十人が中にわづかにひとりふたりなり。朝《あした》に死に夕《ゆふべ》に生《うま》るるならひ、ただ水の泡《あわ》にぞ似たりける。知らず、生れ死ぬる人いづかたより来《きた》りて、いづかたへか去る。

また知らず、仮《かり》の宿り、誰《た》がためにか心を悩まし、何《なに》によりてか目を喜ばしむる。その主《あるじ》と栖《すみか》と無常を争ふさま、いはばあさがほの露《つゆ》に異ならず。或《あるい》は露落ちて、花残れり。残るといへども、朝日《あさひ》に枯れぬ。或は花しぼみて、露なほ消えず。消えずといへども、夕《ゆふべ》を待つ事なし。

二 安《あん》元《げん》の大火

私が少年となって物事がわかりはじめてから四十年あまりの月日がたつうちに、世の中というものは、こんな事も起きるものなのかと思うような、予想もしない事にぶつかることが重なった。

あれは安元三年（一一七七）の四月二十八日だった、ということにしておこう。風が強くて、すごい晩だった。戌《いぬ》の時《とき》（午後八時）ごろ、平安京の東南から火事になって、西北へ焼けていった。しまいには、朱雀門《すざくもん》（大内裏の南面中央にある正門）、大極殿《だいごくでん》（大内裏の正殿）、大学寮《だいがくりょう》（朱雀門外にある大学と事務室）、民部省《みんぶしょう》（大内裏内の戸籍・

租税などを司《つかさど》る役所）などにまで火がついて、一晩で灰になってしまった。火元は樋口《ひぐち》富《とみ》の小路《こうじ》（樋口小路と富小路の交わる所。京都市下京区）だとか聞いた。舞を舞う人を泊めた仮屋《かりや》から失火したのだという。

風の向きが変るものだから、燃え移るうちに、扇をひろげたように広がった。遠くの家では煙にむせ、近くは吹きつける風に炎が地を這《は》って、どうしようもなかった。その風が空に灰神楽《はいかぐら》を吹き上げると、それに火の粉が反射して、夜空を染める中を、焼け落ちる家の板きれだろう、風に吹きちぎられて火がついたままのものが、一町（約一〇九メートル）も二町も空を飛んでは、また燃え移る。そういう中にいる人が、普通の気持で気をたしかに持っていられようか。ある者は煙にむせて倒れてしまい、ある者は炎に目がくらんで、そのまま死んでしまう。命からがら逃げた者も、家財道具を持ち出す余裕はない。金銀珠玉の宝物も、そっくり灰にしてしまった。その被害はどんなに大きなものか、おそらくはかりしれまい。公卿《くぎょう》の家だけでも、その時は十六軒も焼けた。まして、そのほかの小さな家は数えきれはしない。全体で、平安京の三分の一に達する家屋が焼失したという。男女数十人が焼死し、馬や牛などにいたっては、どれほど死んだかもわからない。

人間のやることは、考えてみればみんな愚かなことだが、こんな危ない京の街《まち》なかに家を建てるといって、財産を使い、神経をすりへらすとは、愚かなうちでもとくに愚かなつまらない話だと申したい。

予《よ》、ものの心を知れりしより、四十《よそぢ》あまりの春秋《はるあき》を送れるあひだに、世の不思議を見る事ややたびたびになりぬ。

去安元《いにしあんげん》三年四月《うづき》廿八日かとよ、風烈《はげ》しく吹きて、静かならざりし夜、戌《いぬ》の時ばかり、都の東南《たつみ》より火出《い》で来て、西北《いぬゐ》に至る。はてには、朱雀門《すざくもん》、大極殿《だいごくでん》、大学寮《だいがくれう》、民部省《みんぶしやう》などまで移りて、一夜のうちに塵灰《ちりはひ》となりにき。火元《ほもと》は樋口富《ひぐちとみ》の小路《こうぢ》とかや。舞人《まひびと》を宿《やど》せる仮屋《かりや》より出で来たりけるとなん。

吹きまよふ風に、とかく移りゆくほどに、扇をひろげたるがごとく末広《すゑひろ》になりぬ。遠き家は煙にむせび、近きあたりはひたすら焔《ほのほ》を、地に吹きつけたり。空には灰を吹き立てたれば、火の光に映じて、あまねく紅《くれなゐ》なる中に、風に堪へず、吹き切られたる焔飛ぶがごとくして、一二町を越えつつ移りゆく。その中の人現《うつ》し心あらむや。或《あるい》は煙にむせびて倒《たふ》れ伏《ふ》し、或は焔にまぐれてたちまちに死ぬ。或は身ひとつからうじてのがるるも、資財を取り出づるに及ばず。七珍万宝《しっちんまんぼう》さながら灰燼《くわいじん》となりにき。その費《つひえ》いくそばくぞ。そのたび、公卿《くぎやう》の家十六焼けたり。ましてその外《ほか》数へ知るに及ばず。惣《すべ》て都のうち三分が一に及べりとぞ。男女《なんによ》死ぬるもの数十人、馬牛のたぐひ辺際《へんさい》を知らず。

人のいとなみ皆愚《おろ》かなるなかに、さしも危《あや》ふき京中《きやうちゆう》の家を作るとて、宝を費《つひや》し、心を悩ます事は、すぐれてあぢきなくぞ侍《はべ》る。

三 治承《じしょう》の辻風《つじかぜ》

また、治承四年（一一八〇）四月（初夏）のころだったと思うが（史実によれば四月二十九日のこと）、中御門京極《なかみかどきょうごく》（中御門大路と東京極大路の交わる所。京都市上京区）のあたりから大きな旋風が起って、六条のあたりまで吹いたことがあった。三、四町を吹きまくるうちに、その圏内に巻き込まれた家々は、大きなのも小さなのも、一つとしてこわれなかったものはない。そのままぺしゃんこに倒れたのもあり、桁《けた》や柱だけ残ったのもあり、いたずらな旋風は、門を四、五町も向こうへ吹き飛ばしたり、垣根を吹き払って隣と境目をなくしたりした。まして家の中の物が吹き上げられたのはいうまでもないことで、家財道具はみんなあれよあれよというほど空に飛び、檜皮《ひわだ》や葺板《ふきいた》（屋根を葺く板）などは、冬の枯葉が風に舞い乱れるようだった。

風が埃《ほこり》を煙のように吹き立てるので、まったく目をあけていられない。めりめりと大きな音をたてて家がこわれて飛ぶのだから、人の声など聞き取れない。経典にいう地獄の業風《ごうふう》（天地一切の物を吹き飛ばす風）というものも、これほどではあるまいと思われた。家がこわされただけでなく、こわされた家を修理しようとして、怪我《けが》をして、体が不自由になった人も無数にいた。

この旋風はやがて、南南西の方角に吹き巻いていって、多くの人を苦しめた。旋風は珍しくないが、こんなことがあっただろうか。ただ事ではない。何かよくない事が起こるという神仏のお告げではなかろうかと考えさせられたものだった。

—また、治承《ぢしよう》四年卯月《うづき》のころ、中御門《なかみかど》京極《きやうごく》のほどより、大きなる辻風《つじかぜ》おこりて、六条わたりまで吹ける事侍《はべ》りき。三四町を吹きまくるあひだに、こもれる家ども、大きなるも、小さきも、ひとつとして破れざるはなし。さながら平《ひら》に倒れたるもあり、桁柱《けたはしら》ばかり残れるもあり、門《かど》を吹き放ちて四五町がほかに置き、また垣《かき》を吹きはらひて隣《となり》とひとつになせり。いはむや、家のうちの資財、数を尽《つく》して空《そら》にあり。檜皮《ひはだ》、葺板《ふきいた》のたぐひ、冬の木《こ》の葉《は》の風に乱るるがごとし。

塵《ちり》を煙のごとく吹き立てたれば、すべて目も見えず。おびたたしく鳴りとよむほどに、もの言ふ声も聞《きこ》えず。かの地獄の業《ごふ》の風なりとも、かばかりにこそはとぞおぼゆる。家の損亡《そんまう》せるのみにあらず、これを取り繕《つくろ》ふあひだに、身を損《そこな》ひ、片輪《かたわ》づける人、数《かず》も知らず。

この風、未《ひつじ》の方に移りゆきて、多くの人の歎《なげ》きなせり。辻風はつねに吹くものなれど、かかる事やある。ただ事《こと》にあらず、さるべきもののさとしかなどぞ、疑ひ侍りし。

四 福原《ふくはら》遷都《せんと》

また治承《じしょう》四年（一一八〇）六月（晩夏）のころ、急に遷都が行われたことがあった（平清盛による福原〈神戸市兵庫区〉への遷都をいう）。ほんとうに思いがけなかった。だいたい、この平安京の始まりについて、聞くところによれば、嵯峨《さが》天皇の御代《みよ》に都と定まって以来（平安京遷都は桓武《かんむ》天皇によるが、作者は嵯峨天皇を真に永続的な平安朝の始めとする）、もう四百年以上もたっている（福原遷都は七九四年から三八七年目）。特別な理由なくして、おいそれと遷都されるべきでもないから、人々が不安に思い、ぶつぶつ言ったのは、当然すぎるほど当然である。だが、そうは言ってもだめで、安徳天皇をはじめ、大臣・公卿《くぎょう》などがすべて、移転してしまわれた。官職を得て朝廷に仕えるほどの人は、誰一人としてどうして旧都に残っていられようか。官職・位階に期待をつなぎ、主君の恩顧に望みを託す人は、一日でも早く移ろうとつとめ、栄達の時機を失して世間から取り残され、あてにするところのない人は、ぼやきながら旧都に留まっている。

豪華を競った邸宅が、日がたつにつれて荒れてゆく。解体された家屋は材木にして筏《いかだ》に組まれ、淀川《よどがわ》をくだって新都に運ばれてゆく。あとの敷地は、みるみる畑にされてゆく。人の考え方が変ってきて、馬や鞍《くら》ばかり大事にする。牛や車を欲しがる人はいない。誰もが新都に近い九州や四国の荘園を欲しがり、東国や北陸の土地は持ちたがらない。

ちょうど、その時分、あるついでがあって、津《つ》の国の新都（摂津国《せっつのくに》の福原）に行くことがあった。地形を見ると、南はすぐ海へと傾斜している。波の音がたえず耳につき、潮風がとくに吹きつける。御所は山の中だから、あの朝倉《あさくら》の木《き》の丸殿《まろどの》（福岡県朝倉市にあった斉明《さいめい》天皇の行宮《あんぐう》）もこうであったかと思われ、かえって一風かわっていて、これもいいかもしれないなと思えるようなものだった。

それにしても、毎日こわしては川も狭しと材木を流して運んでいた家は、どこに建っているのだろう。移築された家よりも、まだ空地のほうが多い。旧都は荒れて、新都はまだ建たず、あらゆる人が浮雲のように落ち着かない気持だった。もとからここにいた人たちは、住んでいた土地を取られて困っている。新しくやって来た人は土地を求め、家を建てなければならないので、これもよわっている。道行く人を見ると、牛車《ぎっしゃ》に乗るべき人が馬に乗っている。衣冠《いかん》・布衣《ほい》（無紋の狩衣《かりぎぬ》）を着るべき公家《くげ》が、武家や庶民のように直垂《ひたたれ》を着ている。優雅な都の習俗がたちまちに変って、なんのことはない、田舎《いなか》の武士と同じだ。

世の中が乱れる前兆とか聞いたが、たしかにそうで、日がたつにつれ、世の中が浮足立って、人心が不穏になった。みなの不満を無視はできなかったとみえ、同年冬（十二月）、やはりもとの平安京に天皇もお帰りになった。

だが軒並みにこわしてしまった家々は、どういうことになったのか、全部が全部、もとどおりに建ちはしない。昔、聖帝の御世には、仁をもって国を治められたという。宮殿の屋根を茅葺《かやぶ》きにしても茅の先を切りそろえることさえなさらなかった（古代中国の尭《ぎょう》帝の故事）。民のかまどの煙が乏しいと見れば、決められた租税さえ免じられた（仁《にん》徳《とく》天皇の故事）。民を愛し、世を救おうとなされたのである。今の世相がなぜこうなったか、昔の聖帝の政治から考えてみればわかるであろう。

また、治承四年水無月《みなづき》のころ、にはかに都遷《みやこうつ》り侍《はべ》りき。いと思ひの外《ほか》なりし事なり。おほかたこの京のはじめを聞ける事は、嵯峨《さが》の天皇の御時、都と定まりにけるより後《のち》、すでに四百余歳を経《へ》たり。ことなるゆゑなくて、

たやすく改まるべくもあらねば、これを世の人安からず憂《うれ》へあへる、実《げ》にことわりにも過ぎたり。されど、とかくいふかひなくて、帝《みかど》よりはじめ奉りて、大臣公卿《くぎやう》みな悉《ことごと》く移ろひ給《たま》ひぬ。世に仕《つか》ふるほどの人、たれか一人ふるさとに残りをらむ。官位《つかさくらゐ》に思ひをかけ、主君のかげを頼むほどの人は、一日なりとも疾《と》く移ろはむとはげみ、時を失ひ世にあまされて、期《ご》する所なきものは、憂《うれ》へながらとまりをり。

　軒《のき》を争ひし人の住《すま》ひ、日を経つつ荒れゆく。家はこぼたれて淀河《よどがは》に浮び、地は目のまへに畠《はたけ》となる。人の心みな改まりて、ただ、馬鞍《くら》をのみ重くす。牛車《うしくるま》をようする人なし。西南海の領所《りやうしよ》を願ひて、東北の庄園《しやうゑん》を好まず。

　その時おのづから事のたよりありて、津の国の今の京に至れり。所のありさまを見るに、南は海近くて下《くだ》れり。波の音つねにかまびすしく、汐風《しほかぜ》ことにはげし。内裏《だいり》は山の中なれば、かの木の丸殿《どの》もかくやと、なかなか様《やう》かはりて、いうなるかたも侍《はべ》り。

　日々にこぼち、川も狭《せ》に運び下《くだ》す家、いづくに作れるにかあるらむ。なほ空《むな》しき地は多く、作れる屋《や》は少《すく》し。古京はすでに荒れて、新都はいまだ成らず。ありとしある人は皆浮雲の思ひをなせり。もとよりこの所にをるものは地を失ひて憂《うれ》ふ。今移れる人は土木のわづらひある事を歎《なげ》く。道のほとりを見れば、車に乗るべきは馬に乗り、衣冠布衣《いくわんほい》なるべきは多く直垂《ひたたれ》を着たり。都の手振《てぶ》りたちまちに改まりて、ただひなびたる武士《もののふ》に異ならず。

世の乱るる瑞相《ずいさう》とか聞《き》けるもしるく、日を経《へ》つつ世の中浮き立ちて、人の心もをさまらず、民の憂へ、つひに空しからざりければ、同じき年の冬、なほ、この京に帰り給《たま》ひにき。

されど、こぼちわたせりし家どもは、いかになりにけるにか、悉《ことごと》くもとの様《やう》にしも作らず。伝へ聞く、いにしへの賢き御世《みよ》には憐《あはれ》みを以《もつ》て国を治《をさ》め給ふ。すなはち殿に茅《かや》ふきても、軒《のき》をだにととのへず、煙の乏《とも》しきを見給ふ時は、限りある貢物《みつぎもの》をさへゆるされき。これ、民を恵み、世を助け給ふによりてなり。今の世のありさま、昔になぞらへて知りぬべし。

五 養和《ようわ》の飢饉《ききん》

また、養和年間（一一八一）のことだったか、もう年の記憶もはっきりしないが、二年間というもの、飢饉で、ひどいことがあった。春から夏にかけて雨が降らなかったり、秋には台風や水害など、運の悪いことが続いて、農作物がみなだめになり、夏の田植《たうえ》の行事だけがあって、秋冬の収穫のにぎわいはない。そのため、諸国の農民の中には、土地を捨てて国ざかいを出る者や、家を捨てて山に入ってしまう者が出てきた。

朝廷では、いろいろな御祈禱《ごきとう》が始まって、特別な御修法《みずほう》が種々なされたけれども、いっこうにそのききめがない。都という所は、とにかく何をするにも、先だつものは田舎から米が来ることであって、それを命の綱にしているのに、それがぜんぜん来なくなったのだから、いつまで世間体《せけんてい》ばかりつくろっていられようか。早く立ち直ればいいがと心の中では願いつつも、食料がないのに堪《た》えきれず、いろいろな家財を片端から捨てるように安く売って食料に代えようとするのだが、誰《だれ》も振り向いても見ない。時たま換えてもらっても、金目《かねめ》のものが金目にならず、食料のほうが高くつく。乞食《こじき》が道ばたに多くなり、どこへ行っても不平と嘆息の声ばかり。

一年目は、こんな調子で、やっと過ぎた。翌年は何とかなるかと思っていたが、さらに伝染病まで加わって、よい方に向かう様子はちっとも見えない。世間の人みなが家に引きこもってしまっているのだから、どこに助けを求めようもなく、一日一日と窮迫してゆく状況は、まさに、いわゆる「少水の魚」（水が少なく死にかかっている魚。『往生要集』による）だった。しまいには、笠《かさ》をかぶり、足に脚絆《きやはん》を着けた、かなりの身分らしい格好の者が、ただただ、ひもじさに一軒一軒食を乞《こ》うてまわるようになった。こんなに落ちぶれて、どうしてよいかわからなくなった者たちが、歩いていたかと思うと、ぱたと倒れて、もう死んでいる。築地《ついじ》（土塀）沿いに、道ばたに、そういう餓死者が無数にあった。死骸《しがい》の取りかたづけようもないから、死臭が、そこらじゅうに漂って、腐爛《ふらん》してゆく様子は、目もあてられないことが多かった。まして河原などは、馬や車も通れないほどの有様であった。

低い身分の木こりたちまでも、飢えて力尽き、薪《たきぎ》を持って来なくなったから、食料のあてのない人たちは、自分の家をこわして、薪にして市《いち》で売った。一人が持って出た薪の値段が一日分の食料にもならなかったという。不審なことに、薪の中に赤い丹《に》や箔《はく》などのついた木が混じっており、聞いてみると、どうにもしようがなくなった者たちが古寺に行って仏像を盗み、お堂の仏具をこわして、それを薪に割ったのだという。こういう末世の悪い時代に生まれ合わせて、こんないやなことまで見なければならなかった。

しかしまた、たいそう哀れなこともあった。離れがたい妻や夫を持った者は、愛情のより深い者の方が必ず先に死ぬ。というのは、自分のことは二の次にして、相手がかわいそうだと思うために、たまに手に入れた食物を相手に先に食べさせるからである。だから、親子でいっしょにいるものは、きまって親が先に死んだ。また、母の息が絶えているのも知らずに乳《ち》のみ児《ご》が乳房にとりついているようなこともあった。

仁和寺《にんなじ》（京都市右京区御室《おむろ》）の隆暁法印《りゅうぎょうほういん》という人が、こうして無数の餓死者が出ることを悲しみ、死者に出会うたび、その額《ひたい》に「阿」の字を書いて、成仏のための仏縁を結んでやろうとされた。その人数を知ろうとして、四月から五月にかけて数えたところ、京の一条から九条まで、東京極《ひがしきょうごく》から朱雀大路《すざくおおじ》まで、つまり平安京の東半分の路上にあった死体の数は、計四万二千三百余であった。言うまでもなく、この二か月の前や後に死んだ者も多いし、賀茂川《かもがわ》の河原、その東の白河、あるいは朱雀から西の京、その他、方々の郊外まで加えると、きりがないにちがいない。まして、畿外《きがい》の諸国まで加えたら、どういうことになろうか。

崇徳《すとく》天皇御在位の長承《ちょうじょう》年間（一一三二〜三五）であったかに、こういう飢饉があったそうだが、当時のことは知らず、この目で見た養和の飢饉だけはたしかに驚くべきことであった。

また、養和《やうわ》のころとか、久しくなりて覚えず。二年《ふたとせ》があひだ、世の中飢《け》渇《かつ》して、あさましき事侍《はべ》りき。或《あるい》は春夏ひでり、或は秋大風、洪水《おほみづ》など、よからぬ事どもうちつづきて、五穀ことごとくならず。夏植うるいとなみありて、秋刈り、冬収《をさ》むるぞめきはなし。これによりて、国々の民、或は地をすてて境を出《い》で、或は家を忘れて山に住む。

さまざまの御祈りはじまりて、なべてならぬ法ども行はるれど、さらにそのしるしなし。京のならひ、何《なに》わざにつけても、みなもとは田舎《ゐなか》をこそ頼めるに、絶えて上《のぼ》るものなければ、さのみやは操《みさを》もつくりあへん。念じわびつつ、さまざまの財物かたはしより捨《す》つるがごとくすれども、さらに目《め》見《み》立《た》つる人なし。たまたま換《か》ふるものは、金《こがね》を軽《かろ》くし、粟《ぞく》を重くす。

乞食《こつじき》、路《みち》のほとりに多く、憂《うれ》へ悲しむ声耳《こゑ》に満てり。

前《まへ》の年《とし》、かくのごとく、からうじて暮れぬ。あくる年は、立ち直るべきかと思ふほどに、あまりさへ、疫癘《えきれい》うちそひて、まさざまに、あとかたなし。世人《よひと》みなけいしぬれば、日を経《へ》つつきはまりゆくさま、少水《せうすい》の魚のたとへにかなへり。はてには笠《かさ》うち着《き》、足ひきつつみ、よろしき姿したる者、ひたすらに家ごとに乞《こ》ひ歩《あり》く。かくわびしれたるものどもの、歩《あり》くかと見れば、すなはち倒れ伏しぬ。築地《ついひぢ》のつら、道のほとりに、飢ゑ死ぬる者のたぐひ、数も知らず、取り捨つるわざも知らねば、くさき香《か》世界に満《み》ち満ちて、変りゆくかたちありさま、目もあてられぬ事多かり。いはむや、河原《かはら》などには、馬車《むまくるま》の行《ゆ》き交《か》ふ道だになし。

あやしき賤山《しづやま》がつも、力尽きて、薪《たきぎ》さへ乏《とも》しくなりゆけば、頼むかたなき人は、自《みづか》らが家をこぼちて、市《いち》に出《い》でて売る。一人が持ちて出でたる価《あたひ》、一日が命にだに及ばずとぞ。あやしき事は、薪の中に赤き丹《に》着き、箔《はく》など所々に見ゆる木、あひまじはりけるを、たづぬれば、すべきかたなき者、古寺《ふるでら》に至りて仏を盗み、堂のものの具を破り取りて、割り砕《くだ》けるなりけり。濁悪世《ぢよくあくせ》にしも生れ合ひて、かかる心憂《こころう》きわざをなん見侍《みはべ》りし。

いとあはれなる事も侍《はべ》りき。さりがたき妻《め》をとこ持ちたる者は、その思ひまさりて深き者、必ず、先立《さきだ》ちて死ぬ。その故《ゆゑ》は、わが身は次にして、人をいたはしく思ふあひだに、稀々《まれまれ》得たる食《く》ひ物《もの》をも、かれに譲《ゆづ》るによりてなり。されば、親子ある者は、定まれる事にて、親ぞ先立ちける。また、母の命尽きたるを知らずして、いとけなき子のなほ乳《ち》を吸ひつつ臥《ふ》せるなどもありけり。

仁和寺《にんなじ》に隆暁法印《りゆうげうほふいん》といふ人、かくしつつ数も知らず、死ぬる事を悲しみて、その首《かうべ》の見ゆるごとに額《ひたひ》に阿字《あじ》を書きて、縁を結ばしむるわざをなんせられける。人数《かず》を知らむとて、四五両月を数へたりければ、京のうち一条よりは南、九条より北、京極《きやうごく》よりは西、朱雀《すざく》よりは東の路《みち》のほとりなる頭《かしら》、すべて四万二千三百余りなんありける。いはむや、その前後に死ぬる者多く、また、河原《かはら》、白河《しらかは》、西の京、もろもろの辺地《へんち》などを加へていはば、際限もあるべからず。いかにいはむや、七道諸国をや。

崇徳院《すとくゐん》の御位《みくらゐ》の時、長承《ちやうじよう》のころとか、かかるためしありけりと聞けど、

――その世のありさまは知らず、まのあたりめづらかなりし事なり。

六 元《げん》暦《りやく》の大地震

また、たしか同じ頃《ころ》だったと思うが（史実は養和の飢饉の三年後、元暦二年〈一一八五〉七月九日）、はなはだしく大きな地震があった。その有様といったら、もう、普通の地震ではなく、山が崩れて川を埋めたり、津波が起こって陸地を水に漬《つ》からせたり、地面が裂けてそこから水柱が立ったり、岩が割れて谷にころがりこんだりした。浜伝いの船は波におもちゃにされ、道を歩いている馬は足もとをふらつかせた。京都の近辺では、そこかしこでお寺のお堂や塔が被害を受け、満足に残ったのは一つもなく、こわれたり倒れたり。その塵灰《ちりはい》の立ちのぼるさまが、盛んな煙のようだった。その地面が動き、家のこわれる音といったら、雷鳴と変らない。家の中にいれば、急につぶされて死ぬかもしれない。外へ駆けだせば、地割れが走る。羽がないから、空も飛べない。竜であれば雲にも乗れようが、それもできない。人間の悲しさ。恐ろしいものの中で最も恐ろしいと思うべきなのは地震であったと痛感したことだった。

このような激しい揺れは、しばらくして止んだが、その名残《なごり》はしばらくは絶えず、普通の時ならびっくりするほどの地震が、一日に二、三十回も揺れない日はない。十日、二十日と過ぎたころ、やっと間遠になって、一日に四、五度、あるいは二、三度くらいになり、やがて一日おき、二、三日に一度とかになり、そうしてはっきり覚えていないが、三か月くらい、その余震が残っていたろうか。

地・水・火・風の四大種（すべてを成り立たせている根本の物）のなかで、水・火・風はいつも災いをなすが、大地だけは、いつでも動かず、変ったことはしないものと、誰しも安心しきっていたのに。昔、文徳天皇《もんとくてんのう》の斉衡《さいこう》年間（八五四〜五七）であったかに、大地震で東大寺の大仏の頭が落ちたというひどいことがあったそうだが、それさえ今度ほどではないという。地震の後しばらくは、人々もみな、この世の営みのかいのなさを述べ、少しは欲望にまみれた心も洗われたかのように見えたが、月日がたち、年数がたつと、そんなことを口に出して言う者さえいない。

また同じころかとよ、おびたたしく大地震《おほなゐ》ふること侍《はべ》りき。そのさま世の常ならず、山は崩《くづ》れて河を埋《うづ》み、海は傾《かたぶ》きて陸地をひたせり。土裂《さ》けて

水涌《わ》き出《い》で、巌《いはほ》割れて谷にまろび入《い》る。なぎさ漕《こ》ぐ船は波にただよひ、道行く馬は足の立ち処《ど》を惑《まど》はす。都のほとりには、在々所々堂舎塔廟《だうしやたふめう》ひとつとして全《また》からず、或《あるい》は崩《くづ》れ或は倒《たふ》れぬ。塵灰《ちりはひ》たちのぼりて、盛りなる煙のごとし。地の動き、家の破《やぶ》るる音、雷《いかづち》に異ならず。家の内にをれば忽《たちまち》にひしげなんとす。走り出づれば、地割《わ》れ裂《さ》く。羽《はね》なければ、空をも飛ぶべからず。竜《りゆう》ならばや雲にも乗らむ。恐れのなかに恐るべかりけるはただ地震《なゐ》なりけりとこそ覚え侍りしか。

　かくおびたたしくふることは、しばしにて止《や》みにしかども、その名残《なごり》しばしは絶えず、世の常驚くほどの地震《なゐ》、二三十度ふらぬ日はなし。十日廿日《はつか》過ぎにしかば、やうやう間遠《まどほ》になりて、或は四五度、二三度、もしは一日まぜ、二三日に一度など、おほかたその名残《なごり》三月《みつき》ばかりや侍りけむ。

　四大種《しだいしゆ》のなかに、水火風《すいくわふう》は常に害をなせど、大地にいたりては、異なる変をなさず。昔、斉衡《さいかう》のころとか、大地震《おほなゐ》ふりて、東大寺の仏の御首《みぐし》落ちなど、いみじき事ども侍りけれど、なほこのたびにはしかずとぞ。すなはちは人みなあぢきなき事を述べて、いささか心の濁りもうすらぐと見え

――しかど、月日かさなり、年経《へ》にし後《のち》は、ことばにかけて言ひ出づる人だになし。

七 ありにくき世

一事が万事、世の中が生きにくいもので、自分の一身と、その住みかの営みとが頼りなく、徒労になりがちなことは、この地震ひとつを考えてみてもわかる。まして、環境や境遇によって、誰にもそれぞれの悩みがあることは、数えきれないほどだ。かりに、自分が取るに足りない身分で、権力者の大きな家の隣に住んだとしよう。うれしいことがあっても思いきって祝うことができない。悲しくてならないときも泣きわめくことさえ遠慮する。身の振り方、動作の一つ一つにまで気をつかうこと、雀《すずめ》が鷹《たか》の巣のそばにいるようなものだろう。

また、かりに、自分が貧乏で、富裕な家の隣に住んだとしよう。朝に晩に、みすぼらしい自分の姿が恥ずかしく、自分の家に出入りするにも隣の家の人にお世辞を言うようになる。妻や子供や召使の男などが、隣の生活を羨《うらや》ましがっている様子を見たり、また、その裕福な家の者の、尊大な態度が耳に入ってきたりするにつけても、そのたびに、さまざまの雑念が起ってきて、ひとときとして安らかな気持ではいられまい。また、かりに、人家の密集している地域に住んだとすれば、近くに火事があったとき、類焼をまぬかれないだろう。逆に、辺鄙《へんぴ》な所に住んだとすれば、都心との行き帰りが厄介《やっかい》だし、強盗が多くて、ひどい目にあうだろう。そうかといって、権勢のある人に頼って安全をはかろうとすると、そういう人は欲が深くて、たえず贈物を多くしなければよくしてはくれない。といって、誰ともつながりを持たない者は軽く見られ、ばかにされる。

財産があれば心配が多いし、貧乏でいれば、したいことができないで歯がみする。人を頼みにすれば、その人の言いなりになってしまう。人を養い育てると、今度は自分の心がその愛情の虜になり、振りまわされて疲れてしまう。世間の常識に従って生きようとすれば、自分が苦しい。従わなければ、常識がないと思われる。ああ、いったいどんな環境にいて、どんな事をして暮したら、しばらくでも、この身この心を安らかにさせてやることができるのだろう。

すべて世の中のありにくく、わが身と栖《すみか》とのはかなくあだなるさま、またかくのごとし。いはむや、所により、身の程《ほど》にしたがひつつ、心を悩ます事は、あげて計《よ》むべからず。もしおのれが身数《かず》ならずして権門《けんもん》のかたはらにをる者は、深くよろこぶ事あれども、大きに楽しむに能《あた》はず。歎《なげ》き切《せち》なる時も、声をあげて泣く事なし。進退《しんだい》やすからず。起居《たちゐ》につけて、恐れをののくさま、たとへば雀《すずめ》の鷹《たか》の巣に近づけるがごとし。

もし貧しくして富める家の隣にをる者は、朝夕《あさゆふ》すぼき姿を恥ぢて、へつらひつつ出《い》で入《い》る。妻子僮僕《とうぼく》の羨《うらや》めるさまを見るにも、福家の人のないがしろなるけしきを聞くにも、心念々に動きて、時として安からず。もし狭《せば》き地にをれば、近く炎上ある時、その災《さい》をのがるる事なし。もし辺地にあれば、往反《わうばん》わづらひ多く、盗賊の難はなはだし。またいきほひある者は貪欲《とんよく》深く、独身なるものは人に軽《かろ》めらる。

財あればおそれ多く、貧しければ恨み切《せち》なり。人を頼めば身他の有《う》なり。人をはぐくめば心恩愛《おんない》につかはる。世にしたがへば身くるし。したがはねば狂せるに似たり。いづれの所を占めて、いかなるわざをしてか、しばしもこの身を宿《やど》し、たまゆらも心を休むべき。

方丈記の風景

下鴨《しもがも》神社《じんじゃ》

①

賀茂《かも》川と高野《たかの》川が合流する三角地点に広がる糺《ただす》の森《もり》は、かつての山城《やましろ》原野の植生を残す太古の森。幾筋もの清らかな小川が樹間を縫い、その先にほっと現れる朱塗りの鳥居が下鴨神社である。平安京以前からこの地に根を張っていた賀茂氏の氏社として建立された。

社伝では、賀茂氏の祖神とされる健角身命《たけつぬみのみこと》の娘・玉依姫《たまよりびめ》が、瀬見《せみ》の小川に流れてきた丹塗《にぬ》り矢を拾って持ち帰ったところ、矢は美しい男となり、やがて姫は懐妊した。生まれた別雷命《わけいかづちのみこと》を祀《まつ》ったのが北方の上賀茂《かみがも》神社《じんじゃ》(賀茂別雷神社)であり、親の玉依姫とその父・健角身命を祀ったこの社を正式には賀茂御祖《みおや》神社という。

平安末期、この社の正禰宜《しょうねぎ》惣官《そうかん》・鴨長継《ながつぐ》を父として鴨長明は生まれる。しかし父の後継をまたいとこに奪われて家を出た長明は、やがて御所の「和歌所《わかどころ》」に精勤する。後鳥羽院は恩賞として摂社河合《かわい》神社の禰宜職を与えようとしたが、鴨家の惣官から横やりが入って話は流れてしまった。現在も糺の森の南方には河合神社が鎮座し、長明ゆかりの社として、長明が日野で営んだ方丈が復元されている。

賀茂の社は長明にとって現実を突きつけられる残酷な場所でありながら、捨てきれない愛執のふるさとでもあったのだろう。それは『新古今和歌集』に載る長明の歌からも窺《うかが》える。

石川《いしかは》や瀬見の小川《をがは》の清ければ月も流れを尋ねてぞすむ

この月に長明はなりたかったのかもしれない。

八 わが過去

私の過去をここで言うならば、初め、私は父方の祖母の家を継ぐはずで、長いこと、その家に住んでいた。だが、その後、祖母の家は、ほかの者が後を継ぐことに変ったため、結婚もうまくゆかなくなって、身は落ちぶれ、その祖母の家は思い出多き家だったけれども、ついに、そこを明け渡さなければならなくなって、三十過ぎてから、自分から求めて一つの草庵を結んだ。

今まで住んでいた祖母の家にくらべれば、十分の一の小さな家である。自分の住む所だけをつくって、あとは家を建てたというほどには建てなかった。築地《ついじ》だけは築いたが、門を構える費用がない。車宿り（牛車や輿を入れておく建物）の柱は竹にした。そういうことなので、雪が降った、風が吹いたというたびに、壊れはしないかとひやひやしたものだった。河原の近くだったので、賀茂川《かもがわ》の氾濫《はんらん》の心配があり、また、盗賊の恐怖もあった。そういう不安のなかで無事を祈りつつ、三十余年の年月を送った。その間、機会を逃した折々に、自分には運がないのだということを自然に悟った。

そこで五十になった春に、出家し遁世《とんせい》した。もともと妻子がいたわけではなし、頼りにされていて世を捨てがたいという係累《けいるい》もない。官職について俸禄《ほうろく》を食《は》んでいたわけでもないから、何に執着して遁世しかねよう。さっさと出家してしまった。それからまた、何をするということもなく五年、八瀬《やせ》の大原あたり（京都市東北部）に隠れていた。

わがかみ父方《ちちかた》の祖母《おほば》の家を伝へて、久しくかの所に住む。その後、縁かけて、身おとろへ、しのぶかたがたしげかりしかど、つひに屋《や》とどむる事を得ず。三十《みそぢ》あまりにしてさらにわが心と一《ひと》つの庵《いほり》をむすぶ。これをありし住《すま》ひにならぶるに、十分が一なり。居屋《ゐや》ばかりを構へて、はかばかしく屋を作るに及ばず。わづかに築地《ついひぢ》を築《つ》けりといへども、門《かど》を立つるたづきなし。竹を柱として、車を宿《やど》せり。雪降り風吹くごとに、危ふからずしもあらず。所河原《かはら》近ければ、水難も深く、白波《しらなみ》のおそれもさわがし。すべてあられぬ世を念じ過《すぐ》しつつ、心を悩ませる事、三十余年なり。その間、をりをりのたがひめ、おのづから短き運を悟りぬ。すなはち、五十《いそぢ》の春を迎へて、家を出《い》で、世を背《そむ》けり。もとより妻子なければ、捨てがたきよすがもなし。身に官禄《くわんろく》あらず、何につけてか執《しふ》を留《とど》めん。むなしく大原山の雲に臥《ふ》して、また五《いつ》かへりの春秋《はるあき》をなん経《へ》にける。

九 方《ほう》丈《じょう》の住まい

さて六十になって、今さらにまた、余生の住まいを設計した。言ってみれば、旅人が一夜を過ごす宿を作ったり、老いた蚕《かいこ》が繭《まゆ》を作ったりするようなものである。これを三十歳頃までの住みかとくらべれば、百分の一にもならない。とやかく言っているうちに、ずんずん年をとり、住居は移すたびに狭くなったわけだ。

その家の有様というのが尋常ではない。広さはたった一丈四方（ここは一間半四方の四畳半くらいの大きさか）、高さは七尺（二メートル強）かそこら。どこといって、建てる場所を決めたものではないので、地ごしらえがしてない。地べたに四本の丸太を横たえてこれを正方形に組み、その四隅の上に柱を立てる。いわゆる土居《つちい》だ。屋根は簡単な屋根で、葺《ふ》いてあるとはいうが、実は載せてあるのだ。柱も板も、差し込んでないところは、みな掛け金で留めてある。もし、おもしろくないことがあったときは、たやすくほかの所へ引っ越せるように、そうしてあるのだ。移築するのは簡単だ。何ほどのめんどうなことがあろうか。車に積んで、たった二台。その運び賃さえ払えば、あとは何の費用もいらないのである。

ここに六十《むそぢ》の露消えがたに及びて、さらに末葉《すゑは》の宿りを結べる事あり。いはば旅人の一夜の宿を作り、老いたる蚕《かひこ》の繭《まゆ》をいとなむがごとし。これをなかごろの栖《すみか》にならぶれば、また、百分が一に及ばず。とかくいふほどに齢《よはひ》は歳々《としどし》にたかく、栖《すみか》は折々《をりをり》に狭《せば》し。

その家のありさま、世の常にも似ず。広さはわづかに方丈《はうぢやう》、高さは七尺が内《うち》なり。所を思ひ定めざるがゆゑに、地を占めて作らず。土居《つちゐ》を組み、うちおほひを葺《ふ》きて、継目《つぎめ》ごとにかけがねを掛けたり。もし心にかなはぬ事あらば、やすく外《ほか》へ移さむがためなり。そのあらため作る事、いくばくの煩《わづら》ひかある。積むところわづかに二両、車の力を報《むく》ふほかには、さらに他のようとういらず。

今、この日野山（京都市伏見区の東部）の奥に隠棲《いんせい》してから、方丈の住まいの東に三尺（約九〇《セン》《チ》）ばかりの庇《ひさし》をつけて土間を造り、そこにかまどを置き、柴《しば》を折りくべて火を起こすとき、雨に濡《ぬ》れないですむようにした。南には竹の簀子《すのこ》を敷き、その簀子の西の隅に閼伽棚《あかだな》（仏前に供える水や花などを置く棚）を作った。方丈内の西北の隅は衝立《ついたて》で仕切って仏間とし、阿弥陀《あみだ》の絵像と普賢菩薩《ふげんぼさつ》の像とを掛け、前の経机には『法華経《ほけきよう》』を置いた。東の半分は、蕨《わらび》のほどろ（伸びすぎた蕨）を敷きつめて、夜、寝る場所にした。西南隅には竹の吊棚《つりだな》を作って、その上に黒い皮籠《かわご》を三箱置いた。その中には和歌の本や管絃の本や『往生要集《おうじようようしゆう》』のような経典の抜き書きを入れてある。そのそばに琴が一つと琵琶《びわ》を一つ立てかけておいた。いわゆる折り琴、継ぎ琵琶——組立て式の琴であり琵琶である。仮の庵《いおり》の有様は、だいたいこんなふうだ。

その方丈の周囲を説明すると、南には、清水を引いてくる懸樋《かけひ》があって、岩を組んで囲いを作り、水を貯めてある。林が近いから、薪《たきぎ》にする小枝を拾うのに不自由はしない。名を音羽山《おとわやま》という。『古今集』に詠《よ》まれる「まさきのかずら」（テイカカズラ）が生い茂っている。谷には草木が茂っているが、西の方は山がなく見晴しがきく。西に入る夕日を見て西方浄土に往生しようという気持を起させる端緒《たんしよ》とならないものでもない。

春は藤《ふじ》の花が美しい。紫の雲のように、西をいろどる。夏はほととぎすが鳴く。いわゆる「死出《しで》の田長《たおさ》」(冥途の案内人)だ。その時はよろしくと頼みもする。秋は、ひぐらしがあきるほど鳴きしきる。この世に生きていることを悲しんでいるのではないかと思うくらいだ。冬は雪をめでる。積もっては消えるさまは、人間の罪障にもたとえられよう。もし、念仏をするのがおっくうで、まめまめしく読経もする気にならぬときは、今日は休もうと思い、自分で自分が怠けることを許してしまう。そうしてはいけないと言う人もなく、誰に恥ずかしいということもない。わざと無言の行《ぎよう》をするわけではないけれども、一人でいれば、口が何かをしでかすということもなくてすむ。仏教の戒律を守ろうと努力しなくとも、環境にその戒を破らせるような原因がない以上、どうして破戒をするような結果が生じようか。

もし、老いの寝ざめに、ああ世の中のことはわからないと思ったような朝は、宇治川の岸の岡屋《おかのや》に来《きた》り去る船を眺《なが》めて、沙弥満誓《しやみまんぜい》(八世紀初めの万葉歌人)の歌(「世の中をなににたとへむ朝ぼらけこぎゆく舟のあとのしら浪《なみ》」)を思い出す。あるいはまた、風が桂《かつら》の葉を鳴らす夕べには、白楽天《はくらくてん》が「潯陽江《じんようこう》の頭《ほとり》に夜客を送る、楓葉荻花秋瑟々《ふうようてきかあきしつしつ》」とうたった「琵琶行《びわこう》」を思いやり、琵琶の名手として名高い桂の大納言(源経信)のことを思い出して、琵琶を弾じてみる。それでも興が尽きないときは、松風の中で雅楽の「秋風楽《しゆうふうらく》」を奏で、懸樋を落ちる水音に合わせて琵琶の秘曲「流泉」を弾《ひ》く。琵琶はうまくはないが、人に聞かせようというのではない。一人で調子をととのえ、一人で歌って、自分の気持を慰めているだけのことだ。

今《いま》、日野山の奥に跡を隠して後《のち》、東に三尺余りの庇《ひさし》をさして、柴《しば》折りくぶるよすがとす。南《みなみ》、竹の簀子《すのこ》を敷き、その西に閼伽棚《あかだな》をつくり、北によせて障子《さうじ》をへだてて阿弥陀《あみだ》の絵像を安置《あんぢ》し、そばに普賢《ふげん》をかき、前《まへ》に法《ほ》花経《けきやう》を置けり。東のきはに蕨《わらび》のほどろを敷きて、夜《よる》の床《ゆか》とす。西南《ひつじさる》に竹の吊棚《つりだな》を構《かま》へて、黒き皮籠《かはご》三合を置けり。すなはち和歌《わか》、管絃《くわんげん》、往生要集《わうじやうえうしふ》ごときの抄物《せうもつ》を入れたり。かたはらに琴、琵琶おのおの一張《ちやう》を立つ。いはゆる折琴《をりごと》、継琵琶《つぎびは》これなり。仮《かり》の庵《いほり》のありやうかくのごとし。

その所のさまをいはば、南に懸樋《かけひ》あり、岩を立てて水をためたり。林の木近ければ、爪木《つまぎ》をひろふに乏《とも》しからず。名を音羽山《おとはやま》といふ。まさきのかづら跡埋《うづ》めり。谷しげけれど西晴れたり。観念のたよりなきにしもあらず。

春は藤波《ふぢなみ》を見る。紫雲《しうん》のごとくして西方ににほふ。夏は郭公《ほととぎす》を聞く。語らふごとに死出《しで》の山路《やまぢ》を契《ちぎ》る。秋はひぐらしの声耳に満てり。うつせみの世をかなしむほど聞《きこ》ゆ。冬は雪をあはれぶ。積り消ゆるさま、罪障《ざいさう》にたとへつべし。もし念仏ものうく、読経まめならぬ時は、みづから休み、みづからおこたる。さまたぐる人もなく、また、恥づべき人もなし。ことさらに無言をせざれども、独《ひと》りをれば口業《くごふ》を修《をさ》めつべし。必ず禁戒を守るとしもなくとも、境界《きやうがい》なければ何につけてか、破らん。

もし跡の白波《しらなみ》にこの身を寄する朝《あした》には、岡《をか》の屋に行《ゆ》き交《か》ふ船をながめて満沙弥《まんさみ》が風情《ふぜい》をぬすみ、もし桂《かつら》の風葉《かぜは》を鳴らす夕《ゆふべ》には、尋陽《じんやう》の江《え》を思ひやりて源都督《げんとく》のおこなひをならふ。もし余興あれば、しばしば松のひびきに秋風楽《しうふうらく》をたぐへ、水の音《おと》に流泉の曲をあやつる。芸はこれつたなけれども、人の耳をよろこばしめむとにはあらず。ひとり調《しら》べ、ひとり詠じて、みづから情《こころ》をやしなふばかりなり。

方丈記の風景 ②

岩《いわ》間《ま》寺《でら》

日野《ひの》に建てた「方丈」で独居する長明は、「いつも歩いたり、動いたりしているほうが体にいいんだよ」と、現代人のような独り言を言っては、いつも山歩きを楽しんだ。ある時には日野の峰づたいに炭山《すみやま》、笠取山《かさとりやま》、岩間山を越え、滋賀の石山寺《いしやまでら》、粟津《あわづ》の原まで歩いたという。現代のハイカーでもたいへんな労苦があろう距離である。

長明が岩間山で詣《もう》でたのは、白山《はくさん》信仰を開いたことで知られる泰《たい》澄《ちょう》が創建した岩間寺、正式には正法寺《しょうほうじ》。西国三十三所霊場の十二番札所である。本尊は桂《かつら》の木から現れたという千手観音であり、山寺にも関わらず多くの参詣《さんけい》者がご利益《りやく》を求めて訪れる。同じ札所の三《み》井寺《いでら》・石山寺を回ってから岩間寺へ登る滋賀側からのコースもあるが、京都の十一番札所・上醍醐《かみだいご》から峰づたいに訪れる人も多い。

境内からの一望は山歩きの疲れを忘れさせる。三方に広がる山並みは濃く薄く重なり合って水墨画のような情景を見せ、一方は遠く琵琶湖《びわこ》へ開けている。自然のなかで暮らす長明の言葉が思い出される。「勝地《しょうち》は主《ぬし》なければ、心をなぐさむるにさはりなし」――美しい風景に持ち主はいないのだから、楽しむのになんの支障もないよ。

鴨の家を追われ、徐々に住処《すみか》を小さくしていった長明。家に対して人並み以上にこだわり、自分の居場所を探し続けていた長明にとって、自然だけはいつも自分のものだった。だからこそ方丈を構えてのちも、山を歩き、むさぼるように勝景を楽しんだのだろう。

一〇 山の生活

また、この山の麓《ふもと》に一軒の柴《しば》の庵《いおり》がある。ここの山守が住んでいるのだ。そこに男の子がいて、ときどきやって来て、顔を見せる。つれづれの時は、この子を連れて歩く。むこうは十歳、こちらは六十歳。年はたいへん離れているが、楽しみにしていることは同じである。茅花《つばな》（茅萱《ちがや》）の白い穂を抜いたり、岩梨《いわなし》（こけもも）を取ったり、むかごをもいだり、芹《せり》を摘《つ》んだりする。あるいは山すその田に行って落穂を拾い、それを組んで積んでおくこともある。天気のよい日は、山の頂上に登って遠く故郷の空を眺め、木幡山《こはたやま》、伏見の里、鳥羽《とば》、羽束師《はつかし》（京都市伏見区の地）などを見る。美しい山々は個人の所有地ではないから、心ゆくまで展望が楽しめる。

山道が歩きやすく、気持がはずんだときは、ここから峰伝いに炭山《すみやま》を越え、笠取山《かさとりやま》（山城・近江国境にある）を過ぎて、岩間寺《いわまでら》（滋賀県大津市）に詣《まい》ったり、石山寺《いしやまでら》（大津市）に詣ったりする。時には、粟津《あわづ》の原（木曾《きそ》義仲《よしなか》最期の地）を通って蝉丸《せみまる》（平安初期の歌人）の旧跡をたずね、そのついでに田上川《たなかみがわ》を渡って猿丸大夫《さるまるだゆう》（歌人。三十六歌仙の一人）の墓に参ることもある。

帰り途《みち》は、春なら桜、秋なら紅葉《もみじ》をかざし、季節によっては、蕨《わらび》を折ったり、木の実を拾ったりして、それらを仏前にも供え、土産《みやげ》にもする。静かな夜は、庵の窓に月を仰いで旧友のことを思い出し、山にこだまする猿の鳴き声に涙を流すこともある。近くの草むらの蛍の火を遠くの槙《まき》の島のかがり火に見まがうこともあれば、明け方の雨の音が木の葉を散らす風の音のように聞こえるときもある。

山鳥がほろと一声鳴くのを聞いても父か母かと思われ、峰の鹿《しか》が馴《な》れて寄って来るのを見るにつけても、どのくらい世間から離れてしまったかがわかる。また、冬になると埋《うず》み火《び》を掻《か》きおこして、長い夜の友として起きていることもある。深い山ではないから、梟《ふくろう》が鳴いても恐ろしい感じはなく、むしろ趣がある。こうして山中の趣は、四季折々に尽きない味がある。私のような者にとってさえ、そうなのだから、まして、もっと深遠なものの見方をする人にとっては、さらに味わいがあることだろう。

また麓《ふもと》に一《ひと》つの柴《しば》の庵《いほり》あり。すなはち、この山守《やまもり》がをる所なり。かしこに小童《こわらは》あり。ときどき来《きた》りてあひとぶらふ。もしつれづれなる時はこれを

友として遊行《ゆぎやう》す。かれは十歳、これは六十、その齢《よはひ》ことのほかなれど、心をなぐさむることこれ同じ。或《あるい》は茅花《つばな》をぬき、岩梨《いはなし》をとり、零余子《ぬかご》をもり、芹《せり》をつむ。或はすそわの田居《たゐ》にいたりて、落穂《おちぼ》を拾《ひろ》ひて、穂組《ほぐみ》を作る。もしうららかなれば、峰《みね》によぢのぼりて、はるかにふるさとの空をのぞみ、木幡山《こはたやま》、伏見《ふしみ》の里《さと》、鳥羽《とば》、羽束師《はつかし》を見る。勝地《しょうち》は主《ぬし》なければ、心をなぐさむるにさはりなし。歩《あゆ》み煩《わづら》ひなく、心遠《とほ》くいたるときは、これより峰つづき、炭山《すみやま》を越え、笠取《かさとり》を過ぎて、或《あるい》は石間《いはま》にまうで、或は石山《いしやま》ををがむ。もしはまた粟津《あはづ》の原を分けつつ、蟬歌《せみうた》の翁《おきな》が跡をとぶらひ、田上河《たなかみがは》をわたりて、猿丸大夫《さるまろまうちぎみ》が墓をたづぬ。

かへるさには、折につけつつ桜を狩《か》り、紅葉《もみぢ》をもとめ、わらびを折り、木《こ》の実《み》を拾《ひろ》ひて、かつは仏にたてまつり、かつは家づとにす。もし夜静《しづ》かなれば、窓の月に故人をしのび、猿の声に袖《そで》をうるほす。くさむらの蛍《ほたる》は、遠く槙《まき》のかがり火《び》にまがひ、暁《あかつき》の雨はおのづから木《こ》の葉《は》吹く嵐《あらし》に似たり。山鳥《やまどり》のほろと鳴くを聞きても、父か母かとうたがひ、峰の鹿の近く馴《な》れたるにつけても、世に遠ざかるほどを知る。或《あるい》はまた埋《うづ》み火《び》をかきおこして、老いの寝覚《ねざめ》の友とす。おそろしき山ならねば、梟《ふくろふ》の声をあはれむにつけても山中の景気《けいき》折につけて尽《つ》くる事なし。いはむや、深く思ひ深く知らむ人のためには、これにしも限るべからず。

二 閑居の味わい

だいたい、ここに住み始めた時は、当分の間の仮住まいのつもりだったのだが、すでにもう五年がたっている。だんだん土地に馴染《なじ》んで、軒には朽ち葉がたまり、土台には苔《こけ》がむした。いろいろな事のついでに耳に入ってくる京都の様子では、私がこの山にこもってから、身分の高い方々もだいぶ亡くなられたらしい。まして、身分の低い人たちにいたっては、おそらく数えきれまい。再三の火事で焼けた家などもどれほどあろうか。ただ、こういう仮の庵《いおり》だけが、のどかに暮せて、何の心配もなしにいられるのだ。手狭《てぜま》とはいえ、とにかく寝る所はあり、起きて居る所もある。一人で住むには十分だ。

やどかりというやつは、小さな貝に住み、けっして大きな貝に宿を借りようとはしない。大きな貝に宿を借りるのは危険だということを、すなわち生命の大事を知っている

のために作り、或は親昵朋友《しんぢつほういう》のために作る。或は主君師匠《ししやう》および財宝牛馬のためにさへこれを作る。

われ今身のためにむすべり。人のために作らず。ゆゑいかんとなれば、今の世のならひ、この身のありさま、ともなふべき人もなく、頼むべき奴《やつこ》もなし。縦《たとひ》ひろく作れりとも、誰《たれ》を宿《やど》し、誰をか据《す》ゑん。それ、人の友とあるものは富めるをたふとみ、ねむごろなるを先《さき》とす。必ずしもなさけあると、すなほなるとをば愛せず。ただ糸竹花月《しちくくわげつ》を友とせんにはしかじ。人の奴《やつこ》たるものは、賞罰はなはだしく恩顧あつきを先とす。さらに育《はぐ》みあはれむと、安く静かなるとをば願はず。ただわが身を奴婢《ぬひ》とするにはしかず。

どういうふうに「自分を召使いとするのか」と言われるかもしれないが、それはほかでもない、何かしなければならないことがあったとき、自分の体を動かしてするのである。疲れて気のすすまぬことがないとはいわないが、人を使って、そのために気をつかうよりは気楽である。歩かなければならない所へは自分の足で歩いて行く。くたびれて苦しくはあっても、馬だ、鞍《くら》だ、牛だ、車だと、めんどうな思いをするよりましである。

今、この身一つに二役を兼ねさせる。命ぜられる手足と、命ずる身と。手という奴《やっこ》、足という乗物は、わが心の思うように動いてくれる。また、身のほうも、心の苦しみを知っているから、苦しいときは休めるし、元気であれば使う。使うといっても、度を過すことはない。もの憂く働きたくないといっても、腹も立たない。自分で自分の体を使うにこしたことはない。それに、いつも歩いたり、動いたりしているほうが、体のためにもいいのだ。どうしてただじっとして、体の悪くなるのを待っている必要があろうか。また、人を使って苦労させるということは、罪を作っているようなものである。そうとわかれば、どうして他人の力が借りられよう。

衣食についても同じである。藤《ふじ》の衣（葛《くず》の繊維で作った粗末な衣服）でも、麻の夜着でも、あり合せたもので体を包む。野辺のよめ菜《な》や峰の木の実など、そのとき手に入ったものを食べて命をつなぐことさえできれば、それでいいと思っている。人との付き合いがないから、こんな身なりをしてと、あとで恥ずかしく思うこともないし、手に入る食料が少ないから、つまらないものも、おいしく感じる。

以上述べてきたようなことはすべて、富み栄えている人に対して言うことではない。

ただ、私個人の経験から言うのだが、昔はこんなところに、こんな楽しみがあるとは思わなかった。その今の楽しみを昔にくらべているだけである。

そもそも、この世界は心の持ち方一つである。心が安らかでなかったら、象や馬や七つの珍宝があっても意味がないし、宮殿楼閣《きゅうでんろうかく》があっても希望は持てない。今、寂しい住まい、一間《ひとま》の庵《いおり》にはいるが、ここは自分で気に入っている。都に出かけることがあって、わが身を顧み、ずいぶん落ちぶれたものだなあと思うことがあっても、ここに帰って来ると、東奔西走している都の連中が、かえって気の毒になる。

こう言うと負け惜しみととられるかもしれないが、そう思う人は、たとえば魚や鳥の生態を見るがよい。ずっと水の中にいる魚は水に飽きたとは言わない。魚でなければ、その気持はわからない。鳥はいつでも林にいたがる。鳥でなければ、その気持はわからない。閑居の味わいも、それと同じだ。住んでもみないで何がわかろう。

いかが奴婢とするとならば、もしなすべき事あれば、すなはちおのが身を使ふ。たゆからずしもあらねど、人をしたがへ、人をかへりみるよりやすし。もし歩《あり》くべき事あれば、みづから歩《あゆ》む。苦《くる》しといへども、馬鞍牛車《むまくらうしくるま》

と心を悩ますにはしかず。

今、一身をわかちて二《ふた》つの用をなす。手の奴《やつこ》、足の乗り物、よくわが心にかなへり。身、心の苦しみを知れれば、苦しむ時は休《やす》めつ、まめなれば使ふ。使ふとても、たびたび過《すぐ》さず。もの憂《う》しとても、心を動かす事なし。いかにいはむや、常に歩《あり》き、常に働《はたら》くは、養性《やうじやう》なるべし。なんぞいたづらに休みをらん。人を悩ます、罪業《ざいごふ》なり。いかが他《た》の力を借《か》るべき。

衣食のたぐひ、また同じ。藤《ふぢ》の衣《ころも》、麻《あさ》のふすま、得《う》るにしたがひて、肌《はだへ》をかくし、野辺《のべ》のおはぎ、峰の木《こ》の実《み》、わづかに命を継ぐばかりなり。人に交《まじは》らざれば、姿を恥づる悔《くい》もなし。糧乏《かてとも》しければ、おろそかなる哺《ほ》をあまくす。

惣《すべ》て、かやうの楽しみ、富める人に対して言ふにはあらず。ただわが身ひとつにとりて、昔今《むかしいま》とをなぞらふるばかりなり。

それ三界《さんがい》はただ心ひとつなり。心もしやすからずは象馬《ざうめ》七珍《しつちん》もよしなく、宮殿楼閣《くうでんろうかく》も望みなし。今、さびしき住《すま》ひ、一間《ひとま》の庵《いほり》、みづからこれを愛す。おのづから都に出《い》でて身の乞匃《こつがい》となれる事を恥づといへども、帰《かへ》りてここにをる時は他の俗塵《ぞくぢん》に馳《は》する事をあはれむ。もし人この言《い》へる事を疑はば、魚《いを》と鳥とのありさまを見よ。魚は水に飽《あ》かず、魚にあらざればその心を知らず。鳥は林をねがふ、鳥にあらざればその心を知らず。閑居の気味もまた同じ。住まずして誰《たれ》かさとらむ。

三 みずから心に問う

思えば私の一生も、月が山の端《は》に入ろうとしているようなもので、もう余命いくばくもない。まもなく三途《さんず》の闇《やみ》に向おうとしている。この期《ご》に及んで、ああでもない、こうでもないと、今さら愚痴を言ってみたとて何になろう。仏の教えに従えば、何につけても執着は禁物なのである。今、自分は、この草庵の閑寂に愛着を抱いているが、愛着してみたところで、ただ、それだけのことであろう。これ以上、不要の楽しみを述べて、貴重な時間を空費するのもどうかと思われるから、もう言うまい。

静かな暁、この道理を思念して、自分で自分の心に問いかけてみた――遁世《とんせい》して山林に入ったのは仏道修行のためだったではないか。そういうはずだったのに、長明よ、お前は風体《ふうてい》だけは修行者だが、心は世俗の濁りに染まっている。隠棲《いんせい》の草庵は維摩《ゆいま》（在家のまま修行を極めたインドの仏教者。方丈の住居で法を説いたという）の方丈になぞらえていながら、持するところの精神のほどは、仏弟子のうち最も愚鈍であった周利槃特《しゆりはんどく》の修行にさえ及ばない。前世の報いで貧しくいやしいために心が病んでいるのか、それとも煩悩に迷う心が自分を狂わせているのか、と。――だが、それに対して、心は一言《ひとこと》も答えなかった。言えないのである。ただ、舌を働かせて、おいでを願えない阿弥陀仏《あみだぶつ》の名を二、三度となえた以外には、何の答えも出てこなかった。

建暦《けんりやく》二年（一二一二）三月《やよい》の終わり頃、沙門《しやもん》である蓮胤《れんいん》（長明の法名）が、日野の外山《とやま》の庵《いおり》にてこれを記し終わる。

そもそも一期《いちご》の月影《つきかげ》かたぶきて、余算《よさん》の山の端《は》に近し。たちまちに三途《さんづ》の闇《やみ》に向はんとす。何のわざをかかこたむとする。仏の教《をし》へ給ふおもむきは、事にふれて執心なかれとなり。今、草庵《さうあん》を愛するも、閑寂《かんじやく》に著《ぢやく》するも、さばかりなるべし。いかが要《えう》なき楽しみを述べて、あたら時を過《すぐ》さむ。

静かなる暁《あかつき》、このことわりを思ひつづけて、みづから心に問ひていはく、世を遁《のが》れて山林に交《まじは》るは、心ををさめて道を行はむとなり、しかるを汝《なんぢ》、すがたは聖人にて、心は濁《にご》りに染《し》めり、栖《すみか》はすなはち浄名居士《じやうみやうこじ》の跡をけがせりといへども、たもつところはわづかに周利槃特《しゆりはんどく》が行《ぎやう》にだに及ばず、もしこれ貧賤《ひんせん》の報のみづから悩ますか、はたまた妄心《まうしん》のいたりて狂《きやう》せるか。そのとき心さらに答ふる事なし。ただかたはらに舌根をやとひて、不請《ふしやう》阿弥陀仏《あみだぶつ》両三遍《べん》申してやみぬ。

時に建暦《けんりやく》の二年《ふたとせ》、弥生《やよひ》のつごもりごろ、桑門《さうもん》の蓮胤《れんいん》、外山《とやま》の庵《いほり》にしてこれをしるす。

方丈記の風景 ③

方丈石《ほうじょうせき》

長明が出家したのは五十歳ごろのことか。東山《ひがしやま》の真葛原《まくずはら》や大原で数年の歳月を過ごしたのち、ぐっと南に下って洛南《らくなん》・日野《ひの》の地に移り、いわゆる「方丈」を営んだ。

日野は地名どおり藤原北家《ほくけ》の流れを汲《く》む日野氏の所領のあったところで、長明は禅寂《ぜんじゃく》という日野氏出身の僧と交流があったため、その縁でこの地の里山と言うべき山中に居を構えたと考えられている。「日野薬師《やくし》」として知られる法界寺《ほうかいじ》は日野氏の菩提寺《ぼだいじ》であり、美しい飛天の姿がほんのりと残る本堂には、国宝の阿弥陀如来像《あみだにょらいぞう》が泰然とした笑みをたたえている。この法界寺から歩いて十五分ほど、穏やかに横たわる笠取《かさとり》山地のなかに、長明の「方丈」はあった。

せせらぎを奏でる渓流沿いに、木の根が歩みを危ぶませる細い山道があり、山に入って五、六分ほどで、道の先に巨岩がそそり立つ。その岩の上は平らになっており（写真右手前）、「長明方丈石」という江戸時代の石碑。樹々の天蓋《てんがい》に覆われた、わずかな空間――ここに約三メートル四方の、解体・移築可能の木造プレハブ小屋のような「方丈」があったと推定されている。長明が亡くなって百年後、鎌倉末期ごろの二条派の歌人・公順《こうじゅん》は長明の庵《いおり》の跡を訪ね、歌を詠んだ。

くちはてぬその名ばかりと思ひしにあとさへ残る草の庵《いほり》かな

その廃墟の姿は、長明が語る「無常」をそのままに表わしていたことだろう。

徒然草

永積安明［校訂・訳］

徒然草

❖ あらすじ

『徒然草《つれづれぐさ》』は鎌倉後期から南北朝期を生きた兼好《けんこう》法師によって書かれ、序段を含め二四四の章段から成る。序段に「つれづれなるままに、日くらし硯《すずり》にむかひて、心にうつりゆくよしなし事を、そこはかとなく書きつくれば」とあるように、兼好が自らの心に去来するあれこれを書きとめたもので、内容は多岐にわたり、その内容に応じて文体も自在に変化する。

たとえば、名利《みようり》を求める愚かさを説く「名利《みやうり》に使はれて」（第三八段）のような評論的章段は、中国の古典を縦横に引用した漢文訓読調の硬質な文体である。高僧のあだ名の由来を語る「公世《きんよ》の二位《にゐ》のせうとに」（第四五段）のような世間での興味深い話は説話の趣を、初心の甘えを戒める「或人《あるひと》、弓射る事を習ふに」（第九二段）は教訓書の語りを思い起こさせる。本書では収録しなかったが「御前《ごぜん》の火炉《くわろ》に火を置く時は、火箸《ひばし》してはさむ事なし。土器《かはらけ》より、直《ただ》ちに移すべし」（第二一三段）のように、宮廷社会のしきたりを記す有職故実《ゆうそくこじつ》の覚書《おぼえがき》のごとき文章もある。また、若き日の兼好は宮仕えをする下級貴族であったらしく、その影響か、『徒然草』には平安朝以来の貴族的伝統への憧憬《しようけい》が散見される。王朝文学を思わせる麗《うるわ》しい和文が折に触れて用いられ、「折節《をりふし》のうつりかはるこそ」（第一九段）は季節の繊細な移ろいが王朝的美意識にのっとって美しく綴《つづ》られており、高貴らしき人が淋《さび》しげな邸で優美に住まう女性を訪ねる「九月廿日《ながつきはつか》の比《ころ》」（第三二段）は『源氏物語』の一場面のようである。兼好が愛読書を語る「文《ふみ》は文選《もんぜん》のあはれなる巻々《まきまき》、白氏文集《はくしもんじふ》……」（第一三段）や下品なものを列挙した「賤《いや》しげなるもの」（第七二段）は、『枕草子《まくらのそうし》』の「うつくしきもの」や「花は」に見られる物尽《ものづ》くしの文体を意識している。

　このように多様な文体が駆使される『徒然草』だが、章段の長さは概して短く、一〇〇〜四〇〇字前後の段が中心である。短いものは「あらためて益《やく》なき事は、あらためぬをよしとするなり」（第一二七段）のように一文のみ、最も長いものでも二〇〇〇字以下で、「花はさかりに」（第一三七段）がそれに当たる。

　兼好の心の動きに伴って次々と話題が移っていくため、各章段は前後の段と連想で繋《つな》がることが多い。そもそも『徒然草』を二四四の章段に区切って読むスタイルは江戸時代にはじまったもので、兼好自身は明確な章段を意識していなかった。それゆえ、『徒然草』は続けて読むことで味わいの増す部分がある。本書に収録したなかでは、第一〇・一一段（住まい）、第一二・一三段（理想の友）、第三一・三二段（女性への回想）、第五二〜五四段（仁和寺《にんなじ》関連）などで繋がり合う意識の流れを追体験できる。

　成立年代には諸説あるが、序段から第三〇〜三八段前後までと、それ以降との間には思想や表現に変化があり、執筆時期も前後するとされる。その時期がどの程度隔たるかは明らかでないが、第三〇数段以降は元徳《げんとく》二年（一三三〇）以後、四十代の終わり頃から断続的に書かれたと見るのが有力である。第三八段前後までは、人生・政治・恋愛・友情・住まい等の理想論が次々と披露される点に特徴があり、兼好の自意識の有り様が読み取れる。それ以降は、すでに述べた連想の糸に促され、無常、自然、出家、教養、財産、教訓、人間、芸能、文学、人生、体験、回想等々、変化に富む内容が展開される。これほど多彩な話題を思いのままに往還する作品であるため、読むたびに新たな発見がある。まずは現代語訳を入り口にして一筋縄ではいかない兼好の個性と対話し、つぎに原文で七変化する文章の妙を楽しんでいただきたい。

一 つれづれなるままに（序段）

なすこともない所在なさ、ものさびしさにまかせて、終日、硯《すずり》に向って、心に浮んでは消えてゆく、とりとめもないことを、何ということもなく書きつけていると、我ながらあやしくも、もの狂おしい気持がすることではある。

つれづれなるままに、日くらし硯《すずり》にむかひて、心にうつりゆくよしなし事《ごと》を、そこはかとなく書きつくれば、あやしうこそものぐるほしけれ。

二 いでや、この世に生《うま》れては（第一段）

さても、この世に生をうけたからには、誰《だれ》でも願わしいと思うことが、あれやこれやと、どっさりあるもののようだ。

帝《みかど》の御位《くらい》については申しあげるのも恐れ多い。帝のご子孫であれば、孫王方《そんのうがた》のような御末流にいたるまで、人間の血筋ではないのが、まことに尊いことである。摂政《せっしょう》・関白《かんぱく》のご様子は、いまさら申すまでもない。そのほかの貴族たちでも、朝廷から警固役の舎人《とねり》などをいただく身分の人は、とりわけりっぱに見える。こんな人たちの子や孫までは、たとえ落ちぶれてしまっていても、やはり優雅なものである。それよりも下級の者は、それぞれの身分や家柄に応じて、幸運にめぐり会い栄達して、得意顔をしているのも、自分では、りっぱなものだと思っているであろうが、そばから見ると、まことにつまらないものだ。

法師ほど、うらやましくないものはあるまい。「人には木のはしくれのように思われることよ」(『枕草子』)と、清少納言《せいしょうなごん》が書いているのも、なるほど、もっともなことである。権勢盛んで、騒ぎたてているにつけても、すばらしいとは思われないで、僧賀《そうが》上人《しょうにん》(平安時代の高僧)が言ったとかいうように、世間的な名誉に執着して心を苦しめ、仏の御教えにそむくであろうと思われる。だが、ひとすじに思い切った世捨人《よすてびと》は、かえって、望ましいところもあるであろう。

人間は容貌《ようぼう》や姿のすぐれているのこそ、望ましいことだろう。何かちょっとものを言っているのも聞きづらくなく、魅力があって、口数の多くない人にこそ、いつまでも対座していたいものである。りっぱだと思っていた人が、何かの場合に、予想に反して幻滅するような本性をあらわすようなのこそ、何とも口惜しいことだ。人品や容貌は、それこそ生れついたものであろうが、心は、賢いうえにも賢い方へ向上させようとするならば、どうしてできないことがあろうか。顔だちや気だてのすぐれた人でも、才能がないということになってしまうと、人品も劣り、顔も憎々しげな人に立ち交わって、ひとたまりもなく圧倒されてしまうのが、まったく残念なことである。

望ましいのは、正式で本格的な学問の道、漢詩・和歌・音楽の道に達していることである。また典例・故実に明らかで、公の儀式や作法などの方面でも、人の手本となるのは、まことにすぐれているといえるだろう。筆跡なども拙《つたな》くはなく、すらすらと書き、宴席では声がよくて一座の音頭《おんど》をとり、酒をすすめられては、迷惑そうにはするものの、まったく飲めないわけでもないのこそが、男としてはよいのである。

いでや、この世に生《うま》れては、願はしかるべき事こそ多かめれ。

御門《みかど》の御位《おほんくらゐ》はいともかしこし。竹《たけ》の園生《そのふ》の末葉《すゑば》まで、人間の種《たね》ならぬぞやんごとなき。一《いち》の人《ひと》の御有様《みありさま》はさらなり。ただ人《うど》も、舎人《とねり》など賜《たま》はるきはは、ゆゆしと見ゆ。その子・孫《むまご》までは、はふれにたれど、なほなまめかし。それより下《しも》つかたは、ほどにつけつつ、時にあひ、したり顔《がほ》なるも、みづからはいみじと思ふらめど、いとくちをし。

法師ばかり羨《うらや》ましからぬものはあらじ。「人には木の端《はし》のやうに思はるるよ」と清少納言《せいせうなごん》が書けるも、げにさることぞかし。いきほひまうにののしりたるにつけて、いみじとはみえず、僧賀《そうが》ひじりの言ひけんやうに、名聞《みやうもん》くるしく、仏の御教《みをしへ》にたがふらんとぞおぼゆる。ひたふるの世捨人《よすてびと》は、なかなかあらまほしきかたもありなん。

人は、かたち・ありさまのすぐれたらんこそ、あらまほしかるべけれ。ものうち言ひたる、聞きにくからず、愛敬《あいぎやう》ありて言葉多からぬこそ、飽《あ》かず向《むか》はまほしけれ。めでたしと見る人の、心劣《こころおと》りせらるる本性《ほんしやう》見えんこそ、口をしかるべけれ。しな・かたちこそ生れつきたらめ、心はなどか賢きより賢きにも移《うつ》さば移らざらん。かたち・心ざまよき人も、才《ざえ》なくなりぬれば、しなくだり、顔憎《にく》さげなる人にも立ちまじりて、かけずけおさるるこそ、本意《ほい》なきわざなれ。

ありたき事は、まことしき文《ふみ》の道《みち》、作文《さくもん》・和歌《わか》・管絃《くわんげん》の道、又有職《いうそく》に、公事《くじ》の方《かた》、人の鏡ならんこそいみじかるべけれ。手などつたなからず走りがき、声をかしくて拍子《はうし》とり、いたましうするものから、下戸《げこ》ならぬこそ男《をのこ》はよけれ。

三　よろづにいみじくとも（第三段）

万事にすぐれていても、恋心の情趣を解しないような男は、まことにものたりなくて、まるで底のない玉の杯《さかずき》のような感じがするに違いない。

夜露にぐっしょり濡《ぬ》れ、所も定めず、あちらこちらさまよい歩き、親の忠告や世間の非難をはばかるのに心の休まるひまもなく、あれこれと思案にくれ、そのくせじつは独り寝することが多く、おちおち仮寝《かりね》する夜もないようなのが、情趣あるものなのである。

そうかといって、恋におぼれきっているふうではなくて、女から軽く見られないのこそ、好ましい身の持ち方というべきである。

よろづにいみじくとも、色好《この》まざらん男《をのこ》は、いとさうざうしく、玉の卮《さかづき》の当《そこ》なき心地《ここち》ぞすべき。

露霜《つゆしも》にしほたれて、所定《ところさだ》めずまどひ歩《あり》き、親のいさめ、世のそしりをつつむに心の暇《いとま》なく、あふさきるさに思ひ乱れ、さるは独《ひと》り寝《ね》がちに、まどろむ夜《よ》なきこそをかしけれ。

さりとて、ひたすらたはれたる方《かた》にはあらで、女にたやすからず思はれんこそ、あらまほしかるべきわざなれ。

四 あだし野の露（第七段）

あだし野（京都嵯峨野《さがの》の奥にあった墓地）におく露の消えるときがなく、鳥辺山《とりべやま》（京都東山の一つ。麓《ふもと》に火葬場があった）の煙が立ち去らないでいるというように、人間がこの世の中に、いつまでも住みおおせることのできる習わしであったとすれば、どんなにか深い情趣もないことであろう。この世は不定《ふじょう》であるからこそ、すばらしいのだ。

命のあるものを見ると、人間ほど長生きをするものはない。かげろうが朝生れて夕方には死に、夏の蟬《せみ》が春や秋を知らないというようなものも、あることだ。しみじみと一年という期間を暮らす、その間だけでも、このうえもなくゆったりとしたものであることよ。いつまでも満足せず、惜しいと思うならば、千年を過しても、一夜の夢のように短い気持がするであろう。

永久に住みおおせることのできぬこの世に生きながらえて、みにくい自分の姿を迎えとって、何のかいがあろうか。命が長ければ、それだけ恥をかくことが多い。長くても四十に足らぬくらいで死んでゆくのこそ、見苦しくない生き方であろう。その時期を過ぎてしまうと、容貌《ようぼう》のおとろえを恥ずかしく思う心もなく、人なかに立ち交わることを願い、夕日の傾きかけたような老齢で、子や孫をかわいがり、立身出世してゆくその将来を見とどけるまでの長命を期待し、ただやたらに俗世間のあれこれをむさぼる心ばかりが深くなって、この世の情趣もわからなくなってゆくのは、まったくあさましいことである。

あだし野の露きゆる時なく、鳥部《とりべ》山《やま》の烟《けぶり》立ちさらでのみ住みはつるならひならば、いかにもののあはれもなからん。世はさだめなきこそいみじけれ。

命あるものを見るに、人ばかり久しきはなし。かげろふの夕《ゆふべ》を待ち、夏の蟬《せみ》の春秋《はるあき》を知らぬもあるぞかし。つくづくと一年《ひととせ》を暮《くら》すほどだにも、こよなうのどけしや。あかず惜《を》しと思はば、千年《ちとせ》を過《すぐ》すとも一夜《ひとよ》の夢の心地《ここち》こそせめ。

住み果てぬ世に、みにくき姿を待ちえて何かはせん。命長ければ辱《はぢ》多し。長くとも四十《よそぢ》に足《た》らぬほどにて死なんこそ、めやすかるべけれ。そのほど過ぎぬれば、かたちを恥《は》づる心もなく、人に出《い》でまじらはん事を思ひ、夕《ゆふべ》の陽《ひ》に子孫を愛して、栄《さか》ゆく末《すゑ》を見んまでの命をあらまし、ひたすら世をむさぼる心のみ深く、もののあはれも知らずなりゆくなん、あさましき。

徒然草の風景 〈1〉

化野《あだしの》

平安時代の『餓鬼《がき》草紙《ぞうし》』には、墓場の遺体をあさる餓鬼の姿が描かれる。目を奪われるのは、遺体が腐敗するままにさらされる光景。膨《ふく》れ上がって犬に食われるもの、すっかり骨になってしまったもの、そして、まだ黒髪を残した女性の、目玉がほろりと落ちてしまったもの――この状況が京の三方の山辺にあった。北の蓮台野《れんだいの》、東の鳥辺野《とりべの》、西の化野。京の代表的な葬送地である。

蓮台野は現在の船岡山《ふなおかやま》の西側のあたり、上品蓮台寺《じょうぼんれんだいじ》には冥府《めいふ》の救済者と言われる地蔵菩薩《じぞうぼさつ》像が祀《まつ》られている。鳥辺野は東山の阿弥陀《あみだ》ケ峰《がみね》から今熊野《いまくまの》までの広い地域を占めており、現在は西大谷《にしおおたに》の墓石群にそのおもかげを見いだすことができる。

化野は中世以降、愛宕《あたご》神社の参道として賑《にぎ》わいをみせ、現在は奥嵯峨野《おくさがの》の古い家並みが旅人に愛されているが、ここにもかつて凄惨《せいさん》な死の曼荼羅《まんだら》があった。化野念仏寺（写真）は空海が野ざらしの遺骸を一体一体埋葬して五智山如来寺《ごちさんにょらいじ》を開いたことに始まると伝わる。境内に集められた無数の石仏群はこの辺りから出土したもので、南北朝期から室町期――ちょうど兼好が生きた時代の石仏が多いという。

飢饉《ききん》や天災で幾度となく死骸にあふれた京都。「人」から「屍《しかばね》」へと変化していくさまを日常的に目にしていた人々にとって、死は肌に接していた。「死は前から来るのではない、いつの間にか後に迫っているもの」――兼好の言葉は、体験からにじみ出たものだろう。

五 世の人の心まどはす事（第八段）

この世の人の心を迷わすことで、色欲に及ぶものはない。人間の心というものは何という愚かなものであろうか。匂《にお》いなどは、かりそめのものであるのに、一時的に衣装に香《こう》を薫《た》きこんでいるのだとわかっていながら、何ともいえないよい匂いがすると、必ず心がときめくものである。久米《くめ》の仙人《せんにん》は洗濯をしている女のふくらはぎの白いのを見て神通力《じんつうりき》を失ったとかいうけれど、まったく、手足や肌などが美しく、肥えていて脂肪のつややかなのは、ほかの色とはちがうのだから、なるほど、そうもあろうよと思われる。

世の人の心まどはす事、色欲にはしかず。人の心はおろかなるものかな。匂《にほ》ひなどはかりのものなるに、しばらく衣裳《いしやう》に薫物《たきもの》すと知りながら、えならぬ匂ひには、必ず心ときめきするものなり。久米《くめ》の仙人《せんにん》の、物洗ふ女の脛《はぎ》の白きを見て、通《つう》を失《うしな》ひけんは、誠《まこと》に手足・はだへなどのきよらに、肥えあぶらづきたらんは、外《ほか》の色《いろ》ならねば、さもあらんかし。

六 女は髪のめでたからんこそ（第九段）

女は、髪の美しい人こそ、人の目を引きつけるようだ。人柄や気だてなどは、物を隔てて会っていても、ものを言っている様子から知られるものだ。折に触れて何気なくしている様子にでも人の心を迷わし、すべて女が、気を許した熟睡もせず、わが身を惜しいとも思わず、堪えられそうにもないことにもよく我慢するのは、まったく男の愛情を思うがためである。

まことに愛執の道というものは、その根が深く、源の遠いものだ。人間の欲望を刺激する対象は数多くあるけれども、それらはみな、しりぞけることができるものだ。その中で、ただ、あの情欲という迷い一つだけは、とてもおさえがたく、これればかりは、年老いた人も若い人も、また知恵のある人も愚かな人も、変わるところがないものと思われる。

こういうわけだから、女の髪の毛をよって作った綱には大きな象さえもしっかりとつなぎとめられ、女のはいた足駄《あしだ》で作った鹿笛《ししぶえ》には秋の雄鹿《おじか》が必ず寄ってくるものだと言い伝えられています。自ら戒めて、恐れもし慎みもしなければならないのは、この迷いである。

女《をんな》は髪のめでたからんこそ、人の目たつべかめれ。人のほど、心ばへなどは、もの言ひたるけはひにこそ、ものごしにも知らるれ。ことにふれて、うちあるさまにも人の心をまどはし、すべて女の、うちとけたるいも寝《ね》ず、身を惜《を》しとも思ひたらず、堪《た》ゆべくもあらぬわざにもよく堪へしのぶは、ただ色を思ふがゆゑなり。

まことに、愛著《あいぢやく》の道、その根深く、源《みなもと》遠し。六塵《ろくぢん》の楽欲《げうよく》多しといへども、皆厭離《えんり》しつべし。その中《なか》に、ただ、かのまどひのひとつやめがたきのみぞ、老いたるも若きも、智《ち》あるも愚《おろ》かなるも、かはる所なしとみゆる。

されば、女の髪すぢをよれる綱には、大象《だいざう》もよくつながれ、女のはける足駄《あしだ》にて作れる笛《ふえ》には、秋の鹿《しか》、必ずよるとぞ言ひ伝へ侍《はべ》る。自ら戒《いまし》めて、恐《おそ》るべく慎《つつし》むべきは、このまどひなり。

七 家居《いへゐ》のつきづきしく（第一〇段）

住居が、その人に似つかわしく、また望ましい状態であるのは、それこそ一時の宿にすぎないものだとは思うものの、何といっても感興をおぼえるものである。

身分が高く品格も教養もすぐれた人が、ゆったりと住みならしている所は、さしこんでいる月の光も、いちだんとしみじみと見えるものだ。当世ふうに華美ではないが、木立《こだち》が何となく古めかしくなっていて、とくに手入れをしたというでもない庭の草も趣のある様子で、簀子縁《すのこえん》（濡《ぬ》れ縁）や透垣《すいがい》（竹や板で間を透かして作った垣根）の配置もおもしろく、ただ何ということもなく置いてある小道具類も、古雅な感じがして落ち着いているのこそ、奥ゆかしいことだと思われる。

多くの大工が、心をこめて磨きたて、中国や日本の珍しく絶妙な小道具類を並べ置いて、前庭の草木までも自然のままの姿でなく作りたててあるのは、見た目にも見苦しく、まったくいやになってしまう。そんな状態で、どうしていつまでも長く住みつづけることができようものか。これもまた、たちまち焼けうせて煙になってしまうだろうと、見るとすぐさま思われてくる。だいたいのところ、住まいのあり方によって、その家に住む人の様子は推測されるものである。

後徳大寺大臣《ごとくだいじのおとど》（藤原実定）が、邸《やしき》の正殿に鳶《とび》をとまらせまいとして縄をお張りになっていたのを、西行《さいぎょう》が見て、「鳶がとまっていたからといって、何の不都合があろうか。この大臣殿の御心は、この程度でいらしたのだ」と言って、その後は参上しなかったとかいうことを聞いておりますが、綾小路宮《あやのこうじのみや》（亀山天皇皇子）がいらっしゃる小坂殿《こさかどの》の棟に、いつだったか縄が引かれたので、後徳大寺大臣の先例を思い出しましたところ、本当にそういえば、「烏《からす》が屋根に群れていて池の蛙《かえる》を取ったので、それをご覧になり、かわいそうにお思いになったからのことなのです」と人が語ったので、なるほどそれならば、結構なことであったと思われたのであった。後徳大寺大臣の場合にも、どんなわけがあったことでございましょうか。

家居《いへゐ》のつきづきしく、あらまほしきこそ、仮《かり》の宿《やど》りとは思へど、興《きよう》あるものなれ。

よき人の、のどやかに住みなしたる所は、さし入りたる月の色も、一《ひと》きはしみじみと見ゆるぞかし。今めかしくきららかならねど、木《こ》だちものふりて、わざとならぬ庭の草も心あるさまに、簀子《すのこ》・透垣《すいがい》のたよりをかしく、うちある調度《てうど》も昔覚《おぼ》えてやすらかなるこそ、心にくしと見ゆれ。

多くの工《たくみ》の心をつくしてみがきたて、唐《から》の、大和《やまと》の、めづらしく、えならぬ調度《てうど》ども並べ置き、前栽《せんざい》の草木《くさき》まで心のままならず作りなせるは、見る目も苦しく、いとわびし。さてもやは、ながらへ住むべき。又、時のまの烟《けぶり》ともなりなんとぞ、うち見るより思はるる。大方《おほかた》は、家居《いへゐ》にこそ、ことざまはおしはからるれ。

後徳大寺大臣《ごとくだいじのおとど》の、寝殿《しんでん》に鳶《とび》ゐさせじとて縄《なは》をはられたりけるを、西行《さいぎやう》が見て、「鳶のゐたらんは、何かはくるしかるべき。此《こ》の殿《との》の御心《みこころ》、さばかりにこそ」とて、その後《のち》は参《まゐ》らざりけると聞き侍《はべ》るに、綾小路宮《あやのこうぢのみや》のおはします小坂殿《こさかどの》の棟《むね》に、いつぞや縄をひかれたりしかば、かのためし思ひいでられ侍《はべ》りしに、誠《まこと》や、「烏《からす》のむれゐて池の蛙《かへる》をとりければ、御覧《ごらん》じ悲しませ給ひてなん」と人の語りしこそ、さてはいみじくこそと覚《おぼ》えしか。徳大寺にもいかなる故《ゆゑ》か侍りけん。

八 神無月《かみなづき》の比《ころ》（第一一段）

陰暦十月のころ、栗栖野《くるすの》（京都市山科区）という所を通り過ぎて、ある山里に人を尋ねて入って行ったことがありましたが、はるか向こうまで続いている苔《こけ》むした細道を踏み分け入っていくと、心ぼそい様子で住みなしている庵《いおり》があった。落ち散った木の葉にうずもれている懸樋《かけひ》から落ちる雫《しずく》よりほかには、何一つ音を立てるものもない。閼伽棚《あかだな》（仏前に供える花や水を置く棚）に菊や紅葉《もみじ》などを折り散らしているのは、そうはいっても住む人がいるからであろう。こんなふうにも住んでいられるものだなあと感じ入って見ているうちに、向こうの庭に、大きな蜜柑《みかん》の木があり、枝もしなうほどに実っているそのまわりを厳重に囲ってあったのばかりは、少々今までの感興がさめて、この木がなかったらよかったのにと思われた。

神無月《かみなづき》の比《ころ》、栗栖野《くるすの》といふ所を過ぎて、ある山里に尋ね入る事侍《はべ》りしに、遥《はる》かなる苔《こけ》の細道をふみわけて、心ぼそく住みなしたる庵《いほり》あり。木《こ》の葉《は》に

埋《うづ》もるる懸樋《かけひ》のしづくならでは、つゆおとなふものなし。閼伽棚《あかだな》に菊《きく》・紅葉《もみぢ》など折り散らしたる、さすがに住む人のあればなるべし。かくてもあられけるよと、あはれに見るほどに、かなたの庭に、大きなる柑子《かうじ》の木の、枝もたわわになりたるがまはりをきびしく囲《かこ》ひたりしこそ、少しことさめて、この木なからましかばと覚えしか。

九 おなじ心ならん人と（第一二段）

もしも同じ心の人がいて、その人としんみり物語して、風雅の道のことでも、この世の無常なことでも、心の隔てなく語り合って慰めたとしたら、それこそうれしいことであろう。しかし、そんな人はいるはずがないので、少しも相手の心持にくいちがわないようにと心がけて対座しているとすれば、まるで一人でいるような心持がするであろう。

お互いに言おうとするほどのことを、「もっともだ」と聞くだけの価値はあるものの、少しはくいちがうところもあるような人のほうが、「自分は、どうもそうは思わない」

などと言い争い憎みなどもして、「それだから、そうなのだ」などとも語り合うとすれば、所在なさも慰められるだろうとは思う。しかし本当のことを言えば、心中の不満を嘆くという点でも、自分と等しくないような人は、ひととおりのつまらないことを言う程度のあいだは、それでよいであろうが、本当の意味の心の友というのには、はるかに距離があるにちがいないのは、何ともやりきれないことである。

おなじ心ならん人としめやかに物語して、をかしき事も、世のはかなき事も、うらなく言ひ慰《なぐさ》まんこそうれしかるべきに、さる人あるまじければ、つゆ違《たが》はざらんと向ひゐたらんは、ひとりある心地《ここち》やせん。たがひに言はんほどの事をば、「げに」と聞くかひあるものから、いささか違ふ所もあらん人こそ、「我はさやは思ふ」など争ひ憎み、「さるから、さぞ」ともうち語らはば、つれづれ慰まめと思へど、げには、少しかこつかたも、我と等《ひと》しからざらん人は、大方《おほかた》のよしなしごと言はんほどこそあらめ、まめやかの心の友には、はるかに隔《へだ》たる所のありぬべきぞ、わびしきや。

一〇 ひとり灯《ともしび》のもとに（第一三段）

ただ一人、灯火のもとに書物をひろげて、見も知らぬ昔の人を友とすることこそ、何にもまして心が慰められる。

書物は、『文選《もんぜん》』（中国、梁《りよう》の昭明太子撰《せん》の詩文集）の感銘深い巻々、『白氏文集《はくしもんじゆう》』（唐の白楽天《はくらくてん》の詩文集）、『老子《ろうし》』や『荘子《そうじ》』の言葉などがすばらしい。わが国の博士《はかせ》たちの書いたものも、昔のには感銘の深いことが多いものだ。

ひとり灯《ともしび》のもとに文《ふみ》をひろげて、見ぬ世の人を友とするぞ、こよなう慰むわざなる。

文は文選《もんぜん》のあはれなる巻々《まきまき》、白氏文集《はくしもんじふ》、老子《らうし》のことば、南華《なんくわ》の篇《へん》。此《こ》の国の博士《はかせ》どもの書ける物も、いにしへのは、あはれなること多かり。

二 いづくにもあれ（第一五段）

どこであろうと、しばらく旅に出ているときは、目の覚めるように新鮮な気持がするものである。旅先を、あちらこちら見歩いていると、田舎《いなか》めいた所や山中の人里などでは、ずいぶん見慣れないことばかりが多くあるものだ。都へついでのある人に託して手紙を送り、「あの事やその事は適宜にやっておいてくれ、忘れないように」などと言いやるのも、まことにおもしろいものである。そのような所でこそ、何事にも、しぜんと気をくばるようになるものだ。旅先では持っている小道具まで、りっぱなものは、いっそうみごとに見え、芸能の才のある人や容貌《ようぼう》の美しい人も、常日ごろより、ずっとひきたって見えるものである。

寺や社などに、人に知られず、ひそかにお籠《こも》りしているのもおもしろい。

いづくにもあれ、しばし旅だちたるこそ、目さむる心地《ここち》すれ。そのわたり、ここかしこ見ありき、ゐなかびたる所、山里などは、いと目慣《めな》れぬ事のみぞ多かる。都へたよりもとめて文《ふみ》やる、「その事かの事、便宜《びんぎ》に、忘るな」など言ひやるこそをかしけれ。さやうの所にてこそ、万《よろづ》に心づかひせらるれ。持てる調度《てうど》まで、よきはよく、能《のう》ある人、かたちよき人も、常よりはをかしとこそ見ゆれ。

寺《てら》・社《やしろ》などに忍《しの》びてこもりたるもをかし。

二　折節《をりふし》のうつりかはるこそ（第一九段）

季節の移りかわるさまこそは、何事につけても情趣深いものである。「もののあわれは、何といっても秋がいちばん深く感ぜられる」とは、誰《だれ》もかれも言うようで、それも一理あることであるが、もういちだんと心も浮き立つものは春の気色であるようだ。鳥の声なども特別春らしくなって、のどかな日の光の中に、垣根《かきね》の草が芽を出しはじめるころから、しだいに春が深くなり、一面に霞《かすみ》がかかるようになって、桜の花もようやく咲きはじめる、ちょうどそういう時に、折あしくも雨や風が引き続いて、気ぜわしく散り過ぎてしまう。青葉になってゆくまで、何かにつけてただ、人の気ばかりをもませるものである。花橘《はなたちばな》は昔を思い出させるよすがとして有名であるが（『古今集』の「五月《さつき》まつ花橘の香《か》をかげば昔の人の袖《そで》の香ぞする」などによる）、それでもやはり梅の花の匂《にお》いによってこそ、昔のことも、その当時に立ちかえって恋しく思い出されるものである。山吹《やまぶき》が美しく咲き、藤《ふじ》の花房《はなぶさ》がおぼろげなさまで垂れ下がっている様子など、どれもこれも、見捨てることのできないことが多い。

「灌仏会《かんぶつえ》（陰暦四月八日の釈迦生誕祭）のころ、賀茂祭《かものまつり》（陰暦四月の中の酉《とり》の日に行われる京都の代表的な祭）のころ、若葉の梢《こずえ》が見るからに涼しそうに茂ってゆく時分こそ、この世の中のしみじみとした趣も、人恋しさも、いつもより深く感じられるものだ」と、ある方がおっしゃったが、まったくそのとおりである。五月の、菖蒲《しょうぶ》を屋根に葺《ふ》くころ、早苗《さなえ》をとって田植《たうえ》をするころ、水鶏《くいな》（水田に棲《す》む鳥。声が戸をたたく音に似る）が戸をたたくような声で鳴くのなど、心さびしくないことがあろうか。六月のころ、みすぼらしい家に夕顔の花が白く見えて、蚊遣火《かやりび》をいぶしているのも、情趣深いものである。六月晦日《みそか》の大祓《おおはらえ》の行事（邪気払いの行事）も、また趣のあるものだ。

七月七日に七夕《たなばた》を祭るのは、まことに優雅なものである。しだいに夜気が寒くなるころ、雁《かり》が鳴いて来るころ、萩《はぎ》の下葉が黄色くなってくるころには、早稲《わせ》の田を刈りあげて干すなど、あれやこれやとあわれ深いことが一時《ひととき》に行われるのは、とりわけ秋に多いものだ。また野分《のわき》(台風)の明くる朝の有様は、まことに興趣のあるものである。

このように言いつづけると、みな『源氏物語』や『枕草子』などに、言いふるされてしまっていることであるが、同じことを、また事新しく言っていけないわけでもあるまい。思っていることを言わないのは腹のふくれる気持のすることであるから、筆にまかせながら書くつまらない慰みごとであって、書くいっぽうから破って捨てるはずのものなのだから、人が見るはずのものでもないのだ。

さて、冬枯れの有様こそ、秋にも決して劣るまいと思われるものだ。池の水際《みぎわ》の草に紅葉《もみじ》が散りとどまっていて、霜がたいそう白く降りている朝、遣水《やりみず》(庭の引き水)から水蒸気が立っているのは、おもしろい景である。年が暮れてしまって、誰もかれもが急ぎ合っているころは、たぐいなく感慨深いものである。興ざめなものとして見る人もない月が寒々と冴《さ》えている十二月二十日過ぎの空こそ、まことに心細い感じがするものだ。宮中での御仏名《おぶつみよう》の法会《ほうえ》(十二月十九日から三日間、諸仏の名号を唱える行事)や諸陵墓に奉幣使《ほうへいし》が出発するさまなどは、情趣深く、また尊い思いがする。朝廷の諸行事がことしげく、新春の準備にとりかさねて行われる有様は、まことに結構なことである。大《おお》晦日《みそか》の追儺《ついな》（鬼やらいの儀）から、すぐ元旦の四方拝《しほうはい》（天皇が天地四方の神々を拝する儀式）に続くのこそ、じつにおもしろい。大晦日の夜、たいそう暗い中に松明《たいまつ》などをつけて、夜中過ぎるまで人の家の門をたたき、走り歩いて、何事であろうか、大げさにわめきたてて、足も地につかないほど大急ぎであわてまどっているのが、明け方からは、さすがに静かになってしまう、そんな時にこそ、一年の過ぎ去ってゆく余情も、まことに心細く感じられるものだ。亡くなった人の魂がこの世に帰って来る夜というので魂をまつる大晦日の行事が、近来、都には滅びているのに、関東では今でもやっているというのは、まことに感慨深いことであった。こうして明けてゆく空の様子は、暮れの昨日と変っているとは見えないが、うってかわって清新な心持がするものだ。都大路の様子も、家々に門松《かどまつ》を立てつらねて、はなやかにうれしそうなのこそ、また情趣深いものである。

折節《をりふし》のうつりかはるこそ、ものごとにあはれなれ。

「もののあはれは秋こそまされ」と人ごとにいふめれど、それもさるものにて、今一《ひと》きは心もうきたつものは、春の気色《けしき》にこそあめれ。鳥の声などもことの外《ほか》に春めきて、のどやかなる日影《ひかげ》に、墻根《かきね》の草萌《も》えいづるころより、やや春ふかく霞《かす》みわたりて、花もやうやう氣色《けしき》だつほどこそあれ、折《をり》しも雨風《あめかぜ》うちつづきて、心あわたたしく散り過ぎぬ。青葉になり行くまで、よろづにただ心をのみぞ悩《なや》ます。花橘《はなたちばな》は名にこそ負《お》へれ、なほ梅の匂《にほ》ひにぞ、いにしへの事も立ちかへり恋《こひ》しう思ひ出《い》でらるる。山吹《やまぶき》のきよげに、藤《ふぢ》のおぼつかなきさましたる、すべて、思ひ捨てがたきこと多し。

「灌仏《くわんぶつ》の比《ころ》、祭《まつり》の比《ころ》、若葉の、梢《こずゑ》涼しげに茂《しげ》りゆくほどこそ、世のあはれも、人の恋しさもまされ」と人のおほせられしこそ、げにさるものなれ。五月《さつき》、あやめふく比《ころ》、早苗《さなへ》とるころ、水鶏《くひな》のたたくなど、心ぼそからぬかは。六月《みなづき》の比《ころ》、あやしき家に夕顔《ゆふがほ》の白く見えて、蚊遣火《かやりび》ふすぶるもあはれなり。六月祓《みなづきばらへ》又をかし。

七夕《たなばた》まつるこそなまめかしけれ。やうやう夜寒《よさむ》になるほど、雁《かり》鳴きてくるころ、萩《はぎ》の下葉《したば》色づくほど、早稲田《わさだ》刈り干《ほ》すなど、とり集めたる事は秋のみぞ多かる。又、野分《のわき》の朝《あした》こそをかしけれ。

言ひつづくれば、みな源氏物語《げんじのものがたり》・枕草子《まくらのさうし》などにことふりにたれど、同《おな》じ事、又今さらに言はじとにもあらず。おぼしき事言はぬは腹《はら》ふくるるわざなれば、筆にまかせつつ、あぢきなきすさびにて、かつ破《や》り捨《す》つべき物なれば、人の見るべきにもあらず。

さて冬枯《ふゆがれ》の気色《けしき》こそ秋にはをさをさおとるまじけれ。汀《みぎは》の草に紅葉《もみぢ》の散りとどまりて、霜いと白う置ける朝《あした》、遣水《やりみづ》より烟《けぶり》の立つこそをかしけれ。年の暮れはてて、人ごとに急ぎあへる比《ころ》ぞ、又なくあはれなる。すさまじきものにして見る人もなき月の、寒けく澄める廿日《はつか》あまりの空こそ、心ぼそきものなれ。御仏名《おぶつみやう》・荷前《のさき》の使《つかひ》たつなどぞ、あはれにやんごとなき。公事《くじ》どもしげく、春のいそぎにとりかさねて催《もよほ》しおこなはるるさまぞいみじきや。追儺《ついな》より四方拝《しはうはい》につづくこそ面白《おもしろ》けれ。つごもりの夜《よ》、いたう暗《くら》きに、松どもともして、夜半《よなか》過ぐるまで人の門《かど》たたき、走りありきて、何事にかあらん、ことことしくののしりて、足を空《そら》に惑《まど》ふが、暁《あかつき》がたより、さすがに音なくなりぬるこそ、年の名残《なごり》も心ぼそけれ。なき人の来《く》る夜《よ》とて魂《たま》まつるわざは、この比《ごろ》都にはなきを、東《あづま》のかたには、なほする事にてありしこそあはれなりしか。かくて明けゆく空の気色《けしき》、昨日《きのふ》に変《かは》りたりとは見えねど、ひきかへめづらしき心地《ここち》ぞする。大路《おほち》のさま、松《まつ》立てわたしてはなやかにうれしげなるこそ、またあはれなれ。

二三 しづかに思へば（第二九段）

心静かに思えば、何事につけても、過ぎ去ったことの恋しさばかりが、どうしようもなくせつなく感じられる。

人が寝静まった後、長い夜の手すさびに、別にどうということもない身のまわりの道具類をとりかたづけ、残しておくまいと思う書き損じの紙などを破り捨てる、その中に、亡くなった人が、字を書き習い、絵を慰みに描いたものを見つけ出したときは、まったく、その当時の心地がするものである。現在生きている人の手紙にしても、長い月日がたって、それをもらったのは、どんな時、いつの年のことであっただろうかと思うのは、まったくしみじみとした気持になるものである。故人が使い慣れていた道具類なども、無心でいつまでも変らずに残っているのを見ると、まことに悲しくなってくる。

しづかに思へば、よろづに過ぎにしかたの恋しさのみぞせんかたなき。人しづまりて後、長き夜のすさびに、なにとなき具足《ぐそく》とりしたため、残しおかじと思ふ反古《ほうご》など破《や》り捨《す》つる中に、なき人の手ならひ、絵かきすさびたる見出でたるこそ、ただその折《をり》の心地《ここち》すれ。この比《ごろ》ある人の文《ふみ》だに、久しくなりて、いかなる折、いつの年なりけんと思ふはあはれなるぞかし。手なれし具足なども、心もなくて変《かは》らず久しき、いとかなし。

一四　人のなきあとばかり（第三〇段）

人の亡くなったあとほど悲しいものはない。死後四十九日の中陰《ちゆういん》の間、山里などに移り住んで、不便な狭い所に大勢いっしょになって、死後のさまざまな法事を営み合うのは気ぜわしいものである。日数の過ぎ去ってゆく早さは、たとえようもないほどだ。中陰の終わる日は、まるで情味もなく、お互いにものも言わないで、われがちにさっさと物をとりまとめて、ちりぢりに離れ去ってしまう。自分の家に帰ってからこそ、いっそう悲しさが増すものであろう。「これこれのことは、何とも慎むべきこと、遺族のために忌み避けることですよ」などと言っているを聞くと、これほどの悲しみのなかで何ということだと思われ、人間の心というものが、やはり情けなく感じられる。

年月がたっても少しも忘れるわけではないけれども、「去る者は日々に疎《うと》し」と言われるように、忘れないとはいっても亡くなった当座ほどには感じないのであろうか、とりとめもないことを言ってふと笑ってしまうようにもなる。遺骸《いがい》は人気のない山の中に埋葬して、墓参すべき日だけにお参りしては見ていると、間もなく卒都婆《そとば》にも苔《こけ》がついて、木の葉に埋もれてしまい、夕べの嵐《あらし》や夜の月だけが訪れてくれる縁者になってしまう。思い出して、あとを慕う人がいるような間はよいだろうが、そんな人もまた間もなく死んで、ただ聞き伝えているだけの子孫たちは、これを感慨深く思うであろうか。そういうわけで、ついには死後を訪ねるということもなくなってしまえば、どこの人かと名前さえもわからなくなり、年ごとの墓地に生える春の草ばかりを、心ある人はしみじみと見るであろうが、ついには、嵐に吹かれて、むせぶように鳴った松の木も、千年という年月もたたないのに砕かれて薪《たきぎ》となり、古い墓標も鋤《すき》で掘り返されて田となってしまうものだ。古い墳《つか》の形さえもなくなってしまうのは、まことに悲しいことである。

人のなきあとばかり悲しきはなし。中陰《ちゅういん》のほど、山里《やまざと》などにうつろひて、便《びん》あしく狭《せば》き所にあまたあひ居て、後《のち》のわざども営《いとな》みあへる、心あわたたし。日《ひ》数《かず》のはやく過ぐるほどぞものにも似ぬ。果《は》ての日は、いと情《なさけ》なう、たがひに言ふ事もなく、我かしこげに物ひきしたため、ちりぢりに行きあかれぬ。もとの住みかに帰りてぞ、更《さら》に悲しき事は多かるべき。「しかしかのことは、あなかしこ、あとのため忌《い》むなる事ぞ」など言へるこそ、かばかりのなかに何かはと、人の心はなほうたておぼゆれ。

　年月へてもつゆ忘るるにはあらねど、去る者は日々《ひび》に疎《うと》しと言へることなれば、さはいへど、その際《きは》ばかりは覚えぬにや、よしなしごと言ひてうちも笑ひぬ。からは、気《け》うとき山の中にをさめて、さるべき日ばかり詣《まう》でつつ見れば、ほどなく卒都婆《そとば》も苔《こけ》むし、木葉《このは》ふり埋《うづ》みて、夕《ゆふべ》の嵐《あらし》、夜《よる》の月のみぞ、こととふよすがなりける。思ひ出《い》でてしのぶ人あらんほどこそあらめ、そも又ほどなくうせて、聞き伝ふるばかりの末々《すゑずゑ》は、あはれとやは思ふ。さるは、跡《あと》とふわざも絶えぬれば、いづれの人と名をだに知らず、年々《としどし》の春の草のみぞ心あらん人はあはれと見るべきを、はては、嵐にむせびし松も千年《ちとせ》を待たで薪《たきぎ》にくだかれ、古き墳《つか》はすかれて田となりぬ。そのかただになくなりぬるぞ悲しき。

一五 雪のおもしろう降りたりし朝《あした》（第三一段）

雪が趣深く降っていた朝、ある人のもとへ言ってやらなければならぬ用事があって手紙をやるときに、雪のことを一言《ひとこと》も言ってやらなかった。その返事に、「この雪をどんな気持で見ているかと、一筆もお書きにならないほど心のひねくれているようなお方の仰せになることを、どうしてお聞き入れできましょうか。かさねがさね情けない御心です」と書いてあったのは、じつにおもしろいことであった。

今は、この世にいない人なので、これほどのことも忘れがたいのである。

雪のおもしろう降りたりし朝《あした》、人のがり言ふべき事ありて、文《ふみ》をやるとて、雪のことなにとも言はざりし返事《かへりごと》に、「この雪いかが見ると一筆《ひとふで》のたまはせぬほどの、ひがひがしからん人の仰せらるる事、聞き入るべきかは。返々《かへすがへす》口をしき御心《みこころ》なり」と言ひたりしこそ、をかしかりしか。

今はなき人なれば、かばかりの事もわすれがたし。

一六 九月《なが》廿日《つき》の比《ころ》（第三二段）

九月二十日のころ、ある方からお誘いをいただいて、夜の明けるまで月を見て歩くことがございましたが、その方が思い出された所があって、取次ぎを乞《こ》わせてお入りになった。荒れた庭には露がいっぱいおりていて、わざわざ薫《た》いたのではない香《こう》の匂《にお》いがしっとりとかおって、ひっそりと世間から遠ざかり住んでいる様子が、まことに情趣深く感ぜられる。

よい頃《ころ》あいで、その方はお出になったのであるけれども、私は、なお、この家に住む人の様子が優雅に思われて、物陰からしばらく見ていたところ、その人は送り出したあとの妻戸《つまど》をもう少し押し開けて、そのまま月を眺める様子である。すぐさま掛金をかけて中に引きこもったならば、残念なことであったろう。立ち去ったあとまで見ている人があるとは、どうして知ろう。このようなことは、まったく、ふだんの心がけによるものであろう。その女の人は、間もなく亡くなってしまったと聞きました。

九月廿日《ながつきはつか》の比《ころ》、ある人に誘《さそ》はれ奉りて、明《あ》くるまで月見歩《あり》く事侍《はべ》りしに、思《おぼ》し出《い》づる所ありて、案内《あない》せさせて入り給ひぬ。荒れたる庭の露しげきに、わざとならぬ匂《にほ》ひ、しめやかにうちかをりて、忍《しの》びたるけはひ、いとものあはれなり。

よきほどにて出で給ひぬれど、なほ事ざまの優《いう》におぼえて、物のかくれよりしばし見ゐたるに、妻戸《つまど》をいま少しおしあけて、月見る気色《けしき》なり。やがてかけこもらましかば、口惜《くちを》しからまし。あとまで見る人ありとは、いかでか知らん。かやうの事は、ただ朝夕《あさゆふ》の心づかひによるべし。その人、ほどなくうせにけりと聞き侍りし。

一七 手のわろき人の（第三五段）

字の下手な人が、遠慮なく手紙を書きちらすのはよい。見苦しいというので、人に代書させるのは、いやみなものだ。

――手のわろき人の、はばからず文書《ふみか》きちらすはよし。みぐるしとて、人に書かするはうるさし。

一八 名利《みやうり》に使はれて（第三八段）

名誉や利益といった欲望に使役されて、心静かにしているひまもなく、一生あくせくとわが身を苦しめるのは、とりわけ愚かなことである。財産が多ければ身を守ることがおろそかになり、また、わが身を守りにくくなる。それはまた、害を受け苦労を招く仲だちとなるものである。自分の死後に、黄金を積みあげて北斗七星を支えるほどの財産があっても、それを残された人からは迷惑がられるだろう。愚かな人が目を喜ばせる楽しみも、同様につまらないものだ。大きな車や太った馬や金や玉の装飾なども、道理をわきまえた人は、まったくばかばかしいものだと見るに違いない。黄金は山に捨て、宝玉は淵《ふち》に投げ入れるがよい。利欲にまよう人は、とりわけ愚かな人である。

いつまでも埋《うず》もれることのない名声を、遠い未来まで残すということこそ望ましいことだろうが、位が高く尊い人を、必ずしもすぐれた人ということができようか。愚かでつまらない人も、りっぱな家に生まれ、好運にめぐり会えば、高い位に上り、ぜいたくのかぎりをつくす人もある。すぐれていた賢人や聖人が自ら低い位にとどまっており、時運にめぐり会わないままで終わってしまった例も、またたくさんある。ひたすら高官・高位を望むのも、その次に愚かなことである。

知恵と徳性とにおいてこそ、世間にすぐれているという名声を残したいものであるが、よくよく考えてみると、名誉を愛するのは世人の評判を喜ぶことである。ほめる人も悪く言う人も、どちらも、いつまでもこの世に生き残るものではないし、その噂《うわさ》を人づてに聞くような人も、同様にまた速やかに世を去るであろう。だから、誰《だれ》に対して恥じ誰に知られようと願うことがあろうか。名声はまた非難の原因である。死後の名声が残っても、何の利益もない。だから、知恵と徳性とを願うのも、その次に愚かなことである。ただし、それでも知を求め賢を願う人のために言うならば、知恵が発達すると人間の作為つまり偽りが生じるのであるし、才能というものも人間の欲望の増大したものなのである。伝え学んで聞き知る知恵は真の知恵ではない。それでは、いかなるものを真の知恵といったらよかろうか。世間で可とし不可とするものはひとつながりのもので、相違のあるものではない。いったい何を真善というのか。真《まこと》の人は、知恵もなく、徳もなく、功もなく、名声もない。だから、そういう真の人のことを誰が知り誰が伝えようか。知ることも伝えることもできないのである。真の人は徳を隠し、愚かに見せかけるわけではない。もともと、賢・愚とか得・失とかいった相対世界の境地にいないのである。

迷いの心で名誉や利益の欲望を追求するならば、以上のようなことになる。相対世界の現象は万事まことのものではない。言うだけのこともなく、願うほどの価値もない。

名利《みやうり》に使《つか》はれて、しづかなるいとまなく、一生《いつしやう》を苦しむるこそ愚《おろ》かなれ。

財《たから》多ければ身を守《まも》るに貧《まど》し。害を買ひ、累《わづらひ》を招くなかだちなり。身の後《のち》には金《こがね》をして北斗《ほくと》をささふとも、人のためにぞわづらはるべき。愚かなる人の目をよろこばしむる楽《たの》しみ、またあぢきなし。大きなる車、肥えたる馬、金玉《きんぎよく》のかざりも、心あらん人はうたて愚かなりとぞ見るべき。金《こがね》は山に捨て、玉は淵《ふち》に投ぐべし。利《り》に惑《まど》ふは、すぐれて愚かなる人なり。

埋《うづ》もれぬ名を長き世に残さんこそ、あらまほしかるべけれ、位高く、やんごとなきをしも、すぐれたる人とやはいふべき。愚かにつたなき人も、家に生れ、時にあへば高き位にのぼり、おごりを極《きは》むるもあり。いみじかりし賢人《けんじん》・聖人《せいじん》、自ら賤《いや》しき位にをり、時にあはずしてやみぬる、又多し。ひとへに高き官《つかさ》・位をのぞむも、次に愚かなり。

智恵《ちゑ》と心とこそ、世にすぐれたる誉《ほまれ》も残さまほしきを、つらつら思へば、誉を愛するは人の聞《きき》をよろこぶなり。ほむる人、そしる人、ともに世にとどまらず、伝へ聞かん人、又々すみやかに去るべし。誰《たれ》をか恥《は》ぢ、誰にか知られん事を願はん。誉は又毀《そし》りの本《もと》なり。身《み》の後《のち》の名《な》、残りてさらに益なし。是《これ》を願ふも、次に愚かなり。

ただし、しひて智《ち》をもとめ、賢を願ふ人のために言はば、智恵出《い》でては偽《いつはり》あり、才能は煩悩《ぼんなう》の増長《ぞうぢやう》せるなり。伝へて聞き、学びて知るは、真《まこと》の智にあらず。いかなるをか智といふべき。可《か》・不可《ふか》は一条《いちでう》なり。いかなるをか善といふ。まことの人は智もなく徳もなく、功もなく名もなし。誰か知り誰か伝へん。これ、徳《とく》を隠《かく》し愚《ぐ》を守《まも》るにはあらず。本《もと》より賢愚《けんぐ》得失《とくしつ》の境《さかひ》にをらざればなり。

迷《まよ》ひの心をもちて名利《みやうり》の要《えう》を求むるに、かくのごとし。万事《ばんじ》は皆非《みなひ》なり。言ふにたらず願ふにたらず。

一九 或人《あるひと》、法然《ほふねん》上人《しやうにん》に（第三九段）

ある人が、法然上人《ほうねんしょうにん》（浄土宗の開祖）に、「念仏のとき、眠けにおそわれて勤行《ごんぎょう》を怠ることがございますが、どうやって、この妨げをなくしましょうか」と申しあげたところ、上人は、「目の覚めている間、念仏なさい」とお答えになったのは、たいへん尊いことであった。また、「極楽往生は、確かにできると思えば確かにできることであり、不確かだと思えば不確かである」と言われた。これも尊いことである。また、「疑いながらでも念仏すれば往生する」とも言われた。これもまた尊いことである。

或人《あるひと》、法然上人《ほふねんしやうにん》に、「念仏《ねんぶつ》の時、睡《ねぶり》にをかされて行《ぎやう》を怠《おこた》り侍《はべ》る事、いかがして、この障《さは》りをやめ侍らん」と申しければ、「目のさめたらんほど、念仏し給《たま》へ」と答へられたりける、いと尊《たふと》かりけり。又、「往生《わうじやう》は、一定《いちぢやう》と思へば一定、不定《ふぢやう》と思へば不定なり」と言はれけり。これも尊し。又、「疑《うたが》ひながらも念仏すれば、往生す」とも言はれけり。これも又尊し。

二〇 五月《さつき》五日《いつか》、賀茂《かも》の競馬《くらべうま》を見《み》侍《はべ》りしに（第四一段）

五月五日、上賀茂《かみがも》神社《じんじゃ》の競馬《くらべうま》を見物しましたときに、乗っていた牛車《ぎっしゃ》の前に身分の低い者たちが立ちふさがって競馬が見えなかったので、同乗していた一同は車を降りて、柵《さく》のそばに立ち寄ったけれども、特別多くの人がたてこんで、分け入って行けそうな様子もない。こうしたときに、柵の向こうにある棟《おうち》の木に登って、木の股《また》にちょっと腰かけ見物している法師がある。木につかまりながら、すっかり眠りこけて、今にも落ちてしまいそうになっては目を覚ますことを何回も繰り返している。これを見る人々が嘲《あざけ》りあきれて、「世にも珍しいばか者だよ。こんなにあぶない枝の上で、よくも安心して眠っていられるものだな」と言うので、ふと自分の心に思いついたままに、「私たちの上に死がやって来るのも、今すぐであるかもしれない。その事を忘れて、見物して日を暮らすのは、愚かなことでは、あの法師よりいっそうはなはだしいものであるのに」と言ったところ、前にいる人たちが「まことに、おっしゃるとおりでございました。何とも愚かなことでございます」と言って、皆、後ろを振り返って、「ここへお入りなさいませ」と言って、場所をあけて私を呼び入れてくれました。

これほどの道理は、誰《だれ》でも思いつかないはずはないであろうが、折が折であったために、思いもかけぬ心地がして心にひびいたのであろうか。人間は木や石のように非情の物ではないので、時によっては、物事に感動することがないわけではない。

—— 五月五日《さつきいつか》、賀茂《かも》の競馬《くらべうま》を見侍《みはべ》りしに、車の前に雑人《ざふにん》立ち隔《へだ》てて見えざりしかば、各《おのおの》おりて、埒《らち》のきはに寄りたれど、ことに人多く立ちこみて、分《わ》け入《い》りぬべきやうもなし。かかる折に、向《むか》ひなる棟《あふち》の木に、法師《ほふし》の登《のぼ》りて、木の股《また》についゐて物見るあり。とりつきながらいたう睡《ねぶ》りて、落ちぬべき時に目をさます事、度々《たびたび》なり。これを見る人、嘲《あざけ》りあさみて、「世のしれものかな。かく危《あやふ》き枝の上にて、安き心ありてねぶるらんよ」と言ふに、我が心にふと思ひしままに、「我等《われら》が生死《しやうじ》の到来《たうらい》、ただ今にもやあらん。それを忘れて物見て日を暮らす、愚かなる事はなほまさりたるものを」と言ひたれば、前なる人ども、「誠《まこと》にさにこそ候《さうら》ひけれ。尤《もと》も愚かに候《さうらふ》」と言ひて、皆、うしろを見かへりて、「ここへ入らせ給《たま》へ」とて、所を去りて、呼び入れ侍《はべ》りにき。

かほどの理《ことわり》、誰《たれ》かは思ひよらざらんなれども、折からの、思ひかけぬ心地《ここち》して、胸にあたりけるにや。人、木石《ぼくせき》にあらねば、時にとりて、ものに感ずる事なきにあらず。

徒然草の風景

上賀茂《かみがも》神社の競馬《くらべうま》 ②

京都・下鴨《しもがも》神社に祀《まつ》られる玉依姫《たまよりびめ》が別雷命《わけいかづちのみこと》を産み落としたとき、その生まれたての神は屋根を突き破って天に昇ったという。それを祀ったのが上賀茂神社の由来と伝えられ、正式には賀茂別雷神社。雷神は恵みの雨をもたらす農耕神であり、この一帯に住みついた賀茂氏の産土神《うぶすながみ》として、その起源は奈良時代以前にまで遡《さかのぼ》るといわれる。この神をもてなす祭りは年間を通して行われるが、その一つに「競馬」がある。訓《よ》み方は「けいば」ではなく、「くらべうま」。

競馬は平安時代に貴族の屋敷の馬場などで盛んに行われた競技で、二頭の馬を走らせて速さを競う。と言ってもゴールラインがあるわけでなく、二頭の馬が一馬身の差をつけてスタートし、差が広がれば前の馬の勝利、差が狭まれば後発の馬の勝ち、というルール。『栄花物語《えいがものがたり》』には藤原頼通《よりみち》の高陽院《かやのいん》で行われた競馬の様子が華やかに描かれている。後一条《ごいちじょう》天皇や太皇太后の彰子《しょうし》、その父の藤原道長《みちなが》も観覧する一大イベントで、左右十番勝負、落馬者なども出て、おおいに盛り上がった。藤原家の繁栄を象徴する行事である。

庶民たちが楽しんだのは上賀茂神社の競馬会神事(写真)。寛治《かんじ》七年(一〇九三)に始まり、現在も五月五日には二頭の馬が舞楽装束をまとう乗尻《のりじり》(騎手)を乗せて馬場を駆け抜け、観客は平安時代と同様に大きな歓声をあげる。一〇七頁にあるように木に登ってまで見る観客こそいないが、手に汗握る興奮はいにしえと変わらない。

二 公世《きんよ》の二位《にゐ》のせうとに（第四五段）

藤原公世《きんよ》の二位（鎌倉時代の歌人）の兄で良覚僧正《りょうがくそうじょう》（天台宗の僧侶《そうりょ》で歌人）と申しあげた方は、たいそう怒りっぽい人であった。僧房のそばに大きな榎《えのき》があったので、人人が「榎木僧正《えのきのそうじょう》」とあだ名をつけた。すると僧正は、この名はけしからんといって、その木を伐《き》っておしまいになった。ところがその根が残っていたので、人々は「きりくい（切り株）の僧正」と言った。僧正はいよいよ腹を立てて、その切り株を掘り捨てたところ、その跡が大きな堀になっていたので、人々は「堀池僧正《ほりけのそうじょう》」と言ったということだ。

公世《きんよ》の二位《にゐ》のせうとに、良覚僧正《りやうがくそうじやう》と聞えしは、極《きはめ》て腹《はら》あしき人なりけり。坊《ばう》の傍《かたはら》に、大きなる榎《え》の木のありければ、人、「榎木僧正《えのきのそうじやう》」とぞ言ひける。この名然《しか》るべからずとて、かの木をきられにけり。その根のありければ、「きりくひの僧正」と言ひけり。いよいよ腹立《はらた》ちて、きりくひを掘《ほ》り捨てたりければ、その跡大きなる堀にてありければ、「堀池僧正《ほりけのそうじやう》」とぞ言ひける。

三 応長《おうちやう》の比《ころ》、伊勢国《いせのくに》より（第五〇段）

応長《おうちょう》（一三一一〜一二）のころ、伊勢国《いせのくに》（三重県）から、女の鬼になったのを連れた者が都へ上ったということがあって、そのころ二十日ばかりの間は毎日、京や白川の人々が鬼見物にといって、やたらにあちらこちら出歩いた。「昨日は西園寺《さいおんじ》（もと西園寺家別邸であった仏堂で、現在金閣寺のある所）に参っていた」、「今日は院（京都市上京区光照院の地にあった持明院殿）へ参るだろう」、「ただ今は、どこそこにいる」など言い合っている。しかし確かに見たという人もなく、かといってまったくの嘘《うそ》だと言う人もいない。上下の人々が、ただもう鬼のことばかりを噂《うわさ》してやまない。

そのころ、東山から安居院《あぐい》（上京区前之町にあった比叡山延暦寺《ひえいざんえんりやくじ》竹林院の里坊《さとぼう》）のあたりへ出かけましたときに、四条通より北にいる人々が、みな北へ向って走ってゆく。「一条室町《むろまち》に鬼がいる」と口々にわめき合っている。今出川《いまでがわ》の辺から見わたすと、上皇の賀茂祭の御桟敷《さじき》のあるあたりは通れそうにもないほど人がたてこんでいる。やっぱり根拠のないことではなかったようだと思って、人をやって見させたところ、鬼に会っている者は少しもいない。日が暮れるまで、このように立ち騒いで、しまいには喧嘩《けんか》まで始まって、あきれはてるようなことがいろいろあった。

そのころ、世間一般に、二日、三日と人が病気にかかることがありましたのを、「あの鬼の流言は、この前兆を示すものであったのだ」と言う人もありました。

応長《おうちやう》の比《ころ》、伊勢国《いせのくに》より、女の鬼になりたるを率《ゐ》てのぼりたりといふ事ありて、その比《ころ》廿日《はつか》ばかり、日ごとに、京《きやう》・白川《しらかは》の人、鬼見にとて出《い》で惑《まど》ふ。「昨日《きのふ》は西園寺《さいをんじ》に参《まゐ》りたりし」、「今日《けふ》は院《ゐん》へ参《まゐ》るべし」、「ただ今は、そこそこに」など言《い》ひ合へり。まさしく見たりと言ふ人もなく、そらごとと言ふ人もなし。上下《じやうげ》ただ、鬼の事のみ言ひやまず。

その比《ころ》、東山《ひがしやま》より安居院辺《あぐゐのへん》へ罷《まか》り侍りしに、四条よりかみさまの人、皆、北をさして走《はし》る。「一条室町《いちでうむろまち》に鬼あり」とののしりあへり。今出川《いまでがは》の辺《へん》より見やれば、院の御桟敷《みさじき》のあたり、更《さら》に通《とほ》り得《う》べうもあらず立ちこみたり。はやく跡《あと》なき事にはあらざめりとて、人を遣《や》りて見するに、おほかた逢《あ》へる者なし。暮るるまでかくたち騒《さわ》ぎて、はては闘諍《とうじやう》おこりて、あさましきことどもありけり。

その比、おしなべて、二三日《ふつかみか》人のわづらふ事侍りしをぞ、「かの鬼のそらごとは、このしるしを示すなりけり」と言ふ人も侍りし。

二三 仁和寺《にんなじ》にある法師（第五二段）

仁和寺《にんなじ》（京都市右京区御室にある）にいる僧が、年をとるまで石清水八幡宮《いわしみずはちまんぐう》（京都府八幡市の男山山上にある）にお参りしたことがなかったので、情けないと思って、ある時、思いたって、たった一人で歩いて参拝したのだった。麓《ふもと》の極楽寺《ごくらくじ》や高良大明神《こうらだいみようじん》（八幡宮付属の寺社）などを拝んで、これだけのものと思いこみ、山上の八幡宮へ参詣《さんけい》しないまま帰ってしまった。さて、仲間に向かって、「長年の間、思っていたことをやりとげました。聞いていたにもまさって、まことに尊くあられました。それにしても、参拝している人々が誰もかれもみな山へ登ったのは、何事があったのでしょうか。いぶかしく知りたかったのですが、八幡宮へ参拝するのこそが目的であると思って、山の上までは見ませんでした」と言った。

ちょっとしたことにも、その道の先導役は、あってほしいものである。

仁和寺《にんなじ》にある法師、年よるまで、石清水《いはしみづ》を拝《をが》まざりければ、心うく覚《おぼ》えて、ある時思ひ立ちて、ただひとりかちより詣《まう》でけり。極楽寺《ごくらくじ》・高良《かうら》などを拝みて、かばかりと心得て帰りにけり。さて、かたへの人にあひて、「年比《としごろ》思ひつること、果《はた》し侍《はべ》りぬ。聞きしにも過ぎて、尊《たふと》くこそおはしけれ。そも、参《まゐ》りたる人ごとに山へのぼりしは、何事かありけん、ゆかしかりしかど、神へ参るこそ本意《ほい》なれと思ひて、山までは見ず」とぞ言ひける。

少しのことにも、先達《せんだち》はあらまほしき事なり。

二四 是《これ》も仁和寺《にんなじ》の法師（第五三段）

これも仁和寺《にんなじ》の法師の話だが、稚児《ちご》が一人前の僧になろうとする、そのお名残《なごり》だといって、みんなで遊ぶことがあった。そのとき一人の法師が酒に酔って興にのりすぎた結果、そばにあった足鼎《あしがなえ》（三つ足、耳二つの金属製器具）を取って頭にかぶったのだが、つかえて入らないように感じたのを鼻を押して平たくして顔を差しこんで舞って出たところ、一座の者がみな、このうえなくおもしろがった。

しばらく舞を舞ったあとで、足鼎を引き抜こうとすると、いっこうに抜けない。酒宴も興ざめになって、どうしたものかと、とまどった。あれこれしていると、頸《くび》のまわりが傷ついて血が垂れ、ただもう腫《は》れに腫れふさがり、息もつまってきたので、鼎を打ち割ろうとするけれどもなかなか割れないし、響いて我慢できないので割ることもできず、どうしようもなくて、三本足の鼎の角《つの》の上に帷子《かたびら》（ひとえの衣）をかぶせて、手を引き杖《つえ》をつかせて、京都にいる医師のもとへ連れて行った、その道々、人が何であろうかとひどく怪しんで見た。医師の家に入って、法師が医師と向かい合った有様は、さぞかし異様なことであったろう。ものを言うのも、くぐもった声が響いて聞えない。医師は、「こんなことは医書にも見えないし、口伝《くでん》の治療法もない」と言うので、また仁和寺へ帰って、親しい者や年老いた母などが、枕《まくら》もとに寄って泣き悲しむけれども、鼎をかぶった本人がその声を聞いていようとも思われない。

こうしているうちに、ある者が言うには、「たとい耳や鼻は切れてなくなっても、命だけはどうして助からないことがあろうか。このうえはただ、うんと力を入れて引っぱりなさい」と言うので、藁《わら》しべをまわりに差しこんで、鼎《かなえ》の鉄を隔てておいて、頸《くび》ももぎとれるほど引っぱったところ、耳も鼻も欠けて穴があきはしたものの、やっと鼎は抜けたのだった。法師は、あぶない命を拾って、長い間、患っていたということだ。


是《これ》も仁和寺《にんなじ》の法師、童《わらは》の法師にならんとする名残《なごり》とて、各《おのおの》あそぶ事ありけるに、酔《ゑ》ひて興《きよう》に入るあまり、傍《かたはら》なる足鼎《あしがなへ》を取りて、頭《かしら》にかづきたれば、つまるやうにするを、鼻をおし平《ひら》めて、顔をさし入れて舞ひ出《い》でたるに、満座興に入る事かぎりなし。

しばしかなでて後、抜かんとするに、大方《おほかた》抜かれず。酒宴《しゆえん》ことさめて、いかがはせんと惑《まど》ひけり。とかくすれば、頸《くび》のまはりかけて血たり、ただ腫《は》れに腫れみちて、息もつまりければ、打ち割らんとすれど、たやすく割れず、響《ひび》きて堪《た》へがたかりければ、かなはで、すべきやうなくて、三足《みつあし》なる角《つの》の上に、帷子《かたびら》をうちかけて、手をひき杖《つゑ》をつかせて、京なる医師《くすし》のがり、率《ゐ》て行きける道すがら、人のあやしみ見る事かぎりなし。医師のもとにさし入りて、向ひゐたりけんありさま、さこそ異様《ことやう》なりけめ。ものを言ふもくぐもり声に響きて聞えず。「かかることは文《ふみ》にも見えず、伝へたる教へもなし」と言へば、又仁和寺へ帰りて、親しき者、老いたる母など、枕上《まくらがみ》に寄りゐて泣き悲しめども、聞くらんとも覚えず。

かかるほどに、ある者の言ふやう、「たとひ耳鼻こそ切れ失《う》すとも、命ばかりはなどか生きざらん。ただ力を立てて引き給《たま》へ」とて、藁《わら》のしべをまはりにさし入れて、かねを隔《へだ》てて、頸《くび》もちぎるばかり引きたるに、耳鼻かけうげながら抜けにけり。からき命まうけて、久しく病《や》みゐたりけり。

二五 御室《おむろ》に、いみじき児《ちご》のありけるを（第五四段）

仁和寺《にんなじ》にすばらしい稚児《ちご》がいたのを、何とかして誘い出して遊びたいものだとたくらむ法師たちがいて、芸の達者な遊芸僧たちなどを仲間に引き入れて、風雅な破子《わりご》（弁当箱）ふうのものを念入りに作りあげて、箱のようなものに具合よく収めて、双の岡《ならびおか》（仁和寺の南に三つ並んだ丘）の都合のよい所に埋めておいて、紅葉《もみじ》を散らしかけたりなどして人の気づかないようにしておいて、仁和寺の御所へ参って、稚児をうまく誘い出したのであった。法師たちはうれしく思って、あちらこちら遊びまわった後、先ほど箱を埋めておいた、苔《こけ》の一面に生えた所に並びすわって、「ひどくくたびれてしまった」「ああ、紅葉を焚《た》くような人がいればよいのになあ」「霊験あらたかな僧たち、試みにお祈りなされよ」など言い合って、埋めておいた木の下に向って、数珠《じゅず》を押し揉《も》み、印形《いんぎょう》を大げさに結んだりなどして、ごたいそうにふるまって木の葉をかきのけたけれど、全然何も見えない。場所が違っていたのだろうかと思って、掘らない所もないくらいに山じゅうを捜しもとめたけれども、どこにもなかった。埋めたのを人が見ておいて、法師たちが御所へ参っている間に盗んでいたのだった。法師たちは言うべき言葉もなくて、聞き苦しく口論し、腹を立てて帰ってしまった。

むやみに興をそえようとすることは、必ずつまらない結果に終わるものである。

御室《おむろ》に、いみじき児《ちご》のありけるを、いかでさそひ出《いだ》して遊《あそ》ばんとたくむ法師どもありて、能《のう》あるあそび法師どもなどかたらひて、風流《ふうりう》の破子《わりご》やうのもの、ねんごろに営《いとな》み出《い》でて、箱風情《はこふぜい》の物にしたため入れて、双《ならび》の岡《をか》の便《びん》よき所に埋《うづ》みおきて、紅葉《もみぢ》散らしかけなど、思ひよらぬさまにして、御《ご》所《しょ》へ参りて、児《ちご》をそそのかし出《い》でにけり。うれしと思ひて、ここかしこ遊びめぐりて、ありつる苔《こけ》のむしろに並《な》みゐて、「いたうこそこうじにたれ」、「あはれ紅葉をたかん人もがな」、「験《げん》あらん僧達《そうたち》、祈り試みられよ」など言ひしろひて、埋《うづ》みつる木のもとに向きて、数珠《ずず》おしすり、印《いん》ことことしく結び出でなどして、いらなくふるまひて、木《こ》の葉《は》をかきのけたれど、つやつや物も見えず。所の違《たが》ひたるにやとて、掘らぬ所もなく山をあされどもなかりけり。埋みけるを人の見おきて、御所へまゐりたる間《ま》に盗めるなりけり。法師ども、言《こと》の葉《は》なくて、聞きにくくいさかひ、腹立《はらた》ちて帰りにけり。

あまりに興《きよう》あらんとする事は、必ずあいなきものなり。

徒然草の風景 ③

仁和寺《にんなじ》

御室《おむろ》桜で知られる真言宗御室派の総本山・仁和寺。大内山《おおうちやま》の緑のふところに抱かれ、金堂《こんどう》や五重塔、厳かな仁王門《におうもん》などの伽藍《がらん》建築が威容を誇る。創建は平安初期、光孝《こうこう》天皇の発願《ほつがん》による。

この天皇は四代前の仁明《にんみょう》天皇の第三皇子で即位の可能性は低かったが、前任の陽成《ようぜい》天皇が宮中で乱行を重ねて十七歳で廃位となったため、すでに五十五歳になっていた光孝が皇太子も経ずに急遽《きゅうきょ》即位した。その三年後に早くも光孝は崩御し、発願していた仁和寺は息子の宇多《うだ》天皇が完成させた。退位後に仁和寺内に御所を営んだため、「御室」という尊称で呼ばれ、それが地名となって現在に至る。

代々法親王《ほっしんのう》（出家した皇子）が住持《じゅうじ》したために門跡《もんぜき》寺院として栄え、塔頭《たっちゅう》も六十以上をかかえた。しかし応仁《おうにん》の乱でほぼ焼失し、現在の堂塔は江戸初期の再建。金堂は御所《ごしょ》の紫宸殿《ししんでん》を、御影堂《みえいどう》は清涼殿《せいりょうでん》を移築したもので、洛北《らくほく》の山気に満ちた地に雅やかな佇《たたず》まいを見せる。

とはいえ、私たちがいま「仁和寺」と聞くと、古典で習った『徒然草』の、おっちょこちょいなお坊さんたちを思い浮かべてしまう。仁和寺は兼好が隠棲《いんせい》した双ヶ丘《ならびがおか》にほど近いため、その噂話《うわさばなし》は風に乗ってよく聞こえてきたのだろう。「おむろの坊さん、宴会で釜《かま》を被《かぶ》って脱げなくなったんだと」。そんな都雀《みやこすずめ》の話に、クスクス笑いながらメモをとる兼好が想像される。格式の高い門跡寺院の僧のなんともまぬけなお話は、実にからかい甲斐《がい》があったことだろう。

二六 家の作りやうは（第五五段）

家の造り方は、夏を主とするのがよい。冬は、どんな所にも住むことができる。暑い時分に住みにくい住居は我慢できないものである。深い水は涼しい趣がない。浅くて流れている水は、ずっと涼しい感じがする。（文字などの）細かいものを見るときに、引き戸のある部屋は蔀《しとみ》（上下開閉の戸）の部屋よりも明るい。天井の高い部屋は冬寒く、灯火が暗いものだ。家の作りは、とくに必要のない所を造ってあるのが見る目にもおもしろく、いろいろに間に合ってよいと、人々が話し合ったことでした。

家の作りやうは、夏をむねとすべし。冬はいかなる所にも住まる。暑き比《ころ》わろき住居《すまゐ》は、堪《た》へがたき事なり。深き水は涼しげなし。浅くて流れたる、遥《はる》かにすずし。こまかなる物を見るに、遣戸《やりど》は蔀《しとみ》の間《ま》よりも明《あか》し。天井《てんじやう》の高きは、冬寒く、灯《ともしび》暗し。造作《ざうさく》は、用なき所をつくりたる、見るも面白く、万《よろづ》の用にも立ちてよしとぞ、人の定めあひ侍《はべ》りし。

二七　久しく隔《へだ》りて逢《あ》ひたる人の（第五六段）

長い間離れていて久しぶりで会った人が、自分の方にあったことを、あれもこれも一つ残さず話しつづけるのは、まったく興ざめのものである。分け隔てなく親しんだ人も、しばらく経って会うときは、気がおけないことがあろうか。教養や品位のそれほどでない人は、つい、ちょっと出かけても、今日あったことだといって、息をつくひまもなく話して、おもしろがるものである。教養あるりっぱな人が物語をする場合は、人がたくさんいても、その中の一人に向かって言うのを、しぜんと他の人も聞くのである。無教養の人は、誰《だれ》にともなく、大勢の中にのり出して、今見ていることのように、しゃべりちらすので、皆いっしょに笑いざわめく。それがたいそう騒がしい。おもしろいことを言ってもやたらにおもしろがらないのと、おもしろくもないことを言ってもむやみに笑うのとで、人品《じんぴん》の程度ははかられてしまうだろう。

人の容貌《ようぼう》・風采《ふうさい》のよいわるいについて、また、学問のある人であれば人の学問のことなどについて、人々が判定し合っているときに、自分の身に引きつけて言い出すのは、たいそう聞き苦しいものである。

久しく隔《へだた》りて逢《あ》ひたる人の、我《わ》が方《かた》にありつる事、かずかずに残りなく語りつづくるこそ、あいなけれ。隔《へだ》てなくなれぬる人も、ほどへて見るは、はづかしからぬかは。つぎさまの人は、あからさまに立ち出でても、今日《けふ》ありつる事とて、息《いき》もつぎあへず語り興ずるぞかし。よき人の物語するは、人あまたあれど、ひとりに向きて言ふを、おのづから人も聞くにこそあれ。よからぬ人は、誰《たれ》ともなく、あまたの中にうち出でて、見ることのやうに語りなせば、皆同じく笑ひののしる、いとらうがはし。をかしき事を言ひても、いたく興ぜぬと、興なき事を言ひても、よく笑ふにぞ、品《しな》のほど計《はか》られぬべき。

人のみざまのよしあし、才《ざえ》ある人はその事など定めあへるに、おのが身をひきかけて言ひ出でたる、いとわびし。

二八 大事を思ひたたん人は（第五九段）

出家という一大事を思い立つような人は、捨てにくく心にかかるようなことをやり遂げないで、そっくりそのまま捨て去るべきである。「もうしばらく、この事が終わってから」とか、「同じことならあの事を始末しておいてから」とか、「これこれの事は人が悪口を言うかもしれない、将来非難されないように、ちゃんと前もって処置しておいて」とか、「長い年月こうして何事もなく過ごしてきたのだ、これらの事を処置してしまうまでに、それほど時間もかかるまい。あわて騒ぐようなことのないようにしよう」などと思うようであれば、避けられない用事ばかりが、いっそう重なって、俗事の際限もなく、出家を決心する日もあるはずがない。一般に、世間の人を見わたすと、少し分別心のあるほどの人は、みなこのような心づもりだけで一生は終わってしまうようだ。

近所の火事などで逃げる人は、「もうしばらく待ってみよう」などと言うだろうか。わが身を助けようとすれば、恥をもかえりみないで、財宝をも捨てて逃げ去るものである。寿命はけっして人を待つものではない。死の訪れは水や火の襲いかかってくるよりも早くて、逃げ去ることのむずかしいものなのに、その時になって、年とった親、幼い子、主君の恩、人の情けなどを、捨てられないからといって、捨てないであろうか。

大事《だいじ》を思ひたたん人は、去《さ》りがたく、心にかからん事の本意《ほい》を遂《と》げずして、さながら捨つべきなり。「しばし、この事はてて」、「同じくはかの事沙汰《さた》しおきて」、「しかしかの事、人の嘲《あざけ》りやあらん、行末難《ゆくすゑなん》なくしたためまうけて」、「年来《としごろ》もあればこそあれ、その事待《ま》たん、ほどあらじ。もの騒《さわ》がしからぬやうに」など思はんには、えさらぬ事のみいとどかさなりて、事の尽《つ》くるかぎりもなく、思ひ立つ日もあるべからず。おほやう、人を見るに、少し心あるきはは、皆このあらましにてぞ一期《いちご》は過《す》ぐめる。

近き火などに逃ぐる人は、「しばし」とや言ふ。身を助けんとすれば、恥《はぢ》をも顧《かへり》みず、財《たから》をも捨てて遁《のが》れ去るぞかし。命は人を待つものかは。無常《むじやう》の来《きた》る事は、水火《すいくわ》の攻むるよりも速《すみや》かに、遁れがたきものを、その時、老いたる親、いときなき子、君の恩、人の情《なさけ》、捨てがたしとて捨てざらんや。

二九　真乗院《しんじやうゐん》に盛親僧都《じやうしんそうづ》とて（第六〇段）

仁和寺《にんなじ》の真乗院《しんじょういん》に、盛親僧都《じょうしんそうず》といって、すばらしく尊い学僧がいた。里芋の親芋というものを好んで、たくさん食べた。仏典の講説をする高座でも、大きな鉢に山盛りに盛って膝《ひざ》もとに置いては、それを食べながら仏典を読んだ。病気をすることがあるときには、七日間、十四日間など、治療といって部屋にこもっていて、思う存分、よい親芋をえらんで特別たくさん食べて、あらゆる病気をなおした。その親芋を人に食べさせることはない。ただ自分一人だけで食べた。たいそう貧しかったが、師匠が死にぎわに銭《ぜに》を二百貫と僧坊一つとを譲ってくれた、その僧坊を百貫で売って、あれこれ合せて三万疋《びき》（三百貫）を親芋の代金ときめて、京都にいる人に預けておき、十貫ずつ取り寄せては親芋をたっぷり召しあがっているうちに、またその費用を別の用途に使うこともないまま、その銭がみななくなってしまった。「三百貫の大金を貧しい身に得たのに、このように処分したのは、本当に珍しい道心のある人である」と、人々が言った。

この僧都が、ある僧を見て、「しろうるり」というあだ名をつけたことがあった。「しろうるりとは、どんなものか」と人が尋ねたところ、「そういうものは自分も知らぬ。もしあったとしたら、きっとこの僧の顔に似ていよう」と言った。

この僧都は顔だちもりっぱで、力が強く、大食であって、能書家で学問があり、弁説も人にすぐれており、真言宗の重鎮であったから、仁和寺の中でも重視されていたが、世間を何とも思っていない変わり者であって、万事自由にふるまって、およそ人に従うということがない。法会の勤めに出て、その後のご馳走《ちそう》の膳《ぜん》などにつくときも、一同の前にすっかり膳を置き並べるのを待たないで、自分の前に置かれれば、すぐさま自分だけさっさと食べて、帰りたければ自分だけつっと立って行ってしまった。僧としてきめられた時間の食事も、そうでない時の食事も、人と同じように時をきめて食べたりせず、自分が食いたいときに夜中でも夜明けでも食べて、眠くなれば昼も部屋に閉じこもって、どんなたいせつなことがあっても人の言うことを聞き入れず、目が覚めてしまえば幾晩も寝ずに雑念を払って詩歌を吟じ歩くなど、世間なみでない様子であるけれども、人に嫌われず、万事許容された。これは、僧都の徳が至高の域に達していたからであろうか。

―― 真乗院《しんじょうゐん》に盛親僧都《じゃうしんそうづ》とて、やんごとなき智者《ちしゃ》ありけり。芋頭《いもがしら》といふ物を好《この》みて、多く食《く》ひけり。談義《だんぎ》の座《ざ》にても、大きなる鉢《はち》にうづたかく盛りて、膝《ひざ》もとに置きつつ、食ひながら文《ふみ》をも読みけり。患《わづら》ふ事あるには、七日《なぬか》、二七日《ふたなぬか》など、療治《れうぢ》とて籠《こも》り居《ゐ》て、思ふやうによき芋頭《いもがしら》をえらびて、ことに多く食ひて、万《よろづ》の病《やまひ》をいやしけり。人に食はする事なし。ただひとりのみぞ食《く》ひける。きはめて貧しかりけるに、師匠《ししやう》、死にさまに、銭二百貫《ぜににひやくくわん》と坊《ばう》ひとつをゆづりたりけるを、坊を百貫に売《う》りて、彼是三万疋《かれこれさんまんびき》を芋頭《いもがしら》の銭《あし》とさだめて、京なる人にあづけおきて、十貫づつとりよせて、芋頭を乏《とも》しからず召《め》しけるほどに、又、異用《ことよう》に用《もち》ふることなくて、その銭《あし》みなに成《な》りにけり。「三百貫の物を貧しき身にまうけて、かくはからひける、誠に有難き道心者《だうしんじや》なり」とぞ、人申しける。

この僧都《そうづ》、ある法師を見て、しろうるりといふ名をつけたりけり。「とは、何物《なにもの》ぞ」と、人の問ひければ、「さる物を我も知らず。若《も》しあらましかば、この僧の顔に似てん」とぞ言ひける。

この僧都、みめよく、力強く、大食にて、能書《のうじよ》・学匠《がくしやう》、弁説《べんぜつ》人にすぐれて、宗《しゆう》の法灯《ほふとう》なれば、寺中《じちゆう》にも重く思はれたりけれども、世をかろく思ひたる曲者《くせもの》にて、よろづ自由にして、大方《おほかた》人に従《したが》ふといふ事なし。出仕《しゆつし》して饗膳《きやうぜん》などにつく時も、皆人《みなひと》の前据《す》ゑわたすを待たず、我が前に据ゑぬれば、やがてひとりうち食《く》ひて、帰りたければ、ひとりつい立ちて行きけり。斎《とき》・非時《ひじ》も人にひとしく定めて食はず、我が食ひたき時、夜中《よなか》にも暁《あかつき》にも食ひて、ねぶたければ昼もかけこもりて、いかなる大事《だいじ》あれども、人の言ふ事聞き入れず、目覚《さ》めぬれば幾夜《いくよ》も寝《い》ねず、心を澄《す》ましてうそぶきありきなど、尋常《よのつね》ならぬさまなれども、人に厭《いと》はれず、よろづ許されけり。徳のいたれりけるにや。

三〇 筑紫《つくし》に、なにがしの押領使《あふりやうし》（第六八段）

筑紫国《つくしのくに》（九州）に、何某《なにがし》という押領使《おうりようし》（凶徒を鎮定・逮捕する役人）などというような役目の者がいたが、大根を、すべての病気によくきく薬だといって、毎朝二つずつ焼いて食べることが長年になっていた。ある時、武家屋敷の中が無人であったすきをねらって敵が襲いかかって来て、屋敷を囲んで攻めたときに、屋敷の中に武士が二人現れて来て、命を惜しまず戦って、敵をみな追い返してしまった。たいそう不思議に思って、「日ごろ、ここにおいでなさるとも思われない人々なのに、こんなに戦ってくださるのは、いったいどういうお方ですか」と尋ねたところ、「長年あなたが頼みにして、毎朝召しあがっていた大根らでございます」と言って消え失《う》せてしまった。

深く信じきっていたからこそ、かような功徳もあったわけであろう。


筑紫《つくし》に、なにがしの押領使《あふりやうし》などいふやうなるもののありけるが、土大根《つちおほね》を万《よろづ》にいみじき薬《くすり》とて、朝《あさ》ごとに二つづつ焼《や》きて食《く》ひける事、年久しくなりぬ。ある時《とき》、館《たち》の内に人もなかりける隙《ひま》をはかりて、敵襲《かたきおそ》ひ来《きた》りて囲《かこ》み攻《せ》めけるに、館の内に兵《つはものふ》二人《たりい》出で来《き》て、命を《を》惜しまず戦《たたか》ひて、皆追ひかへしてげり。いと不思議に覚えて、「日比《ひごろ》ここにものし給ふとも見ぬ人々の、かく戦ひし給ふは、いかなる人ぞ」と問ひければ、「年来頼《としごろたの》みて、朝な朝な召しつる土大根らにさぶらふ」といひて失《う》せにけり。

深く信《しん》をいたしぬれば、かかる徳《とく》もありけるにこそ。

三一　名を聞くより（第七一段）

名前を聞くやいなや、すぐさまその人の顔かたちは推量される心持がするのに、実際に会ってみると、また前々に思ったとおりの顔をしている人はいないものだ。昔の物語を聞いても、そのことが、今の人の家の、あのような所でもあったろうかと思われ、物語の中の人も、いま現在見る人の中に思い合わせられるのは、誰《だれ》でもこのように思われるものであろうか。また、どうかした折に、今、現に人の言うことも、目に見えるものも、自分の心の内も、こんな事がいつだったかあったと思われて、いつとは思い出せないけれども間違いなくあった心持がするのは、自分だけこう思うのだろうか。

名を聞くより、やがて面影《おもかげ》はおしはからるる心地《ここち》するを、見る時は、又かねて思ひつるままの顔したる人こそなけれ。昔物語《ものがたり》を聞きても、この比《ごろ》の人の家の、そこほどにてぞありけんと覚え、人も、今見る人の中に思ひよそへらるるは、誰《たれ》もかく覚ゆるにや。又、如何《いか》なる折《をり》ぞ、ただいま人の言ふ事も、目に見ゆる物も、わが心のうちも、かかる事のいつぞやありしかと覚えて、いつとは思ひ出でねども、まさしくありし心地のするは、我ばかりかく思ふにや。

三二 賤《いや》しげなるもの（第七二段）

下品な感じのするもの。すわっているあたりにやたらに道具類が多いこと。硯《すずり》に筆がたくさん置いてあること。持仏堂《じぶつどう》に仏が多いこと。植込みに石や草木がごてごてとたくさんあること。家の内に子や孫が大勢いること。人と対座して、口かずの多いこと。施主の祈願の文に、自分の善根をたくさん書き載せてあること。多くても見苦しくないのは、文車《ふぐるま》の上の書物、ごみ捨て場のごみ。

賤《いや》しげなるもの。居《ゐ》たるあたりに調度《てうど》の多き。硯《すずり》に筆の多き。持仏堂《ぢぶつだう》に仏の多き。前栽《せんざい》に石《いし》・草木《くさき》の多き。家の内に子《こ》・孫《うまご》の多き。人にあひて詞《ことば》の多き。願文《ぐわんもん》に作善《さぜん》多く書きのせたる。
多くて見苦《みぐる》しからぬは、文車《ふぐるま》の文《ふみ》、塵塚《ちりづか》の塵《ちり》。

三三 世に語り伝ふる事（第七三段）

世間で語り伝えている話は、真実のことはおもしろくないのであろうか、たいていのことは、みな嘘偽《うそいつわ》りである。事実以上に、人は物事を大げさに言うものであるうえに、まして年月も経って場所も隔ってしまえば、言いたいほうだいに作り話をして、文字にまで書きとめてしまえば、そのまま定説になってしまう。それぞれの専門の方面での芸道に達した人のすぐれていることなどを、道理をわきまえない人でその道を知らない人は、むやみやたらに神のように言うけれども、その道を知っている人は、まるで信仰する気もおこさない。噂《うわさ》に聞くのと目で見るのとでは、何事でも違うものである。

語っているはしから、ばれてしまうのもかまわず、口からでまかせに言いちらすのは、すぐに根のないこととわかる。また、言っている本人も真実ではないとは思いながら、他人の言ったとおりに、鼻のあたりをぴくぴくさせて得意げに話すのは、その人の作った嘘ではない。いかにももっともらしく、ところどころぼかして、よく知らないふりをして、それでもつじつまを合せて語る嘘偽りは恐ろしいことである。自分のために名誉になるように言われた嘘は、人はあまり否定しない。誰《だれ》もかれもがおもしろがる嘘は、自分だけが「そうでもなかったのに」と言ってみたところで仕方がないので、聞いているうちに、その話の証人にさえされて、いよいよ定説になってしまうだろう。

いずれにしても、嘘偽りの多い世の中である。ただ、普通にある珍しくないことと同様に受け取っておいたならば、万事まちがいないはずである。下々《しもじも》の人間の話は聞いて驚くようなことばかりだ。教養あるりっぱな人は異常なことは語らないものである。

こうは言っても、仏や神の霊験《れいげん》、また仏・菩薩《ぼさつ》が姿を変えて仮にこの世に現れた権者《ごんじゃ》の伝記などは、そう一概に信じてはならないというわけでもない。こういう霊験や伝記に含まれた世間の嘘偽りを心の底から信じているのもばからしいが、「まさか、そんなことはあるまい」などと言ってもかいのないことなので、だいたいは真実のこととして応対しておいて、いちずに信じたり、また疑ってばかにしたりしてはならないものである。

世に語り伝ふる事、まことはあいなきにや、多くは皆虚言《そらごと》なり。あるにも過ぎて人は物を言ひなすに、まして、年月過《としつきす》ぎ、境《さかひ》も隔《へだ》たりぬれば、言ひたきままに語りなして、筆にも書きとどめぬれば、やがて又定まりぬ。道々《みちみち》の物《もの》の上手《じやうず》のいみじき事など、かたくななる人の、その道知らぬは、そぞろに神のごとくに言へども、道知れる人は更《さら》に信もおこさず。音《おと》に聞くと見る時とは、何事《なにごと》もかはるものなり。

かつあらはるるをも顧《かへり》みず、口にまかせて言ひ散らすは、やがて浮《う》きたることと聞《きこ》ゆ。又、我も誠《まこと》しからずは思ひながら、人の言ひしままに、鼻のほどおごめきて言ふは、その人のそらごとにはあらず。げにげにしく、ところどころうちおぼめき、よく知らぬよしして、さりながら、つまづまあはせて語るそらごとは、おそろしき事なり。我がため面目《めんぼく》あるやうに言はれぬるそらごとは、人いたくあらがはず。皆人《みなひと》の興ずる虚言《そらごと》は、ひとり、「さもなかりしものを」と言はんも詮《せん》なくて、聞きゐたるほどに、証人にさへなされて、いとど定まりぬべし。

とにもかくにも、そらごと多き世なり。ただ、常にある、めづらしからぬ事のままに心得《こころえ》たらん、よろづ違《たが》ふべからず。下《しも》ざまの人の物語は、耳おどろく事のみあり。よき人は怪《あや》しき事を語らず。

かくはいへど、仏神《ぶつじん》の奇特《きどく》、権者《ごんじや》の伝記《でんき》、さのみ信ぜざるべきにもあらず。これは、世俗《せぞく》の虚言《そらごと》をねんごろに信じたるもをこがましく、「よもあらじ」など言ふも詮なければ、大方《おほかた》はまことしくあひしらひて、偏《ひとへ》に信ぜず、また疑《うたが》ひ嘲《あざけ》るべからず。

三四 蟻《あり》のごとくに集まりて（第七四段）

蟻《あり》のように集まって、東へ西へ急ぎ、南へ北へ走る。身分の高い人もあり、低い人もある。年とった人もあり、若い人もある。行く所があり、帰る家がある。夜には寝て、朝には起きる。忙しく働いているのは何事であるのか。やたらに長寿を願い、利益を求めてとどまるところがない。

わが身の養生をして何事を期待するのか。待ち受けるところは、ただ老いと死とだけである。老いと死の来ることは速やかで、一瞬も休止することがない。老死を待つ間、何の楽しみがあろうか。迷っている者は老いや死を恐れない。名誉利益に心をとられて、死期の近いことを顧みないからである。愚かな人は、また老いと死とを悲しむ。不滅でありたいと願って、すべてのものは変化するという無常の道理を知らないからである。

蟻《あり》のごとくに集まりて、東西《とうざい》に急《いそ》ぎ南北《なんぼく》に走《わし》る。高きあり賤《いや》しきあり。老いたるあり若きあり。行く所あり帰る家あり。夕《ゆふべ》に寝《い》ねて朝《あした》に起く。営《いとな》む所何事ぞや。生《しやう》を貪《むさぼ》り、利《り》を求めてやむ時なし。

身を養ひて何事をか待つ。期《ご》する処《ところ》、ただ老《おい》と死《し》とにあり。その来《きた》る事速《すみや》かにして、念々《ねんねん》の間《あひだ》にとどまらず。是《これ》を待つ間《あひだ》、何の楽しびかあらん。まどへる者はこれを恐れず。名利《みやうり》におぼれて先途《せんど》の近き事を顧みねばなり。愚かなる人は、またこれを悲しぶ。常住《じやうぢゆう》ならんことを思ひて、変化《へんげ》の理《ことわり》を知らねばなり。

三五 つれづれわぶる人は（第七五段）

なすこともなく所在ないさびしさをつらく思う人は、どんな気持なのだろう。心が他の事にまぎれることなくただ一人でいるのこそ、このうえない境地である。

俗世間に順応すれば、心が外部の欲塵《よくじん》にとらえられて迷いやすく、人と交際すれば、言葉が他人の思惑に左右されて、そっくりそのまま、わが心でなくなる。人と戯れ、相手と争い、ある時は恨み、ある時は喜ぶ。そうした心の動きは安定することがない。思慮分別がむやみにおこって、利害得失の念の絶えるときがない。迷っているうえに、さらに酔っている。酔っているなかで、さらに夢を見ている。走りまわって忙しく、夢中になって我を忘れていること、人はみなこのような状態である。まだ、真の仏道を知らなくても、世俗の縁を離れて身を静かな境地におき、俗事に関与しないで心を安らかにしてこそ、かりそめにも生を楽しむということができよう。「生活・人事・技芸・学問などの、さまざまなかかわりあいを止《や》めてしまえ」と、『摩訶止観《まかしかん》』（中国天台宗の聖典）にも記されているとおりである。

つれづれわぶる人は、いかなる心ならん。まぎるるかたなく、ただひとりあるのみこそよけれ。

世にしたがへば、心、外《ほか》の塵《ちり》にうばはれてまどひやすく、人にまじはれば、言葉よその聞きに随《したが》ひて、さながら心にあらず。人に戯《たはぶ》れ、ものにあらそひ、一度はうらみ、一度はよろこぶ。その事定まれる事なし。分別《ふんべつ》みだりにおこりて、得失《とくしつ》やむ時なし。惑《まど》ひの上に酔《ゑ》へり。酔《ゑひ》の中《うち》に夢をなす。走りていそがはしく、ほれて忘れたる事、人皆《ひとみな》かくのごとし。いまだ誠《まこと》の道を知らずとも、縁《えん》をはなれて身を閑《しづか》にし、ことにあづからずして心を安くせんこそ、暫《しばら》く楽《たの》しぶとも言ひつべけれ。「生活《しやうくわつ》・人事《にんじ》・伎能《ぎのう》・学問等《がくもんとう》の諸縁《しよえん》をやめよ」とこそ、摩訶止観《まかしくわん》にも侍《はべ》れ。

三六 今様《いまやう》の事どものめづらしきを（第七八段）

近ごろあった珍しいさまざまな事を言い広めもてはやすのは、これまた納得できないことだ。世間で陳腐になってしまうまで知らない人は、奥ゆかしいものだ。新参の人などがいるとき、こちらで言いなれている話題や物の名などを、承知している仲間同士がその一部分だけを言い合って、目を見あわせ、笑いなどして、意味のわからぬ人に不審に思わせることは、世間知らずで教養のない人が、必ずすることである。

今様《いまやう》の事どものめづらしきを、言ひひろめ、もてなすこそ、又うけられね。世にことふりたるまで知らぬ人は、心にくし。いまさらの人などのある時、ここもとに言ひつけたることぐさ、ものの名など、心得《こころえ》たるどち、片端《かたはし》言ひかはし、目見合はせ、笑ひなどして、心知らぬ人に心得ず思はする事、世なれず、よからぬ人の、必ずある事なり。

三七 うすものの表紙《へうし》は（第八二段）

「薄い絹織物で張られた表紙は、すぐにいたむので困る」と、ある人が言ったところ、頓阿《とんあ》（兼好の友人の僧で歌人）が「薄物の表紙は上下の部分がほつれ、螺鈿《らでん》をちりばめた巻物の軸は貝の落ちた後こそがすばらしいのだ」と申しましたのこそ、見上げたものだと思われたことである。一部としてまとまっている書物などが同じ体裁《ていさい》でないのは見苦しいというものだが、弘融僧都《こうゆうそうず》（兼好の友人の僧）が、「物を必ず一揃《ひとそろ》いに整えようとするのは、つまらない者がすることである。不揃いであるのこそがよいのだ」と言ったのも、すばらしいと思われたことである。

「およそ何事もみな、完全に整っているのは、わるいことである。し残したことをそのままうっちゃっておいたのは、趣があり、命の延びる気持のするものである。皇居をお造りになるときも、必ず造り終えない所を残すものである」と、ある人が申しましたことです。昔の賢人の著した仏典やその他の書物にも、章や段の欠けていることが、ずいぶんあるものです。

「うすものの表紙《へうし》は、とく損ずるがわびしき」と人の言ひしに、頓阿《とんあ》が、「羅《うすもの》は上下《かみしも》はつれ、螺鈿《らでん》の軸《ぢく》は貝落ちて後こそいみじけれ」と申し侍《はべ》りしこそ、心まさりて覚えしか。一部《いちぶ》と有《あ》る草子《さうし》などの、おなじやうにもあら

ぬを見にくしといへど、弘融僧都《こうゆうそうづ》が、「物を必ず一具《いちぐ》にととのへんとするは、つたなきもののする事なり。不具《ふぐ》なるこそよけれ」と言ひしも、いみじく覚えしなり。

「すべて何も皆、ことのととのほりたるはあしき事なり。し残したるを、さてうち置きたるは、面白く、いきのぶるわざなり。内裏《だいり》造らるるにも、必ず作り果《は》てぬ所を残す事なり」と、或人《あるひと》申し侍《はべ》りしなり。先賢《せんけん》のつくれる内外《ないげ》の文《ふみ》にも、章段《しやうだん》の欠《か》けたる事のみこそ侍れ。

三八 人の心すなほならねば（第八五段）

人間の心はすなおではないから、偽《いつわ》りがないというわけにもゆかない。けれども、たまたま正直な人が、どうしていないことがあろうか。自分がすなおでないのに、他人の賢いのを見てうらやむのは、世間一般のことである。きわめて愚かな人は、たまたま賢い人に会うと、その人を憎んだりする。「大きな利益を得んがために、少しの利益を受けないで、偽ってりっぱに見せて名を上げようとするのだ」と非難する。自分の心と一致しないことを理由にこのような悪口を言うのでわかってしまう、この人の本性はいたって愚かでけっして賢く変ることはできず、嘘《うそ》にでも小さな利益さえ辞退することができず、かりそめにも賢人のまねをすることのできない人物である。狂人のまねだといって大路を走るならば、その人はとりもなおさず狂人である。悪人のまねといって人を殺すならば、その人は悪人である。驥《き》（一日に千里を走る駿馬《しゅんめ》）をまねる馬は驥の同類であり、舜《しゅん》（中国古代の聖天子）をまねる者は舜の仲間である。偽ってでも賢人を学ぶような人を、賢人といってよいのである。

人の心すなほならねば、偽《いつは》りなきにしもあらず。されども、おのづから正直《しやうぢき》の人、などかなからん。おのれすなほならねど、人の賢《けん》を見てうらやむは尋常《よのつね》なり。至りて愚《おろ》かなる人は、たまたま賢なる人を見て、是《これ》を憎《にく》む。「大きなる利を得んがために、少《すこ》しきの利を受けず、偽りかざりて名を立てんとす」とそしる。おのれが心に違《たが》へるによりて、この嘲《あざけ》りをなすにて知りぬ、この人は下愚《かぐ》の性《しやう》移《うつ》るべからず、偽りて小利《せうり》をも辞《じ》すべからず、

かりにも賢を学《まな》ぶべからず。狂人《きやうじん》の真似《まね》とて大路《おほち》を走らば、則《すなは》ち狂人なり。悪人の真似とて人を殺さば、悪人なり。驥《き》を学ぶは驥のたぐひ、舜《しゅん》を学ぶは舜の徒《ともがら》なり。偽りても賢を学ばんを賢といふべし。

三九 或《ある》者《もの》、小《を》野《のの》道《たう》風《ふう》の書ける（第八八段）

ある者が、小野道風《おののとうふう》（平安中期の能筆家。三蹟《さんせき》の一人）の書いた『和漢朗詠集』（藤原公任《きんとう》撰《せん》の詩歌集）だといって持っていたのを、ある人が「ご先祖代々のお言伝えは根拠のないことではございますまいが、四条大納言《しじょうのだいなごん》（公任）がご編纂《へんさん》なさったものを、それ以前に死んだ道風が書くということは、年代が違いませんでしょうか（公任は道風の没年に生れた）。何とも不審に思われます」と言ったところ、「さようでございますからこそ、世にも稀《まれ》な珍しいものなのでございます」と言って、ますます大切にしまっておいたということである。

或者《あるもの》、小野道風《をののたうふう》の書ける和漢朗詠集《わかんらうえいしふ》とて持ちたりけるを、ある人、「御《ご》相伝《さうでん》、浮《う》ける事には侍らじなれども、四条大納《しでうのだいな》言撰《ごんえら》ばれたる物を、道風書かん事、時代やたがひ侍らん。覚束《おぼつか》なくこそ」と言ひければ、「さ候《さうら》へばこそ、世にありがたき物には侍りけれ」とて、いよいよ秘蔵《ひさう》しけり。

四〇 奥山《おくやま》に、猫またといふものありて（第八九段）

「山の奥に猫またというものがいて、人を食うそうだ」と人が言ったときに、「山でなくても、このあたりにも猫が長い年月を経て猫またに成り上がって、人の命をとることがあるということですのに」という者があったのを、何某阿弥陀仏《なにがしあみだぶつ》とかいう、連歌《れんが》をたしなんでいた僧で、行願寺《ぎょうがんじ》（京の一条にあった寺）のあたりにいた者が聞いて、「自分のように一人歩きをする身には用心しなければならないことである」と思っていた時も時、ある所で夜の更けるまで連歌をして、たった一人で帰ったときに、小川のふちで、噂《うわさ》に聞いた猫またがねらいどおり足もとへつっと寄って来て、いきなり飛びつくと同時に首のあたりに食いつこうとする。法師は肝をつぶして防ごうとしたが、力も抜け足も立たず、小川へころげこんで、「助けてくれい、猫またただあ、ようよう」と叫んだので、あたりの家々から人々が松明《たいまつ》をともして駆け寄って見ると、このあたりで見知っている僧である。「これは、どうしたのだ」と言って、川の中から抱き起こしたところ、連歌の懸賞品を取って、その扇や小箱などを懐中に持っていたのも、水につかってしまった。不思議にも命拾いしたという様子で、這《は》うようにして家に入ってしまった。
じつは、飼っていた犬が暗いけれど飼い主だとわかって、飛びついたのだということである。

「奥山《おくやま》に、猫またといふものありて、人を食《くら》ふなる」と、人の言ひけるに、「山ならねども、これらにも、猫の経《へ》あがりて、猫またに成《な》りて、人とる事はあなるものを」と言ふ者ありけるを、何阿弥陀仏《なにあみだぶつ》とかや、連歌《れんが》しける法師の、行願寺《ぎやうぐわんじ》の辺《ほとり》にありけるが聞きて、ひとり歩《あり》かん身は、心すべきことにこそと思ひける比《ころ》しも、ある所にて夜ふくるまで連歌して、ただひとり帰りけるに、小川《こがは》のはたにて、音に聞きし猫また、あやまたず足許《あしもと》へふ

と寄り来て、やがてかきつくままに、頸《くび》のほどを食《く》はんとす。胆心《きもこころ》も失《う》せて、防《ふせ》がんとするに、力もなく足も立たず、小川へ転《ころ》び入りて、「助けよや、猫また、よやよや」と叫《さけ》べば、家々《いへいへ》より松どもともして走り寄りて見れば、このわたりに見知れる僧なり。「こは如何《いか》に」とて、川の中より抱《いだ》き起《おこ》したれば、連歌の賭物《かけもの》取りて、扇《あふぎ》・小箱《こばこ》など懐《ふところ》に持ちたりけるも、水に入りぬ。希有《けう》にして助かりたるさまにて、はふはふ家に入りにけり。

飼《か》ひける犬の、暗《くら》けれど主《ぬし》を知りて、飛び付きたりけるとぞ。

四一 或人《あるひと》、弓射る事を習ふに（第九二段）

ある人が弓を射ることを習うのに、二本の矢を手に持って的《まと》に向かった。弓の師匠が言うには「初心者は二本の矢を持ってはならない。二本目の矢をあてにして、最初に射る矢をゆるがせにする心が起こるからである。射るたびごとに、ただ、し損じることなく、この一矢で決着をつけようと思え」と言う。わずかに二本の矢である、師匠の前で、その一本をいいかげんにしようと思うであろうか。怠け心というものは、自分では気づかなくても師匠はよくわかっているのだ。この訓戒は弓射《ゆみい》にかぎらず、万事に通じるはずである。

道を学ぶ人は、夕方には朝があるだろうと思い、朝には夕方があるだろうと思って、その時になって、あらためて念を入れて修業しようと心づもりするものだ。その程度であるから、ましてや一瞬の間の怠け心に気づくであろうか。思い立ったときにすぐさま実行することは、何と困難きわまることであることか。

或人《あるひと》、弓射《い》る事を習《なら》ふに、もろ矢をたばさみて的《まと》に向《むか》ふ。師《し》の言はく、「初心《しょしん》の人、二つの矢を持つ事なかれ。後《のち》の矢を頼《たの》みて、はじめの矢に等閑《なほざり》の心あり。毎度《まいど》ただ得失《とくしつ》なく、この一矢《ひとや》に定《さだ》むべしと思へ」と言ふ。わづかに二つの矢、師の前にてひとつをおろかにせんと思はんや。懈怠《けだい》の心、みづから知らずといへども、師これを知る。この戒《いまし》め、万事《ばんじ》にわたるべし。

道を学《がく》する人、夕《ゆふべ》には朝《あした》あらん事を思ひ、朝には夕あらんことを思ひて、かさねてねんごろに修《しゅ》せんことを期《ご》す。況《いは》んや一刹那《せつな》のうちにおいて、懈怠の心ある事を知らんや。なんぞ、ただ今の一念《いちねん》において、直《ただ》ちにする事の甚《はなは》だ難《かた》き。

四二 牛を売る者あり（第九三段）

「牛を売る者がある。買う人が、明日その牛の代金を払って牛を受け取ろうという。ところが、その夜のうちに牛は死んでしまう。この場合、買おうとする人に利益があり、売ろうとする人に損がある」と語る人がある。

これを聞いて、傍らにいる人が言うには、「牛の持主《もちぬし》は、たしかに損があるとはいっても、また別に大きな利益がある。そのわけは、命のあるものが死の近いことを知らないという点では、牛がこのとおり、そうである。人もまた同じことだ。思いもかけないのに牛は死に、思いもかけないのに持主は生きながらえている。人間、一日の命は万金よりも重い価値がある。牛の値段は鵝鳥《がちょう》の羽毛よりも軽い。万金を得て一銭を失うような人に損があるということはできない」と言うと、皆が嘲《あざけ》って、「その道理は、牛の持主に限ることはできない」という。

するると、先ほどの人がまた言うには「だから、人が死を憎むならば生命を大切にいとおしむべきである。生きながらえていることの喜びを毎日楽しみ味わわないでよいものだろうか。愚かな人が、この生存の楽しみを忘れて、いたずらに苦労して外的な楽しみを求め、この存命という財宝を忘れて、あぶなっかしくも他の財宝をむさぼるならば、願望は満たされることがない。生きている間に生命を楽しまないで、死期になって死を恐れるならば、それは矛盾していて、命ながらえていることの喜びを楽しむという道理は成り立つはずがない。人がみな生を楽しまないのは死を恐れないからである。いや、死を恐れないのではなくて、死の近いことを忘れているからである。あるいはまた、生や死にとらわれないというならば、真理を悟っているということができる」と言うと、人々はいよいよ嘲った。

「牛を売る者あり。買ふ人、明日《あす》その値《あたひ》をやりて、牛を取らんといふ。夜《よ》の間《ま》に、牛死ぬ。買はんとする人に利あり、売らんとする人に損あり」と語る人あり。

これを聞きて、かたへなる者の言はく、「牛の主《ぬし》、誠《まこと》に損ありといへども、又大きなる利あり。その故《ゆゑ》は生《しやう》あるもの、死の近き事を知らざる事、牛、既《すで》にしかなり。人、又おなじ。はからざるに牛は死し、はからざるに主《ぬし》は存《ぞん》ぜり。一日《いちにち》の命《いのち》、万金《ばんきん》よりも重《おも》し。牛の値《あたひ》、鵝毛《がもう》よりも軽《かろ》し。万金を得て一銭を失はん人、損ありといふべからず」と言ふに、皆人嘲《みなひとあざけ》りて、「その理《ことわり》は牛の主《ぬし》に限るべからず」と言ふ。

又言はく、「されば、人、死《し》を憎《にく》まば、生《しやう》を愛《あい》すべし。存命《ぞんめい》の喜び、日《ひ》日《び》に楽《たの》しまざらんや。愚かなる人、この楽しびを忘れて、いたづかはしく外《ほか》の楽しびを求め、この財《たから》を忘れて、危《あや》ふく他《た》の財《たから》をむさぼるには、志《こころざし》、満《み》つ事なし。生ける間生《あひだしやう》を楽しまずして、死に臨《のぞ》みて死を恐れば、この理《ことわり》あるべからず。人皆生《ひとみなしやう》を楽しまざるは、死を恐れざる故なり。死を恐れざるにはあらず、死の近き事を忘るるなり。もし又、生死《しやうじ》の相《さう》にあづからずといはば、実《まこと》の理《ことわり》を得たりといふべし」と言ふに、人いよいよ嘲《あざけ》る。

四三 女の物言ひかけたる返事《かへりごと》（第一〇七段）

女が、ものを言いかけてきたとき、その返答を臨機応変にする男はめったにないものだと言って、亀山院の御時《おんとき》（在位一二五九～七四）に、いたずら好きな女房たちが、若い男たちの参内《さんだい》されるたびに「ほととぎすの声をお聞きになりましたか」と尋ねてお試しになったところ、何某大納言《なにがしのだいなごん》とか申す人は「とるにたらぬ私のような者には聞くことができません」と答えられた。堀川内大臣殿《ほりかわのないだいじんどの》（堀川具守）は「岩倉《いわくら》（堀川家の別荘があった京都市左京区岩倉）で聞きましたでしょうか」と仰せになったので、「これは無難だ。『とるにたらぬ私』などというのは、わずらわしくいやみだ」などと批評し合われた。

すべて男は、女に笑われないようにりっぱに育てあげるがよいということである。「浄土寺前関白殿《じょうどじのさきのかんぱくどの》（九条師教か）は、幼い時、安喜門院《あんきもんいん》（堀川天皇皇后）がよく教えてさしあげなさったので、お言葉などがりっぱなのだ」と、ある方が仰せられたとかいうことである。山階左大臣殿《やましなのさだいじんどの》（西園寺実雄）は「（高貴な女性はもちろん）身分の低い下《しも》女《おんな》に見られるのも、たいそう気恥ずかしく気づかいされるものよ」と仰せになったものだ。女のいない世の中であったら、装束の着け方も冠のかぶり方もどうであれ、身だしなみを整える人もありますまい。

このように男から気おくれされる女がどれほどりっぱなものかと考えてみると、女の本性はみなねじけている。我執《がしゅう》が深く、欲張ることははなはだしく、ものの道理を知らないで、ただ迷いの方面にすぐさま心が寄り動き、言葉も巧みで、さしつかえないことでも聞くときは言わない、それではたしなみがあるかと思うと、また、あきれはてたことまで聞かれもしないのにひとりでしゃべりだす。深く考えをめぐらし、表面を飾っていることは、男の知恵よりもまさっているかと思えば、そのことがすぐ後からばれてしまうことも知らない。すなおでなくて、愚かなものは女である。そんな女の心のままになって、よく思われようとするのは、情けないことであろう。こういうわけだから、何で女に気おくれする必要があろうか。もし賢女がいるとすれば、それも何とも親しめず、興ざめするにちがいない。ただ迷いに身をまかせて女の心に随《したが》うとき、やさしくも、おもしろくも思われるはずのものである。

――女《をんな》の物言《ものい》ひかけたる返事《かへりごと》、とりあへずよきほどにする男《をのこ》は、ありがたきものぞとて、亀山院《かめやまゐん》の御時《おほんとき》、しれたる女房ども、若き男達《をとこたち》の参《まゐ》らるる毎《ごと》に、「郭公《ほととぎす》や聞き給へる」と問ひて、こころみられけるに、なにがしの大納言とかやは、「数ならぬ身は、え聞き候《さうら》はず」と答へられけり。堀川《ほりかは》内大臣殿《のないだいじんどの》は、「岩倉《いはくら》にて聞きて候ひしやらん」と仰せられたりけるを、「これは難《なん》なし。数ならぬ身、むつかし」など定めあはれけり。

すべて男《をのこ》をば、女に笑はれぬやうにおほしたつべしとぞ。「浄土寺前関《じやうどじのさきのくわ》白殿《んぱくどの》は、幼くて、安喜門院《あんきもんゐん》のよく教へ参らせさせ給ひける故《ゆゑ》に、御詞《おんことば》などのよきぞ」と、人の仰せられけるとかや。山階左大臣殿《やましなのさだいじんどの》は、「あやしの下女《しもをんな》の見奉るも、いとはづかしく、心づかひせらるる」とこそ仰せられけれ。女のなき世なりせば、衣文《えもん》も冠《かぶり》も、いかにもあれ、ひきつくろふ人も侍《はべ》らじ。

かく人にはぢらるる女、如何《いか》ばかりいみじきものぞと思ふに、女の性《しやう》は皆ひがめり。人我《にんが》の相《さう》深く、貪欲《とんよく》甚だしく、ものの理《ことわり》を知らず、ただ、迷ひの方《かた》に心も早く移り、詞《ことば》も巧みに、苦しからぬ事をも問ふ時は言はず、用意《ようい》あるかと見れば、又あさましき事まで、問《と》はず語《がた》りに言ひ出《いだ》す。深くたばかり飾《かざ》れる事は、男の智恵《ちゑ》にもまさりたるかと思へば、その事、あとよりあらはるるを知らず。すなほならずして拙《つたな》きものは女なり。その心に随《したが》ひてよく思はれん事は、心憂《う》かるべし。されば、何かは女のはづかしからん。もし賢女《けんぢょ》あらば、それもものうとく、すさまじかりなん。ただ迷《まよ》ひを主《あるじ》として、かれに随《したが》ふ時、やさしくも、おもしろくも覚《おぼ》ゆべき事なり。

四四 寸《すん》陰《いん》惜《を》しむ人なし（第一〇八段）

わずかの時間を惜しむ人はない。これは、わずかの時間を惜しむ必要がないとよくわかっているせいなのか、それとも愚かであるためなのか。愚かで怠けている人のために言うなら、一銭はわずかではあるが、これを積みかさねると、貧しい人を富裕な人にする。だから商人が一銭を惜しむ心は切実である。一瞬という短い時間は意識されないでも、これが経過し止《や》むことがなければ、生涯を終える時期はたちまちにやって来る。

だから仏道の修行者は、遠い将来までの月日を惜しんではならない。現在の一瞬がむだに過ぎることを惜しむべきである。もし人がやって来て、お前の命は明日必ずなくなるであろうと告げ知らせてくれたような場合、今日の日の暮れるまでの間に何を頼りにし、何事を努め励むであろうか。われわれの生きている今日という日も、明日は必ず死ぬと言われた時と、どうして違いがあろうか。一日のうちに、飲食・便通・睡眠・言語・歩行など、やむをえないことで多くの時間をなくしている。その残りの時間はいくらもない、その間に役にも立たぬことをし、役にも立たぬことを言い、役にも立たぬことを考えて時間を過ごすだけでなく、日を過ごし月を経過して一生をうかうかと送るのは、まったく愚かなことである。

謝霊運《しゃれいうん》（中国南北朝時代の詩人）は、『法華経《ほけきょう》』翻訳の筆録者であったけれども、心にいつも竜が風雲を得て飛翔するように出世の機会を得たいとの念願を持っていたので、恵遠《えおん》（中国東晋の僧）は謝霊運が白蓮社《びゃくれんしゃ》（恵遠を中心とする宗教結社）に交わるのを許さなかった。しばらくの間でも寸陰を惜しむ心のない場合は、死人と同じである。それでは何のために時間を惜しむかといえば、心の内には雑念をなくし、世間においては俗事にかかわらず、悪事を止めようとする人は止め、善を修行する人は修行せよというわけである。

寸陰《すんいん》惜《を》しむ人なし。これよく知れるか、愚《おろ》かなるか。愚かにして怠《おこた》る人のために言はば、一銭軽《かろ》しといへども、是《これ》をかさぬれば、貧しき人を富める人となす。されば、商人《あきびと》の一銭を惜《を》しむ心、切《せつ》なり。刹那《せつな》覚えずといへども、これを運びてやまざれば、命を終《を》ふる期《ご》、忽《たちま》ちに至る。

されば、道人《だうにん》は、遠く日月《にちぐわつ》を惜《を》しむべからず。ただ今の一念、むなしく過ぐる事を惜しむべし。もし人来《きた》りて、我が命、明日《あす》は必ず失はるべしと告げ知らせたらんに、今日《けふ》の暮るるあひだ、何事をか頼《たの》み、何事をか営《いとな》まん。我等が生ける今日の日、なんぞその時節《じせつ》にことならん。一日《いちにち》のうちに、飲食《おんじき》・便利《べんり》・睡眠《すいめん》・言語《ごんご》・行歩《ぎやうぶ》、やむ事をえずして、多くの時を失ふ。その余りの暇《いとま》幾《いく》ばくならぬうちに、無益《むやく》の事をなし、無益の事を言ひ、無益の事を思惟《しゆい》して時を移すのみならず、日を消《せう》し、月をわたりて、一生を送る、尤《もつと》も愚かなり。

謝霊運《しやれいうん》は法華《ほつけ》の筆受《ひつじゆ》なりしかども、心、常に風雲《ふううん》の思ひを観《くわん》ぜしかば、恵遠《ゑをん》、白蓮《びやくれん》の交《まじは》りを許さざりき。暫《しばら》くもこれなき時は、死人におなじ。光《くわう》陰《いん》何のためにか惜しむとならば、内に思慮なく、外《ほか》に世事《せじ》なくして、止《や》ま

――ん人は止み、修《しゅ》せん人は修せよとなり。

四五 高名《かうみやう》の木登りといひしをのこ（第一〇九段）

木登りの名人といわれた男が、人を指図して高い木に登らせて梢《こずえ》を切らせたときに、とても危なく見えた間は注意をすることもなくて、下りるときに軒の高さくらいになって「けがをするな。用心して下りよ」と言葉をかけましたので、「これくらいになれば、飛び下りても下りられよう。どうしてそんなことを言うのか」と申しましたところ、「そのことでございます。目がくらんで枝の危ないうちは本人が恐れておりますから申しません。けがは安全な所になって必ずいたすものでございます」と言う。

身分の低い者であるが、その言葉は、聖人の訓戒に合致している。蹴鞠《けまり》も、むずかしい所をうまく蹴り上げた後、もう安心だと思うと、きっと落ちるものだとか申すそうでございます。

高名《かうみやう》の木登《きのぼ》りといひしをのこ、人をおきてて、高き木に登《のぼ》せて梢《こずゑ》を切らせしに、いと危《あやふ》く見えしほどは言ふ事もなくて、おるるときに軒長《のきたけ》ばかりになりて、「あやまちすな。心しておりよ」と言葉をかけ侍《はべ》りしを、「かばかりになりては、飛びおるるともおりなん。如何《いか》にかく言ふぞ」と申し侍りしかば、「その事に候《さうらふ》。目くるめき、枝危きほどは、おのれが恐れ侍れば申さず。あやまちは、やすき所になりて、必ず仕《つかまつ》る事に候」といふ。あやしき下﨟《げらふ》なれども、聖人《せいじん》の戒《いまし》めにかなへり。鞠《まり》も、難《かた》き所を蹴出《けいだ》して後《のち》、安く思へば、必ず落つと侍るやらん。

四六 双六《すぐろく》の上手《じやうず》といひし人に（第一一〇段）

双六《すごろく》の上手と言われた人に、その方法を尋ねましたところ、「勝とうと思って打ってはならない。負けまいと思って打つべきである。どのやり方が早く負けてしまうだろうかと考えて、その手を使わないで、一目《いちもく》であっても遅く負けるような手に従うがよい」

と言う。

これは、その道を知っている人の教えであって、わが身を正しくし、国を治める道も、またそのとおりである。

双六《すぐろく》の上手《じやうず》といひし人に、その行《てだて》を問ひ侍《はべ》りしかば、「勝たんと打つべからず、負けじと打つべきなり。いづれの手かとく負けぬべきと案じて、その手を使はずして、一目《ひとめ》なりともおそく負くべき手につくべし」といふ。

道を知れる教《をしへ》、身を治《をさ》め、国を保《たも》たん道も、又《また》しかなり。

四七 明日は遠き国へ赴くべしと聞かん人に（第一一二段）

明日は遠い国へ旅立つはずだと聞いている人に対して、心静かにしなければならないようなことを、人が言いかけるだろうか。突然起こった重大な事柄を処理し、また、深く嘆くこともある人は、ほかのことを聞き入れないし、人の愁いごとや喜びごとも尋ねようとはしない。尋ねなくても、何ゆえかと恨む人もない。だから、年もしだいに盛りを過ぎ、病気にもとりつかれた人はもちろん、ましてや出家遁世《とんせい》しているような人もまた、上に述べた人と同じことであろう。

人間世界の儀礼は、どれもこれも避けがたいものばかりだ。俗事を黙ってそのままにしておくことのできないままに必ずやろうとすれば、願いも多く身も苦しく、心のやすまるひまもなく、一生はつまらぬ雑事の小さな義理に妨げられて、むだに終わってしまうだろう。日は暮れ、行く路《みち》は遠い。わが一生は、もはやつまずいて、思うように進むことができない。一切の俗縁を捨て去るべき時である。信義をも守るまい。礼儀をも思うまい。この心さえ理解できないような人は、気が触れているとでも言うがよい、正気を失っている、人情がないとでも思うがよい。非難されても苦しむまい。ほめられても聞き入れまい。

明日《あす》は遠き国へ赴《おもむ》くべしと聞かん人に、心閑《しづか》になすべからんわざをば、人、言ひかけてんや。俄《には》かの大事《だいじ》をも営《いとな》み、切《せち》になげく事もある人は、他の事を聞き入れず、人の愁《うれ》へ・喜《よろこ》びをも問はず。問はずとて、などやと恨《うら》

むる人もなし。されば、年もやうやうたけ、病《やまひ》にもまつはれ、況《いは》んや世をも遁《のが》れたらん人、又、是《これ》におなじかるべし。

人間の儀式《ぎしき》、いづれの事か去《さ》り難《がた》からぬ。世俗の黙《もだ》しがたきに随《したが》ひて、これを必ずとせば、願ひも多く、身も苦しく、心の暇《いとま》もなく、一生は雑事《ざふじ》の小節《せうせつ》にさへられて、むなしく暮れなん。日暮れ塗《みち》遠し。吾《わ》が生既《しやうすで》に蹉跎《さだ》たり。諸縁《しよえん》を放下《はうげ》すべき時なり。信をも守らじ。礼義《れいぎ》をも思はじ。この心をも得《え》ざらん人は、物狂《ものぐる》ひとも言へ、うつつなし情《なさけ》なしとも思へ。毀《そし》るとも苦しまじ。誉《ほ》むとも聞き入れじ。

四八 四十《よそぢ》にもあまりぬる人の（第一一三段）

四十歳をも越えてしまった人で、好色めいたことが、たまたま人目をはばかってあるのは、どうにもしかたがなかろうが、わざわざ口に出して、男女間の情事や他人の身の上までもおもしろがって言うとなると、まったく年がいもなく見苦しいことである。

およそ聞きづらく見苦しいのは、老人が若い人の中に入り込んで、おもしろおかしくしようと、ものを言うこと。また人かずにも入らぬつまらぬ身であるのに、世間に評判の人を親しい間柄のように言っていること。貧しい家で、酒盛りを好み、お客にご馳走《ちそう》しようと派手にふるまっていることなどである。

四十《よそぢ》にもあまりぬる人の、色めきたる方、おのづから忍《しの》びてあらんは、いかがはせん、言《こと》にうち出《い》でて、男《をとこ》・女《をんな》の事、人のうへをも言ひたはぶるるこそ、似げなく、見苦《みぐる》しけれ。

大かた聞きにくく見苦しき事、老人《おいびと》の若き人にまじはりて、興あらんと物言ひゐたる。数ならぬ身にて、世の覚えある人をへだてなきさまに言ひたる。貧しき所に、酒宴《しゆえん》好み、客人《まれびと》に饗応《あるじ》せんときらめきたる。

四九 宿河原《しゆくがはら》といふところにて（第一一五段）

宿河原《しゆくがわら》（神奈川県川崎市宿河原か）というところで、ぼろぼろ（ざんばら髪に破れ衣、刀を持って諸国を回り歩き、殺伐な振舞《ふるま》いに及んだ者。暮露《ぼろ》とも。虚無僧《こむそう》の起源ともいうが、未詳）が大勢集まって、九品《くほん》の念仏（上品上生《じょうぼんじょうしょう》から下品下生《げぼんげしょう》まで九階級に分れた極楽浄土に往生するための念仏）を唱えていたところ、ほかから入って来たぼろぼろが、「もしや、このお集まりの中に、いろをし房《ぼう》（伝未詳）と申すぼろは、おいでになりませんか」と尋ねたところ、その中から「いろをしは、ここにおります。そうおっしゃるのは、どなたですか」と答えたので、「しら梵字《ぼんじ》（伝未詳）と申すものです。私の師匠の何某《なにがし》と申した人が、東国で、いろをしと申すぼろに殺されたと伺いましたので、その人にお会いいたしまして、恨みをお晴らし申したく存じまして、お尋ね申す次第です」と言う。

いろをしは、「殊勝にも尋ねておいでになった。そういうことがありました。ここでお相手いたせば、修行道場をけがしましょう。前の河原へ参って、お手合わせいたしましょう。傍輩衆《ほうばいしゅう》よ、けっしてどちらをも助勢なさるな。大勢の人の迷惑になっては、仏事の妨げでございましょう」と話をつけて、二人で河原へ出て立ち合い、思うさま刺しちがえて、ともに死んでしまった。

ぼろぼろというものは、昔はなかったのであろうか。近ごろの世に、ぼろんじ・梵字・漢字などといわれたものが、その起源であったとかいうようである。ぼろぼろは、この世を捨てているかのように見えて執着心が強く、仏道を願っているかのように見えて闘争を仕事としている。勝手気ままで恥知らずの有様であるが、死を恐れず、少しもこだわらないところが、小気味よく思われて、人の話したとおりに書き付けておいたことです。

宿河原《しゅくがはら》といふところにて、ぼろぼろ多く集まりて、九品《くほん》の念仏《ねんぶつ》を申しけるに、外《ほか》より入り来《きた》るぼろぼろの、「もしこの御中《おんなか》に、いろをし房《ばう》と申すぼろやおはします」と尋ねければ、その中より、「いろをし、ここに候《さうらふ》。かくのたまふは、誰《たれ》」と答ふれば、「しら梵字《ぼんじ》と申す者なり。おのれが師、なにがしと申しし人、東国《とうごく》にて、いろをしと申すぼろに殺されけりと承り

しかば、その人にあひ奉りて、恨《うら》み申さばやと思ひて尋ね申すなり」といふ。

いろをし、「ゆゆしくも尋ねおはしたり。さる事侍《はべ》りき。ここにて対面《たいめん》し奉らば、道場《だうぢやう》をけがし侍るべし。前の河原《かはら》へ参りあはん。あなかしこ、わきさしたち、いづかたをもみつぎ給ふな。あまたのわづらひにならば、仏事の妨《さまたげ》に侍るべし」と言ひ定めて、二人河原へ出であひて、心行くばかりに貫《つらぬ》きあひて、共《とも》に死ににけり。

ぼろぼろといふもの、昔はなかりけるにや。近き世にぼろんじ・梵字《ぼんじ》・漢字《かんじ》など言ひける者、そのはじめなりけるとかや。世を捨てたるに似て我《が》執《しふ》深く、仏道を願ふに似て、闘諍《とうじやう》をこととす。放逸《はういつ》・無慙《むざん》の有様なれども、死を軽《かろ》くして、少しもなづまざるかたのいさぎよく覚えて、人の語りしままに書き付け侍るなり。

五〇 友とするにわろき者（第一一七段）

友とするのにわるい者が七つある。第一には身分高く尊い人。第二には若い人。第三には無病で身体の強い人。第四には酒好きの人。第五には勇猛な武士。第六には嘘《うそ》をつく人。第七には欲の深い人。

よい友に三つある。第一には物をくれる友。第二には医師。第三には知恵のある友。

友とするにわろき者、七つあり。一つには、高くやんごとなき人。二つには、若き人。三つには、病《やまひ》なく身《み》強《つよ》き人。四つには、酒を好む人。五つには、猛《たけ》く勇《いさ》める兵《つはもの》。六つには、虚言《そらごと》する人。七つには、欲深き人。

よき友三つあり。一つには、物《もの》くるる友。二つには、医師《くすし》。三つには、智恵《ちゑ》ある友。

五一 鎌倉《かまくら》の海に鰹《かつを》といふ魚は（第一一九段）

鎌倉の海で鰹《かつお》といっている魚は、あの地方ではたぐいのないものとして、このごろ珍重するものである。それも、鎌倉の古老が申しましたことは、「この魚は、私どもが若かったころまでは、りっぱな人の前へは出ることはございませんでした。頭は、身分の低い者でも食べずに切って捨てましたものです」と申しました。

このような物も、世が衰えてくると、上流社会にまで入り込むことでございます。

鎌倉《かまくら》の海に鰹《かつを》といふ魚《うを》は、かの境《さかひ》にはさうなきものにて、この比《ごろ》もてなすものなり。それも、鎌倉の年寄《としよ》りの申し侍《はべ》りしは、「この魚、おのれら若かりし世までは、はかばかしき人の前へ出づる事侍らざりき。頭《かしら》は下部《しもべ》も食はず、切りて捨て侍りしものなり」と申しき。

かやうの物も、世の末になれば、上《かみ》ざままでも入りたつわざにこそ侍れ。

徒然草の風景 ④

金沢文庫《かなざわぶんこ》

出家後に幾度か関東におもむいた兼好。都とは異なる文化や風土は、兼好の「取材魂」を十分に刺激したようだ。

兼好の家集の詞書《ことばがき》に「武蔵《むさし》の国金沢《かねざは》といふところに、むかし住みし家のいたう荒れたるにとまりて」とあるため、少なくとも二度は武蔵国金沢――現在の神奈川県横浜市金沢区に滞在したことがわかる。ここはかつて鎌倉幕府の要職にあった北条実時《さねとき》が別邸・称名寺《しようみようじ》を建立した場所で、読書好学の人であった実時が収集・書写した貴重な書籍を納める「金沢文庫」(写真)が営まれた。孫の金沢貞顕《さだあき》は京で六波羅《ろくはら》探題《たんだい》を務めたのちに鎌倉に戻り、この称名寺と文庫をいっそう充実させる。この貞顕との縁で、兼好はこの地に滞在したものと考えられている。『徒然草』一一五段の「宿河原《しゆくがわら》」は川崎市多摩区宿河原と比定されるし、三四段にはお香に使う長螺《ながにし》という貝を金沢の浦では「へなだり」というと紹介している。兼好のメモ帳は関東情報で黒々と埋まっていったことだろう。

しかし北条氏に親しんだ兼好の目についたのは、華美な酒宴や希少な唐物《からもの》収集など好む、幕府の贅沢《ぜいたく》三昧だった。そこで兼好は、かつて第五代執権の北条時頼《ときより》が味噌《みそ》を肴《さかな》に酒を飲んだこと(二一五段)などを紹介して武家の質素倹約をたたえ、「唐の物なんて、薬以外はなくても不自由しない」(一二〇段)と舶来《はくらい》趣味を戒めている。権威に臆《おく》さない兼好の批判精神がきらりと光る場面である。

五二 養ひ飼ふものには（第一二一段）

家畜として養い飼うものでは馬と牛とが第一である。これらをつないで苦しめるのはまことにかわいそうであるけれども、なくてはならないものであるから、どうしようもない。犬は家を守り盗人を防ぐはたらきが人よりもまさっているから、必ず飼うがよい。けれども、どの家にもいるものであるから、特に求めて飼う必要はないであろう。

そのほかの鳥や獣《けだもの》は、すべて無用のものである。走る獣は檻《おり》に閉じ込められて鎖《くさり》をつけられ、飛ぶ鳥は翼《つばさ》を切られて籠《かご》に入れられ、空を恋いしがり野山を思う嘆きの絶える時がない。その苦悩を、わが身にひきあてて堪《た》えがたいと思うとすれば、情のある人は、これらを飼って楽しんだりするであろうか。生きているものを苦しめて目を楽しませるのは、桀《けつ》や紂《ちゅう》（ともに中国古代の王）のような暴君の心である。王子猷《おうしゆう》（晋《しん》の書家、王《おう》徽之《きし》。風流の人として著名）が鳥を愛したのは、林の中で鳥が楽しんでいるのを見て、そぞろ歩きの友としたのであった。これを捕えて苦しめたのではない。

およそ、「珍しい鳥や見なれない獣は国内に養わない」と、古書にも書いてある（『書経』に「珍禽奇獣、国に育《やしな》はず」とある）とおりです。

養《やしな》ひ飼《か》ふものには、馬・牛。繋《つな》ぎ苦しむるこそいたましけれど、なくてかなはぬものなれば、いかがはせん。犬は、守《まも》り防《ふせ》ぐつとめ、人にもまさりたれば、必ずあるべし。されど、家ごとにあるものなれば、殊更《ことさら》に求め飼はずともありなん。

その外《ほか》の鳥・獣《けだもの》、すべて用なきものなり。走る獣は檻《をり》にこめ、鎖《くさり》をさされ、飛ぶ鳥は翅《つばさ》を切り、籠《こ》に入れられて雲を恋ひ、野山を思ふ愁《うれへ》、止《や》む時なし。その思ひ、我が身にあたりて忍びがたくは、心あらん人、是《これ》を楽しまんや。生《しやう》を苦しめて目を喜《よろこ》ばしむるは、桀《けつ》・紂《ちう》が心なり。王子猷《わうしいう》が鳥を愛せし、林に楽しぶを見て、逍遥《せうえう》の友としき。捕へ苦しめたるにあらず。

凡《およ》そ、「めづらしき禽《とり》、あやしき獣《けだもの》、国に育《やしな》はず」とこそ、文《ふみ》にも侍るなれ。

五三 人の才能は（第一二二段）

人間の才能は、漢籍に通じていて、聖人の教えを知っているのを第一とする。次には字を書くことが大切で、専門にすることはなくても、これを習うがよい。これは学問に役立つからである。次に医術を習うがよい。わが身を養生し、人を助け、忠孝にいそしむのも、医術を知らなくては果すことができない。次には弓射と乗馬で、これらは六芸《りくげい》（中国の周代に士たるべき者の必修科目であった、礼・楽・射〈弓射〉・御〈乗馬〉・書・数）の中に数えられている。必ずこれらをたしなむがよい。以上の文・武・医の道は、本当にどれ一つ欠けてもすまされるはずのないものである。これらを学ぶ人を無用なことをする人と言うべきではない。次に食物は人間にとって、天のように最も大切なものである。上手に調味することを心得ている人は、大きな長所があるとすべきである。次に手細工《てざいく》は、いろいろなことに役立つことが多い。

これら以外のさまざまな末技に多能であるのは、君子としては恥ずかしいところである。詩歌を作るに巧みで、管絃《かんげん》の楽《がく》にすぐれているのは、深遠玄妙な道で、君も臣もこれらを重要視するけれども、今のような時代では、これらでもって世を治めるのは、しだいに愚かなことになってきたようにみえる。金は上等なものであるけれども、鉄の実益が多いのに及ばないようなものである。

人の才能は、文《ふみ》あきらかにして、聖《ひじり》の教《をしへ》を知れるを第一とす。次には手書く事、むねとする事はなくとも、是《これ》を習ふべし。学問に便《たより》あらんためなり。次に医術《いじゆつ》を習ふべし。身を養ひ、人を助け、忠孝のつとめも、医《い》にあらずはあるべからず。次に、弓射《ゆみい》、馬に乗る事、六芸《りくげい》に出《いだ》せり。必ずこれをうかがふべし。文《ぶん》・武《ぶ》・医《い》の道、誠《まこと》に、欠《か》けてはあるべからず。これを学ばんをば、いたづらなる人といふべからず。次に、食《しよく》は人の天なり。よく味《あぢあひ》を調《ととの》へ知れる人、大きなる徳とすべし。次に細工《さいく》、万《よろづ》に要《えう》多し。この外《ほか》の事ども、多能《たのう》は君子《くんし》の恥《は》づる処《ところ》なり。詩歌《しいか》にたくみに、糸竹《しちく》に妙《たへ》なるは幽玄《いうげん》の道、君臣これを重くすといへども、今の世にはこれをもちて世を治むる事、漸《やうや》くおろかなるに似たり。金《こがね》はすぐれたれども、鉄《くろがね》の益多きにしかざるがごとし。

五四 無益《むやく》のことをなして（第一二三段）

役に立たないことをして時を過すのを、愚かな人とも、また道理にはずれたことをする人とも言ってよい。国のため、君のために、どうあってもしなければならないことが多い。それらをしたあとの暇はいくらもない。よく考えてみるがよい。人間の身として、やめようにもやめられないで営むことは、第一に食物、第二に衣服、第三に住居である。人間の重要事は、この三つ以上には出ない。飢えず、寒くなく、風雨におかされないで、静かに日を送るのが人間の楽しみなのである。ただし、人間にはみな病気がある。病気にかかってしまうと、その苦悩は堪えがたい。だから病気治療のことを忘れてはならない。以上の三つに治療のための薬を加えて、これら四つのことを手に入れ得ないのを貧乏だとする。これらの四つのことに不足しないのを富むということとする。この四つ以外のものを求めてあくせくするのをぜいたくとする。この四つのことを切りつめて生活するならば、誰《だれ》が不足を感じることがあろうか。

無益《むやく》のことをなして時を移すを、愚かなる人とも、僻事《ひがこと》する人とも言《い》ふべし。国のため、君のために、止《や》むことを得ずしてなすべき事多し。その余《あま》りの暇《いとま》、幾《いく》ばくならず。思ふべし、人の身に、止むことを得ずしていとなむ所、第一に食ふ物、第二に着る物、第三に居《ゐ》る所なり。人間の大事、この三つには過ぎず。饑《う》ゑず、寒からず、風雨《ふうう》にをかされずして、閑《しづか》に過ぐすを楽《たのしび》とす。ただし、人皆病《やまひ》あり。病にをかされぬれば、その愁忍《うれへしの》びがたし。医療《いれう》を忘るべからず。薬を加《くは》へて四つの事、求め得ざるを貧しとす。この四つ欠《か》けざるを富めりとす。この四つの外《ほか》を求め営むを驕《おご》りとす。四つの事倹約《けんやく》ならば、誰《たれ》の人か足《た》らずとせん。

五五 ばくちの負《まけ》きはまりて（第一二六段）

「ばくちの負けが極限に達して、賭《か》け物を全部、勝負に賭け入れようとするような者に対しては、ばくちを打ってはならない。そういう場合には、勝負が逆転し、相手が続けて勝つはずの時が来ていると知るがよい。その時機を知るのを、上手なばくち打ちというのである」と、ある者が申した。

――「ばくちの負《まけ》きはまりて、残りなく打ち入れんとせんにあひては、打つべからず。たちかへり、つづけて勝つべき時の到れると知るべし。その時を知るを、よきばくちと言ふなり」と、或者《あるもの》申しき。

五六 あらためて益《やく》なき事は（第一二七段）

改めても益のないことは、改めないのをよしとするものである。

――あらためて益《やく》なき事は、あらためぬをよしとするなり。

五七　花はさかりに（第一三七段）

花は盛りに咲いているのだけを、月は一点のくもりもないのだけを見るものであろうか。雨に向って月を恋い慕い、簾《すだれ》を垂れた部屋に引きこもって春がどこまで暮れていったのかを知らないのも、やはり、しみじみとした感じがし、情趣の深いものだ。今にも咲いてしまいそうな頃《ころ》あいの桜の梢《こずえ》、花の散りしおれている庭などこそ、見どころの多いものである。和歌の詞書《ことばがき》にも、「花見に出かけたところ、もうすっかり散ってしまっていたので」とも、「さしさわりがあって出かけないで」などとも書いてあるのは、「花を見て」と書いてあるのに劣っているといえようか。花の散り、月の傾くのを惜しみ慕う世の習わしは、もっともなことであるが、とりわけ情趣を解さない人が「この枝もあの枝も、散ってしまった。もう見るだけの値打ちもない」などというようだ。

すべて何事でも、始めと終わりが特別におもしろいものなのだ。男女間の情愛でも、ただただ逢《あ》って契りを結ぶことだけを言うものであろうか。契らないで終わったつらさを思い、かりそめのはかない逢瀬《おうせ》を恨み嘆き、長い夜を逢うこともできないまま一人で明かし、はるかに隔ったところを思いやり、浅茅《あさじ》の茂っている荒れた住居に恋人と語らった昔を懐かしく思い出したりするのこそ、恋の情趣を解するものだと言えよう。

満月のかげりもないのを千里のかなたまで眺めているのよりも、明け方近くなって待ちに待ってやっと出てきた月が、たいそう趣深く、青みをおびている様子で、深い山の杉の梢に見えている、その木の間《こま》越しの月の光、さっと時雨《しぐれ》を降らせた一群の雲に隠れている月の様子のほうが、このうえなく情趣深いものである。椎《しい》の木や白樫《しらかし》の木などの濡《ぬ》れたような葉の上にきらきら光っている月の光こそは、まったく身にしみ入るようで、情趣を解する友がそばにいてほしいものだと、友のいる都が恋しく思われる。

総じて、月や花をば、そうむやみに目でばかり見るものであろうか。春には家を出て行かずとも、月の夜は寝室に引きこもったままでも、月や花をしのぶときこそ、興趣もつきず、まことに楽しみなもので、おもしろいものだ。情趣を解する人は、ただむやみに興に熱中するふうにも見えず、おもしろがる様子もあっさりしている。片田舎《かたいなか》の人間にかぎって、万事あくどくもてはやすものである。花のもとには身をねじるようにして近寄り、わきめもせずに見つめて、酒を飲んだり連歌《れんが》をしたりして、ついには大きな花の枝を考えもなく折り取ってしまう。泉には手足を浸し、雪には地面に下りていって足跡をつけたりなど、何事につけても、さりげなく見るということがない。

花はさかりに、月はくまなきをのみ見るものかは。雨にむかひて月を恋ひ、たれこめて春の行方《ゆくへ》知らぬも、なほあはれに情《なさけ》ふかし。咲きぬべきほどの梢《こずゑ》、散りしをれたる庭などこそ見所《みどころ》多けれ。歌の詞書《ことばがき》にも、「花見にまかれりけるに、はやく散り過ぎにければ」とも、「障《さは》る事ありてまからで」なども書けるは、「花を見て」と言へるにおとれる事かは。花の散り、月の傾《かたぶ》くを慕《した》ふ習《なら》ひは、さる事なれど、ことにかたくなる人ぞ、「この枝、かの枝散りにけり。今は見所なし」などは言ふめる。

万《よろづ》の事も、始め終りこそをかしけれ。男女《をとこをんな》の情《なさけ》も、ひとへに逢《あ》ひ見るをばいふものかは。逢はでやみにし憂《う》さを思ひ、あだなる契《ちぎ》りをかこち、長き夜をひとりあかし、遠き雲井《くもゐ》を思ひやり、浅茅《あさぢ》が宿《やど》に昔をしのぶこそ、色好むとは言はめ。

望月《もちづき》のくまなきを千里《ちさと》の外《ほか》までながめたるよりも、暁《あかつき》近くなりて待ち出《い》でたるが、いと心深《こころふか》う、青みたるやうにて、深き山の杉の梢に見えたる、木《こ》の間《ま》の影《かげ》、うちしぐれたる村雲《むらくも》がくれのほど、またなくあはれなり。椎柴《しひしば》・白樫《しらかし》などの濡《ぬ》れたるやうなる葉の上にきらめきたるこそ、身にしみて、心あらん友もがなと、都恋しう覚ゆれ。

すべて、月・花をば、さのみ目にて見るものかは。春は家を立ち去らでも、月の夜は閨《ねや》のうちながらも思へるこそ、いとたのもしう、をかしけれ。よき人は、ひとへに好《す》けるさまにも見えず、興ずるさまも等閑《なほざり》なり。片《かた》田舎《ゐなか》の人こそ、色こく万《よろづ》はもて興ずれ。花の本《もと》には、ねぢ寄り立ち寄り、あからめもせずまもりて、酒飲み連歌《れんが》して、はては、大きなる枝、心なく折り取りぬ。泉には手足さし浸《ひた》して、雪にはおり立ちて跡つけなど、万《よろづ》の物、よそながら見ることなし。

そのような人が賀茂祭《かもまつり》を見物する様子は、ひどく珍妙なものであった。「見物の行列がたいそう遅い。それまでの間は桟敷《さじき》にいても何にもならぬ」と言って、桟敷の奥にある家で酒を飲み食事をし、囲碁《いご》や双六《すごろく》などをして遊び、桟敷には見張の人を置いてある

ので「行列がお通りです」と知らせてきたときに、一同肝がつぶれるかのように争って桟敷に走り上って、落ちてしまいそうなほど簾《すだれ》を外に押し出して互いに押し合いながら、行列中の一つの事でも見おとすまいと見まもって、「ああだ、こうだ」と見るものごとにいちいち言葉をさしはさみ、行列が通り過ぎてしまうと「また通るまで」と言って桟敷から下りていってしまう。ただ、行列のあれこれだけを見ようとするのであろう。都の人で身分の高く見える人は、目をとじて、よくも見ない。年が若くて身分の低い人々は御用奉仕で立ったりすわったりしており、また、貴人の後《あと》に控えている者は、ぶざまに後ろからのしかかりもしないし、むりに祭の行列を見物しようとする人もいない。

あれにもこれにも葵《あおい》をかけわたして優雅な情景の中に、まだ夜が明けきらない頃あい、人目に立たぬようにそっと寄せる牛車《ぎっしゃ》のあれこれに心をひかれるので、車の主人はあの人かこの人かと推測していると、牛飼や召使などで見知っている者もある。あるいは優美に、あるいは華美なさまに、さまざまの趣向で行き来する車を見ているのも気がまぎれておもしろい。日の暮れるころには、立て並べてあった多くの車も、わりこむ所もないほど並んでいた人々も、どこへ行ってしまったのであろう、間もなくほとんどいなくなって、多くの車の混雑も静かになってしまうと、簾や敷物もとりかたづけ、みるみるさびしい様子になってゆくのこそ、この世の盛衰の習わしもなるほどと思い知られて、まことに感慨深いものである。このような都大路の有様を見ているのこそ、祭を見ているということなのである。

あの桟敷の前を行ったり来たりする多くの人々の中に、顔見知りの人が大勢いるので、世間の人の数もそれほど多くはないらしいということがわかる。この人々がみな死んでしまって後、わが身が死ぬという定めだとしても、自分の死は間もなくやってくるに相違ない。大きな器《うつわ》に水を入れて細い穴をあけておくと、水のしたたる量は少ないけれども、休む間なく漏ってゆくならば、すぐに尽きてしまうだろう。都の中に大勢いる人の死なない日があるはずはない。一日に一人や二人だけであろうか。鳥辺野《とりべの》や船岡《ふなおか》（ともに火葬場があった地）、そのほかの野山にも、葬送する遺骸《いがい》の数の多い日はあっても、葬送しない日はない。だから棺桶《かんおけ》を売る者は、作ってそのまま置いておくひまがない。若さや強さにかかわらず、思いもかけないのは死の時期である。今日まで死からまぬかれてきたということは、珍しい不思議なことなのである。しばらくでも、この世をのんびりしたものと思えようか。

さやうの人の祭《まつり》見《み》しさま、いとめづらかなりき。「見《み》ごと、いとおそし。そのほどは桟敷不用《さじきふよう》なり」とて、奥なる屋《や》にて酒飲み、物食ひ、囲碁《ゐご》・双六《すぐろく》など遊びて、桟敷には人を置きたれば、「渡り候《さうら》ふ」といふ時に、各《おのおの》肝《きも》つぶるるやうに争《あらそ》ひ走りのぼりて、落ちぬべきまで簾張《すだれは》り出《い》でて、押しあひつつ、一事《ひとこと》も見もらさじとまぼりて、「とあり、かかり」と、ものごとに言ひて、渡り過ぎぬれば、「又渡らんまで」と言ひておりぬ。ただ、ものをのみ見んとするなるべし。都の人のゆゆしげなるは、睡《ねぶ》りて、いとも見ず。若く末々《すゑずゑ》なるは、宮仕《みやづか》へに立ち居《ゐ》、人の後《うしろ》にさぶらふは、様《さま》あしくも及《およ》びかからず、わりなく見んとする人もなし。

何《なに》となく葵《あふひ》かけわたしてなまめかしきに、明《あ》けはなれぬほど、忍《しの》びて寄する車どものゆかしきを、それか、かれかなど思ひ寄すれば、牛飼《うしかひ》・下部《しもべ》などの見知れるもあり。をかしくも、きらきらしくも、さまざまに行きかふ、見るもつれづれならず。暮るるほどには、立て並《なら》べつる車ども、所なく並《な》みゐつる人も、いづかたへか行きつらん、ほどなく稀《まれ》に成《な》りて、車どもの乱《らう》がはしさもすみぬれば、簾《すだれ》・畳《たたみ》も取りはらひ、目の前にさびしげになりゆくこそ、世のためしも思ひ知られて、あはれなれ。大路《おほち》見たるこそ、祭見たるにてはあれ。

かの桟敷の前をここら行きかふ人の、見知れるがあまたあるにて知りぬ、世の人数《ひとかず》もさのみは多からぬにこそ。この人みな失《う》せなん後《のち》、我が身死ぬべきに定まりたりとも、ほどなく待ちつけぬべし。大きなる器《うつはもの》に水を入れて、細き穴をあけたらんに、滴《しただ》る事すくなしといふとも、怠《おこた》る間なく洩《も》りゆかば、やがて尽《つ》きぬべし。都の中《うち》に多き人、死なざる日はあるべからず。一日《ひとひ》に一人《ひとり》、二人《ふたり》のみならんや。鳥部野《とりべの》・舟岡《ふなをか》、さらぬ野山にも、送る数多かる日はあれど、送らぬ日はなし。されば、棺《ひつぎ》をひさくもの、作りてうち置くほどなし。若きにもよらず、強きにもよらず、思ひかけぬは死期《しご》なり。今日《けふ》まで遁《のが》れ来《き》にけるは、ありがたき不思議《ふしぎ》なり。しばしも世をのどかには思ひなんや。（略）

五八 身死して財《たから》残る事は（第一四〇段）

わが身が死んだ後に財宝の残ることは、知恵のある人のしないことである。よくもない物を蓄えておいたのも見苦しいし、りっぱな物はそれに執着したであろうとむなしい気がする。財物をやたらに多く残したのは、ましてにがにがしい。「自分こそ手に入れよう」などという者たちがいて、死後に争っているのはみっともない。死後は誰《だれ》それにと心にきめたものがあるならば、生きているうちに譲っておくがよいのだ。朝晩、どうしてもなくてならないような物だけはあってもよかろうが、そのほかは何も持たずにいたいものである。

身死して財《たから》残る事は、智者《ちしや》のせざるところなり。よからぬ物蓄《たくは》へ置きたるもつたなく、よき物は、心をとめけんとはかなし。こちたく多かる、まして口惜《くちを》し。「我こそ得め」などいふ者どもありて、あとにあらそひたる、様《さま》あし。後《のち》は誰《たれ》にと心ざすものあらば、生けらんうちにぞ譲《ゆづ》るべき。朝夕《あさゆふ》なくてかなはざらん物こそあらめ、その外《ほか》は何も持たでぞあらまほしき。

五九 悲《ひ》田《でん》院《ゐん》尭《げう》蓮《れん》上《しやう》人《にん》は（第一四一段）

悲田院《ひでんいん》（京都市上京区にあった、孤児や病人を収容した寺）の尭蓮上人《ぎようれんしようにん》は、在俗のときの姓を三浦の某《なにがし》（相模《さがみ》国三浦郡出身）とかいって、並ぶ者のない武士である。生れ故郷の人がやって来て語り合ったときに、「東国の人の言ったことは信頼できるが、都の人は口うけあいばかりはよくて実《じつ》がない」と言ったところ、上人は、「あなたは、そのように思われるであろうが、自分は都に長らく住んで慣れ親しんでみまするに、都の人の心が劣っているとは思われません。総じて都の人は心が柔和で、情《じよう》があるので、他人の言うようなことをきっぱりと断りにくくて、万事言い切ることができず、気弱く承諾してしまうのです。偽りをしようとは思わないけれど、貧乏で思いにまかせぬ人ばかりが多いので、しぜんと本心を貫けないことが多いのでしょう。東国人は自分の同郷の人だが、本当のところは心のやさしさがなく、情味に乏しく、ただただ剛直なものだから、初めからいやと言って済ましてしまうのです。富み栄え裕福であるから、人には頼りにされるのですよ」と道理をわけて申されましたのこそは、この上人は声になまりがあり、荒っぽくて、仏典の細かい道理などよくも理解していないのではないかと思っていたのに、この一言を聞いた後は奥ゆかしく思われ、たくさんの僧侶《そうりよ》がいる中で寺を管理なさったりもするのは、かように心の柔和なところのあるおかげもあるからに相違ないと思われましたことです。

悲田院尭蓮上人《ひでんゐんのげうれんしやうにん》は、俗姓《ぞくしやう》は三浦《みうら》の某《なにがし》とかや、さうなき武者《むしや》なり。故郷《ふるさと》の人の来りて物語すとて、「吾妻人《あづまびと》こそ、言ひつる事は頼《たの》まるれ、都の人は、ことうけのみよくて、実《まこと》なし」と言ひしを、聖《ひじり》、「それはさこそおぼすらめども、おのれは都に久しく住みて、馴《な》れて見侍《みはべ》るに、人の心劣《おと》れりとは思ひ侍らず。なべて心やはらかに、情《なさけ》あるゆゑに、人の言ふほどの事、けやけく否《いな》びがたくて、万《よろづ》え言ひ放《はな》たず、心弱くことうけしつ。偽《いつはり》せんとは思はねど、乏《とも》しくかなはぬ人のみあれば、おのづから本意《ほい》とほらぬ事多かるべし。吾妻人《あづまびと》は我がかたなれど、げには心の色なく、情《なさけ》おくれ、ひとへにすくよかなるものなれば、始めより否《いな》と言ひてやみぬ。にぎはひ豊《ゆた》かなれば、人には頼まるるぞかし」とことわられ侍りしこそ、この聖《ひじり》、声うち

ゆがみ、あらあらしくて、聖教《しやうげう》のこまやかなることわり、いとわきまへずもやと思ひしに、この一言《ひとこと》の後、心にくくなりて、多かるなかに寺をも住持《ぢゆうぢ》せらるるは、かくやはらぎたる所ありて、その益《やく》もあるにこそと覚え侍りし。

六〇 心なしと見ゆる者も（第一四二段）

何のわきまえもないと見える者も、何かりっぱな一言《ひとこと》は言うものである。ある東国武士の恐ろしそうなのが、傍らの人に向かって「お子さまはおいでですか」と尋ねたときに、「一人も持っておりません」と答えたところ、「それでは人間の情味はおわかりになるまい。薄情なお心でいらっしゃることだろうと、たいそう恐ろしい。子によってこそ、すべての情愛は思いあたってわかるようになるのだ」と言っていたのは、その通りにちがいないことである。親子の情愛の道のほかに、かような者の心にあわれみの心のあるはずがあろうか。孝行をつくす心のない者も、子を持ってはじめて親の愛情に思いあたるものである。

世を捨て出家している身で、あらゆる面で資産も親族もない人が、一般に係累《けいるい》の多い人が何かにつけて追従《ついしょう》し欲の深いのを見て、ひどく軽蔑《けいべつ》するのは、間違ったことである。その人の心になって思えば、まことに、いとしく思うであろう親のため妻子のためには、恥をも忘れ、盗みさえもしかねないことである。だから、盗人をしばり悪事をだけ罰するようなことよりは、世間の人が飢えたり、寒い思いをしたりしないように、この世を治めてほしいものである。人間は、定まった資産がないときは定まった心がないものである。人間はせっぱつまって盗みをする。世の中がよく治まらないで、寒さや飢えの苦しみがあるならば、罪を犯す者は絶えるはずがない。人を苦しめ、法を犯させておいて、それを罪に処するのは、かわいそうなことである。

それでは、どうやって人民に恵みを与えたらよいかというと、上に立つ者が、ぜいたくや浪費をやめ、人民をかわいがり、農業を奨励すれば、下々《しもじも》の者に利益があるだろうことは疑いのあるはずがない。衣食が世間並みであるのに悪事をするような人をこそ、本当の盗人というべきである。

心なしと見ゆる者も、よき一言《ひとこと》いふものなり。ある荒夷《あらえびす》のおそろしげなるが、かたへにあひて、「御子《おこ》はおはすや」と問ひしに、「一人《ひとり》も持ち侍らず」と答へしかば、「さては、もののあはれは知り給はじ。情《なさけ》なき御心《みこころ》にぞものし給ふらんと、いとおそろし。子故《ゆゑ》にこそ、よろづのあはれは思ひ知らるれ」と言ひたりし、さもありぬべき事なり。恩愛《おんあい》の道ならでは、かかる者の心に慈悲《じひ》ありなんや。孝養《けうやう》の心なき者も、子持ちてこそ、親の志は思ひ知るなれ。

　世を捨てたる人の、万《よろづ》にするすみなるが、なべてほだし多かる人の、万にへつらひ、望み深きを見て、無下《むげ》に思ひくたすは僻事《ひがこと》なり。その人の心になりて思へば、誠《まこと》に、かなしからん親のため、妻子《さいし》のためには、恥をも忘れ、盗みもしつべき事なり。されば、盗人《ぬすびと》をいましめ、僻事《ひがこと》をのみ罪せんよりは、世の人の饑《う》ゑず、寒からぬやうに、世をば行《おこな》はまほしきなり。人、恒《つね》の産《さん》なきときは、恒《つね》の心《こころ》なし。人、きはまりて盗みす。世《よ》治《をさま》らずして、凍餒《とうたい》の苦しみあらば、咎《とが》の者絶ゆべからず。人を苦しめ、法を犯《をか》さしめて、それを罪《つみ》なはん事、不便《ふびん》のわざなり。

さて、いかがして人を恵むべきとならば、上《かみ》の奢《おご》り費《つひや》す所をやめ、民を撫《な》で農を勧《すす》めば、下《しも》に利あらん事、疑ひあるべからず。衣食尋常《よのつね》なるうへに、僻事せん人をぞ、まことの盗人《ぬすびと》とはいふべき。

六一 人の終焉《じゅうえん》の有様の（第一四三段）

人の臨終の有様がりっぱであったことなどを人が話すのを聞くと、ただ、「静かでとり乱さなかった」と言えば奥ゆかしくあるはずなのに、愚かな人は不思議で変った様相を語り添え、故人の言った言葉も動作も自分の好きなようにほめそやすが、それこそ故人の日ごろの本心と違っていはしないかと思われる。

この臨終という大事は、仏神の化身のような人も判定することはできない。学識豊かな人も推し測ることはできない。ただ死んでゆく本人さえ道にはずれたところがなければよいので、他人の見たり聞いたりしたことによって判断できるはずのものではない。

人の終焉《じゆうえん》の有様《ありさま》のいみじかりし事など、人の語るを聞くに、ただ、閑《しづか》にして乱れずと言はば心にくかるべきを、愚かなる人は、あやしく異《こと》なる相《さう》を語りつけ、言ひし言葉も、ふるまひも、おのれが好むかたにほめなすこそ、その人の日来《ひごろ》の本意《ほい》にもあらずやと覚ゆれ。

この大事《だいじ》は、権化《ごんげ》の人も定《さだ》むべからず。博学の士もはかるべからず。おのれたがふ所なくは、人の見聞くにはよるべからず。

六二　御《み》随《ずい》身《じん》秦《はたの》重《しげ》躬《み》（第一四五段）

後宇多上皇の御随身《みずいじん》（護衛の武官）の秦重躬《はたのしげみ》が、北面《ほくめん》の武士（院御所を警固した武士）の下野入道信願《しもつけのにゆうどうしんがん》を、「落馬する人相のある人です。十分にお慎みなさい」と言ったのに、人々は、とうてい本当らしくもないことと思っていたところ、信願は馬から落ちて死んでしまった。その道に達した人の一言は神の言葉のようだと、人々は思った。

そこで、「どんな人相か」と人が尋ねたところ、「たいそうすわりのわるい尻《しり》つきであって、はねあがるはやり馬に乗ることを好んだので、この人相をあてはめました。いつ私が申しそこなったことがありますか」と言ったということである。

御随身秦重躬《みずいじんはたのしげみ》、北面《ほくめん》の下野入道信願《しもつけのにふだうしんぐわん》を、「落馬《らくば》の相《さう》ある人なり。よくよく慎《つつし》み給へ」と言ひけるを、いと真《まこと》しからず思ひけるに、信願馬より落ちて死ににけり。道に長じぬる一言《ひとこと》、神のごとしと人思へり。

さて、「いかなる相ぞ」と人の問ひければ、「きはめて桃尻《ももじり》にして、沛艾《はいがい》の馬を好みしかば、この相を負《おほ》せ侍《はべ》りき。いつかは申し誤りたる」とぞ言ひける。

六三 能をつかんとする人（第一五〇段）

芸能を身につけようとする人は、「よくできないような時期には、なまじっか人に知られまい。内々によく習得してから人前に出て行くようなのが、まことに奥ゆかしいことだろう」と、常に言うようであるが、このように言う人は一芸も習得することができない。まだまったくの未熟なうちから上手の中にまじって、けなされても笑われても恥ずかしいと思わずに、平然と押しとおして稽古《けいこ》に励む人は、生れついてその天分がなくても、稽古の道にとどこおらず勝手気ままにしないで年月を過せば、芸は達者であっても芸道に励まない人よりは、最後には上手といわれる域に達して、人望も十分にそなわり、人に認められて比類のない名声を得ることである。

世に第一流といわれる一芸の達人といっても、初めは下手だという噂《うわさ》もあり、ひどい欠点もあったものである。けれども、その人が芸道の規律を正しく守り、これを重視して気ままにふるまうことがなければ、一世の模範となり、万人の師匠となることは、どの道でもかかわりのあるはずがない。

能をつかんとする人、「よくせざらんほどは、なまじひに人に知られじ。うちうちよく習《なら》ひ得《え》てさし出《い》でたらんこそ、いと心にくからめ」と常に言ふめれど、かく言ふ人、一芸も習ひ得《う》ることなし。いまだ堅固かたほなるより、上手《じやうず》の中にまじりて、毀《そし》り笑《わら》はるるにも恥ぢず、つれなく過ぎて

嗜《たしな》む人、天性《てんせい》その骨《こつ》なけれども、道になづまず、みだりにせずして年を送れば、堪能《かんのう》の嗜《たしな》まざるよりは、終《つひ》に上手の位にいたり、徳たけ、人に許されて、双《ならび》なき名を得《う》る事なり。

天下《てんか》のものの上手といへども、始めは不堪《ふかん》の聞えもあり、無下《むげ》の瑕瑾《かきん》もありき。されども、その人、道の掟正《おきてただ》しく、これを重くして放埒《はうらつ》せざれば、世の博士《はかせ》にて、万人《ばんにん》の師《し》となる事、諸道かはるべからず。

六四 世に従はん人は（第一五五段）

世間の大勢《たいせい》に順応して生きようとする人は、まず時機を知らなくてはならない。折にあわぬ事柄は、人の耳にもさからい、心にもそむいて、その事柄が成就しない。しかるべき時機を心得ねばならない。もっとも病気・出産・死といったことだけは時機を考慮することがなく、順序がわるいからといって中止することはない。生《しょう》・住《じゅう》・異《い》・滅《めつ》（発生し、存続し、変化し、滅亡する）の四相《そう》が移り変ってゆくという真の大事は、水勢のはげしい河が満ちあふれて流れるようなものだ。少しの間も停滞することなく、たちまちに実現してゆくものである。だから、仏道修行でも俗事でも、必ず成し遂げようと思うようなことは時機を問題にしてはならない。あれこれと準備などせず、足を踏みとどめたりしてはならないことである。

春がくれて後、夏になり、夏が終ってしまってから秋が来るのではない。春は春のまで夏の気配をはらみ、夏のうちから早くも秋の気配がし、秋はすぐに寒くなり、陰暦十月は小春日和《こはるびより》になり、草も青くなり、梅もつぼみをつけてしまう。木の葉の落ちるのも、まず葉が落ちて、その後に芽を出してくるのではない。下から芽ぐみきざす力にこらえきれないで、古い葉が落ちるのである。新しいものを迎える気力が内に準備されているので、待ちうけて交替する順序がたいそう早いのだ。生・老・病・死のめぐってくることは、また四季のそれ以上に早い。四季の推移には、それでも春・夏・秋・冬という一定の順序がある。死の時期は順序を待たない。死は前から来るとは限らず、いつの間にか後ろに迫っているものだ。人はみな死があることを知っている。しかし死は、死を待つ覚悟が切迫していないうちに思いがけずにやってくる。沖の干潟《ひがた》は遠く隔っているのに、足もとの海岸から潮が満ちてくるようなものである。

世に従《したが》はん人は、先《ま》づ機嫌《きげん》を知るべし。ついで悪《あ》しき事は、人の耳にもさかひ、心にもたがひて、その事ならず。さやうの折節《をりふし》を心得《こころう》べきなり。但《ただ》し、病をうけ、子うみ、死ぬる事のみ、機嫌をはからず、ついで悪しとてやむことなし。生《しやう》・住《ぢゆう》・異《い》・滅《めつ》の移りかはる、実《まこと》の大事は、たけき河《かは》のみなぎり流るるが如《ごと》し。しばしもとどこほらず、ただちに行《おこな》ひゆくものなり。されば、真俗《しんぞく》につけて、必ず果《はた》し遂《と》げんと思はん事は、機嫌をいふべからず。とかくのもよひなく、足をふみとどむまじきなり。

春暮れてのち夏になり、夏果《は》てて秋の来《く》るにはあらず。春はやがて夏の気《き》を催《もよほ》し、夏より既に秋は通《かよ》ひ、秋は則《すなは》ち寒くなり、十月《じふぐわつ》は小春《こはる》の天気、草も青くなり梅もつぼみぬ。木《こ》の葉《は》の落つるも、先づ落ちて芽《め》ぐむにはあらず。下《した》よりきざしつはるに堪《た》へずして落つるなり。迎《むか》ふる気《き》、下《した》に設《まう》けたる故《ゆゑ》に、待ちとるついで甚《はなは》だはやし。生《しやう》・老《らう》・病《びやう》・死《し》の移《うつ》り来《きた》る事、又これに過ぎたり。四季はなほ定まれるついであり。死期《しご》はついでを待たず。死は前よりしも来《きた》らず、かねて後《うしろ》に迫《せま》れり。人皆死ある事を知りて、待つこと、しかも急ならざるに、覚えずして来《きた》る。沖の干《ひ》潟《かた》遥《はる》かなれども、磯《いそ》

――より潮《しほ》の満《み》つるが如《ごと》し。

六五 さしたる事なくて人のがり行くは（第一七〇段）

これということもないのに人のもとへ行くのは、よくないことである。用事があって行っていても、その用事が終ってしまえば、すぐ帰るがよい。長居《ながい》しているのは、たいそうわずらわしい。

人と対座していると、口数が多くなり、身もくたびれ、心も静かではない。あれもこれも支障をきたして時を過すのは、お互いのためにむだなことである。いとわしい気持で言うのもよくない。気の進まないことがあるようなときは、かえって、そのわけをはっきり言ってしまおう。こちらも相手と同じ思いで向き合っていたいと思うような人が、所在なくて、「もうしばらくいてください、今日は心静かに落ち着いて」などと言うような場合は、この限りではないだろう。中国の阮籍《げんせき》（竹林七賢《ちくりんのしちけん》の一人）が、青い眼で喜んで気の合った客を迎えたということは、誰《だれ》にでもあるはずのことである。

これという用事もないのに人が来て、のんびりと物語して帰っていってしまうのは、たいそうよい。また手紙も、「久しくお便りを差し上げておりませんので」などと言ってよこしたのは、とてもうれしいものだ。

さしたる事なくて人のがり行くは、よからぬ事なり。用ありて行きたりとも、その事果《は》てなば、とく帰るべし。久しく居たる、いとむつかし。人とむかひたれば、詞《ことば》多く、身も草臥《くたび》れ、心も閑《しづか》ならず、万《よろづ》の事障《さは》りて時を移《うつ》す、互ひのため益《やく》なし。いとはしげに言はんもわろし。心づきなき事あらん折は、なかなかそのよしをも言ひてん。同じ心にむかはまほしく思はん人の、つれづれにて、「いましばし、今日《けふ》は心閑《しづか》に」など言はんは、この限りにはあらざるべし。阮籍《げんせき》が青き眼《まなこ》、誰《たれ》もあるべきことなり。

そのこととなきに人の来《きた》りて、のどかに物語りして帰りぬる、いとよし。又、文《ふみ》も、「久しく聞えさせねば」などばかり言ひおこせたる、いとうれし。

六六 若き時は（第一七二段）

若い時は血気が体内にあふれ、心が物事にふれて動揺し、情欲が多い。わが身を危うくして破滅しやすいことは、ちょうど珠《たま》を強くころがすのに似ている。華美を好んで財貨を消費し、また、これを捨てて僧衣のみすぼらしい姿となり、いきおいこんだ心が盛んであって、人と争い、心に恥ずかしく思ったりうらやましく思ったりし、好きこのむことが毎日一定していない。女色にふけり恋情にほだされ、思いきりよく行動して一生涯をあやまり、命を失った先例が好ましく思われて、わが身が安全で長久であろうことを願わないで、好きこのむ方向に心がひきつけられ、永久に世間の語りぐさとなったりもする。このように、わが身をあやまることは若い時の行動である。

年とった人は、気力が衰え、心が淡泊で大まかであり、感情的に動くことがない。心がしぜん静かであるから、むだなことをしないで、わが身をかばって心配事がなく、他人の迷惑がないようにと考える。年とって若い時より知恵がまさっているのは、ちょうど年若い時、年老いた者より容貌《ようぼう》がまさっているのと同様である。

若き時は、血気うちにあまり、心、物にうごきて、情欲多し。身を危《あやぶ》めて砕《くだ》けやすき事、珠《たま》を走らしむるに似たり。美麗を好みて宝を費《つひや》し、これを捨てて苔《こけ》の袂《たもと》にやつれ、勇《いさ》める心盛《さか》りにして、物と争ひ、心に恥ぢうらやみ、好《この》む所日々《ひび》に定まらず。色にふけり情《なさけ》にめで、行《おこな》ひをいさぎよくして百年《ももとせ》の身を誤《あやま》り、命を失へる例《ためし》願はしくして、身の全く久しからん事をば思はず、好《す》ける方《かた》に心ひきて、ながき世語《よがた》りともなる。身をあやまつことは、若き時のしわざなり。

老いぬる人は、精神おとろへ、淡《あは》く疎《おろそ》かにして、感じ動く所なし。心おのづから静かなれば、無益《むやく》のわざをなさず、身を助けて愁《うれへ》なく、人の煩《わづら》ひなからん事を思ふ。老いて智の若き時にまされる事、若くして、かたちの老いたるにまされるが如《ごと》し。

六七　世には心得ぬ事の（第一七五段）

世間には合点のゆかぬことが多いものである。何か事があるたびに、まず酒を勧めて、無理に飲ませているのをおもしろいこととするのは、どういうわけなのか、わけがわからない。酒を飲む人の顔が、とても我慢できそうにもない様子で眉《まゆ》をしかめ、他人の目をうかがって酒を捨てようとし、また逃げ出そうとするのを、つかまえてひきとめ、やたらに飲ませてしまうと、端正な人も、たちまちのうちに狂人のようになってばかげた振舞《ふるま》いをし、達者な人も見る間に重い病人となって、あとさきもわからず打ち倒れる。祝いの日などは、あきれはてたことになってしまうにちがいない。あくる日まで頭が痛く、ものも食わずにうめきながら寝ていて、まるで前世のことのように昨日のことを覚えておらず、公私の重要なことを果せないで人の迷惑となる。人をこんな目に遭わせることは、思いやりの心もなく、礼儀にもそむいている。このようにつらい目に遭った人は、いまいましく、口惜《くちお》しいと思わないであろうか。外国にこのような習慣があるそうだと、わが国にない他国のこととして伝え聞いたのであったとしたら、怪しく不思議なことと思うにちがいない。

酔態は、人の身の上のこととして見ているだけでも、いやなものである。考え深そうな様子で、奥ゆかしいと思っていた人も、何の分別もなく笑いわめき、口かずが多くなり、烏帽子《えぼし》（元服をした男の冠の一つ）が曲がって束帯《そくたい》の紐《ひも》もはずし、裾《すそ》をまくり上げて脛《すね》を高くあらわし、何のたしなみもない様子は、いつもの人とも思えない。女は額髪《ひたいがみ》を晴れやかに払いのけ、恥ずかしげもなく顔を仰向けて笑いだし、杯を持っている手に取りついたりし、たしなみのない人は肴《さかな》を取って他人の口に押しつけ、自分でもそれを食べているのは、みっともないものだ。ありったけの大声をはりあげて、めいめい歌ったり舞ったりし、年とった法師が呼び出されて、黒くきたない体であるのに肩をぬいで、目もあてられない様子で身をくねらせているのは、それをおもしろがって見る人までも、いやらしく憎らしい。あるいはまた、自分がりっぱであるということを傍らで聞いていてもたまらないくらい言い聞かせ、あるいは酔っぱらって泣きだしたりし、身分の低い者はののしり合い喧嘩《けんか》をして、あきれるばかりで恐ろしいことである。恥さらしでいやなことばかり起こって、しまいには承諾もしないあれこれの品物をむりやりに取って、縁から落ちたり馬や車から落ちたりして、しくじりをしでかしてしまう。乗物にも乗らない身分の者は、大路をよろけて行って、土塀《どべい》や門の下などに向いて言いようもないきたないことなどをやたらにしでかし、年とって袈裟《けさ》をかけた法師が供の小僧の肩をおさえて、筋の通らぬことをあれこれ言いながらよろめいているさまは、まったく見るにしのびない。

世には心得《こころえ》ぬ事の多きなり。ともあるごとには、まづ酒をすすめて、強《し》ひ飲ませたるを興《きよう》とする事、如何《いか》なるゆゑとも心得ず。飲む人の顔、いと堪《た》へがたげに眉《まゆ》をひそめ、人目《ひとめ》をはかりて捨てんとし、逃げんとするを、捕《とら》へて、ひきとどめて、すずろに飲ませつれば、うるはしき人も、忽《たちまち》に狂人となりてをこがましく、息災《そくさい》なる人も、目の前に大事《だいじ》の病者《びやうじや》となりて、前後《ぜんご》も知らず倒《たふ》れ伏《ふ》す。祝ふべき日などは、あさましかりぬべし。あくる日まで頭《かしら》いたく、物食はず、によひふし、生《しやう》を隔《へだ》てたるやうにして、昨日《きのふ》の事覚《おぼ》えず、公《おほやけ》私《わたくし》の大事を欠《か》きて、煩《わづら》ひとなる。人をしてかかる目を見する事、慈悲もなく、礼儀《れいぎ》にもそむけり。かく辛《から》き目にあひたらん人、ねたく、口惜《くちを》しと思はざらんや。人の国にかかる習ひあなりと、これらにな

き人事《ひとごと》にて伝へ聞きたらんは、あやしく不思議におぼえぬべし。

人の上にて見たるだに心憂《こころう》し。思ひ入りたるさまに、心にくしと見し人も、思ふ所なく笑ひののしり、詞《ことば》多く、烏帽子《えぼし》ゆがみ、紐《ひも》はづし、脛《はぎ》高くかかげて、用意なき気色《けしき》、日来《ひごろ》の人とも覚えず。女は額髪《ひたひがみ》はれらかにかきやり、まばゆからず顔うちささげてうち笑ひ、盃《さかづき》持てる手に取りつき、よからぬ人は肴《さかな》取りて口にさしあて、自らも食ひたる、さまあし。声の限《かぎ》り出《いだ》して、おのおの歌ひ舞ひ、年老いたる法師召《め》し出《いだ》されて、黒くきたなき身を肩抜ぎて、目もあてられずすぢりたるを、興じ見る人さへ、うとましく憎《にく》し。あるは又、我が身いみじき事ども、かたはらいたく言ひきかせ、あるは酔《ゑ》ひ泣きし、下《しも》ざまの人は、罵《の》りあひ、いさかひて、あさましくおそろし。恥ぢがましく、心憂き事のみありて、はては許さぬ物どもおし取りて、縁《えん》より落ち、馬・車より落ちて、あやまちしつ。物にも乗らぬきは、大路《おほち》をよろぼひ行きて、築土《ついひぢ》・門《かど》の下《した》などに向きて、えもいはぬ事どもしちらし、年老い、袈裟《けさ》かけたる法師の、小童《こわらは》の肩をおさへて、聞えぬ事ども言ひつつ、よろめきたる、いとかはゆし。

こんなことをしても、現世にも来世にも利益があるはずのことならば、どうにもしかたがなかろうが、じつはこの世では酒によるしくじりが多く、財産を失い、病気にかかる。百薬の長だというが、すべての病気は酒から起こるものだ。酒を飲むとつらいことを忘れるというが、酔っている人こそ過ぎてしまったつらいことを思い出して泣くようである。こうして人としての知恵をなくし、善行の根元を燃えさかる火のように焼きほろぼし、悪行を増し、すべての戒律を破って、来世では地獄に落ちるであろう。「酒を手に取って他人に飲ませた人は、五百回も生れ変わる間じゅう、手のない者として生れるのだ」と、仏はお説きになっているということである。

このように酒はいとわしく思うものであるが、時には捨てがたい折もあるだろう。月の夜、雪の朝、また桜の花の下でも、心ものびのびと物語りして、杯を取り出しているのは、何かにつけて感興をそえることである。所在なくものさびしい日に、思いがけなく友達がやって来て一献《いっこん》もおしているのも、心の慰められるものだ。はばかり多い高貴のお方のおいでになる御簾《みす》の中から、御果物やお酒などを、いかにも上品な様子で差し出されるのも、たいそうよいものである。冬、狭い所で、火で何かを煎《い》ったりして、心おきない親しい者同士が差し向かいになって酒をたくさん飲んでいるのなどは、とても楽しい。旅先の仮の家や野山などで、「御肴《さかな》を何か」などと言って、芝の上で飲んでいるのもおもしろい。酒を勧められて、たいそう迷惑がる人が、むりやりおしつけられて少々飲んでいるのも、なかなかよいものである。身分の高い人が特別に「もうひとつ、杯の上が減っていないではないか」などとおっしゃるのも、うれしいものだ。近づきになりたい人が酒飲みであって、酒ですっかりうちとけてしまったのは、これもまたうれしいことだ。

何といっても、酒飲みはおもしろく、罪の許されるものである。酔いくたびれて朝寝をしているところを、主人が戸を引き開けたところ、慌てて寝とぼけた顔のまま細い髻《もとどり》をむき出しにし、着物も着る間がなく抱え持ち、引きずって逃げる、そのちょっと裾《すそ》をたくし上げた後ろ姿や、毛の生《は》えている痩《や》せた脛《すね》のほどあいもおもしろく、上戸《じようご》には似つかわしいものだ。

かかる事をしても、この世も後《のち》の世も益《やく》有るべきわざならば、いかがはせん、この世にはあやまち多く、財《たから》を失ひ、病《やまひ》をまうく。百薬《ひやくやく》の長《ちやう》とはいへど、万《よろづ》の病《やまひ》は酒よりこそおこれ。憂忘《うれへ》るといへど、酔《ゑ》ひたる人ぞ、過ぎ

にし憂《う》さをも思ひ出でて泣くめる。後の世は、人の智恵《ちゑ》をうしなひ、善根《ぜんこん》を焼くこと火のごとくして、悪を増《ま》し、万の戒《かい》を破りて、地獄におつべし。「酒を取りて人に飲ませたる人、五百生《ごひやくしやう》が間《あひだ》、手なき者に生る」とこそ、仏は説き給ふなれ。

かくうとましと思ふものなれど、おのづから捨てがたき折もあるべし。月の夜《よ》、雪の朝《あした》、花の本《もと》にても、心長閑《のどか》に物語りして盃《さかづき》出《いだ》したる、万の興をそふるわざなり。つれづれなる日、思ひの外《ほか》に友の入りきて、とりおこなひたるも、心なぐさむ。なれなれしからぬあたりの御簾《みす》の中《うち》より御《おん》果物《くだもの》・御酒《みき》など、よきやうなる気《け》はひしてさし出《いだ》されたる、いとよし。冬、狭《せば》き所にて、火にて物煎《い》りなどして、隔《へだ》てなきどちさし向《むか》ひて、多く飲みたる、いとをかし。旅の仮屋《かりや》、野山《のやま》などにて、「御肴《みさかな》何がな」など言ひて、芝《しば》の上にて飲みたるもをかし。いたういたむ人の、強《し》ひられて少し飲みたるも、いとよし。よき人の、とりわきて、「今ひとつ、上少《うへすく》なし」など、のたまはせたるもうれし。近づかまほしき人の、上戸《じやうご》にてひしひしと馴《な》れぬる、又うれし。

さはいへど、上戸はをかしく、罪ゆるさるる者なり。酔《ゑ》ひ草臥《くたび》れて朝寝《あさい》したる所を、主《あるじ》の引き開《あ》けたるに、まどひて、ほれたる顔ながら、細き髻《もとどり》さし出《いだ》し、物も着あへず抱《いだ》き持ち、ひきしろひて逃ぐる、かいとり姿の後手《うしろで》、毛生《お》ひたる細脛《ほそはぎ》のほど、をかしく、つきづきし。

六八 相模守時頼《さがみのかみときより》の母は（第一八四段）

相模守北条時頼《さがみのかみほうじょうときより》（鎌倉幕府第五代執権）の母は松下禅尼《まつしたのぜんに》と申しました。相模守を招待なさることがあったときに、煤《すす》けている障子の破れたところだけを、禅尼が手ずから小刀で切り取ってはお張りになったので、その日の世話役を勤めて傍らに控えていた兄の秋田城介義景《あきたじょうのすけよしかげ》が「それは、こちらへいただいて、何某《なにがし》の男に張らせましょう。そのような仕事に心得のある者です」と申されたところ、禅尼は「その男は、わたしの手細工によもやまさっていることはございますまい」と言って、やはり障子の一こまずつをお張りになったので、義景が「全部を張り替えますほうが、ずっと容易でございましょう。

切り張りの斑《まだら》になっておりますのも見苦しくはございませんか」と重ねて申されたところ、「わたしも後にはさっぱりと張り替えようと思いますが、今日だけは、わざとこうしておくのがよいのです。物はやぶれている所だけをつくろって使うものだと、若い人に見習わせて気づかせるためなのです」と申された。まことに奇特なことであった。
世を治める道は倹約を基本とする。女性ではあるけれども、禅尼の心は聖人の心に通じている。日本全国を治めるほどの人を子としてお持ちになっている禅尼は、まったく並の人ではなかったということである。

相模守時頼《さがみのかみときより》の母は、松下禅尼《まつしたのぜんに》とぞ申しける。守《かみ》を入れ申さるる事ありけるに、すすけたる明《あか》り障子《さうじ》のやぶればかりを、禅尼手づから、小刀《こがたな》して切りまはしつつ張られければ、兄《せうと》の城介義景《じやうのすけよしかげ》、その日のけいめいして候《さうら》ひけるが、「給《たま》はりて、なにがし男《をのこ》に張らせ候はん。さやうの事に心得たる者に候ふ」と申されければ、「その男《をのこ》、尼が細工《さいく》によもまさり侍《はべ》らじ」とて、なほ一間《ひとま》づつ張られけるを、義景、「皆を張りかへ候はんは、はるかにたやすく候ふべし、まだらに候ふも見苦しくや」とかさねて申されけ

れば、「尼も、後はさはさはと張りかへんと思へども、今日《けふ》ばかりは、わざとかくてあるべきなり。物は破《やぶ》れたる所ばかりを修理《しゆり》して用ゐる事ぞと、若き人に見ならはせて、心づけんためなり」と申されける、いとありがたかりけり。

世を治《をさ》むる道、倹約《けんやく》を本《もと》とす。女性《によしやう》なれども聖人《せいじん》の心にかよへり。天下《てんか》を保つ程《ほど》の人を、子にて持たれける、誠《まこと》に、ただ人《びと》にはあらざりけるとぞ。

六九 或者《あるもの》、子を法師になして（第一八八段）

ある人が自分の子を法師にして、「学問して因果応報の道理も知り、説経などして生活する手だてにもせよ」と言ったので、教えに従って説経師になろうとして、まず馬に乗ることを習った。輿《こし》や牛車《ぎつしや》は持たない身で法事の導師として招かれるようなとき、馬などを迎えによこしてきたら、尻《しり》が落ちつかず落馬してしまうようではつらかろうと思ったのであった。次に法事の後、酒など勧められた場合、法師でまったく芸のないのは施主《せしゅ》が興ざめに思うだろうと思って、早歌《そうか》（歌謡）というものを習ったのであった。二つの芸がようやく熟達の境に入ってきたので、ますますりっぱにやりたいと思って心を入れて稽古《けいこ》している間に、説経を習うはずの時間がないまま年をとってしまった。

この法師ばかりでなく、世間の人々には、おしなべて、これと同じことがあるものだ。若いうちは、いろいろなことに関して、立身し、大きな事業をも成し遂げ、芸能も身につけ、学問もしようと、将来まで遠く思いめぐらす諸事を気にはかけながらも、一生をのんびりしたものと思って、つい怠けては、まずさしあたっている目前のことだけにまぎれて月日を送るから、どれもこれも完成することがなくて、わが身は年をとってしまう。とうとう一つの道に上達することもできず、思ったように立身出世もせず、後悔しても取り返すことのできる年齢ではないので、走って坂を下る車輪のように、どんどん衰えてゆくのだ。

だから、一生のうちに特に望ましいようなことのなかで、どれがまさっているかとよくよく考えくらべて、いちばん大事なことを考え定めて、そのほかは断念して、その一つのことだけに精励すべきである。一日のうち、また一時《ひととき》の間でも、多くの為《な》すべきことがやってくるであろうなかで、少しでも利益の多いことを励み行ない、そのほかのことを打ち捨てて、大事なことを急ぐべきである。どちらをも捨てまいと心に執着するならば、一つの事も成就するはずがない。

或者《あるもの》、子を法師になして、「学問して因果《いんぐわ》の理《ことわり》をも知り、説経《せつきやう》などして世わたるたづきともせよ」と言ひければ、教へのままに、説経師にならんために、先《ま》づ馬に乗り習ひけり。輿《こし》・車は持たぬ身の、導師《だうし》に請《しやう》ぜられん時、馬など迎へにおこせたらんに、桃尻《ももじり》にて落ちなんは、心憂《こころう》かるべしと思ひけり。次に、仏事ののち、酒などすすむる事あらんに、法師の無下《むげ》に能なきは、檀那《だんな》すさまじく思ふべしとて、早歌《さうか》といふことを習ひけり。二つのわざ、やうやう境《さかひ》に入りければ、いよいよよくしたく覚《おぼ》えて嗜《たしな》みけるほどに、説経習ふべき隙《ひま》なくて、年寄《よ》りにけり。

この法師のみにもあらず、世間の人、なべてこの事あり。若き程《ほど》は、諸事《しよじ》につけて、身を立て、大きなる道をも成《じやう》じ、能をもつき、学問をもせんと、行末《ゆくすゑ》久しくあらます事ども心にはかけながら、世を長閑《のどか》に思ひてうち怠《おこた》りつつ、先《ま》づ、さしあたりたる目の前の事にのみまぎれて月日《つきひ》を送れば、ことごと成《な》す事なくして、身は老いぬ。終《つひ》に物の上手にもならず、思ひしやうに身をも持たず、悔《く》ゆれども取り返さるる齢《よはひ》ならねば、走りて坂を下《くだ》る輪《わ》のごとくに衰へゆく。

されば、一生のうち、むねとあらまほしからん事の中に、いづれかまさるとよく思ひくらべて、第一の事を案じ定めて、その外《ほか》は思ひ捨てて、一事《いち》をはげむべし。一日《いちにち》の中《うち》、一時《いちじ》の中《うち》にも、あまたのことの来《きた》らんなかに、少しも益《やく》のまさらん事を営《いとな》みて、その外をばうち捨てて、大事を急ぐべきなり。何方《いづかた》をも捨てじと心に執《と》り持ちては、一事も成るべからず。

これはたとえば、碁《ご》を打つ人が一手《ひとて》もむだにせず、相手の人に先だって益の少ない石を捨て、益の大きい石を取るようなものである。その場合に、三つの石を捨てて十の石を取ることはやさしい。十の石を捨てて十一の石を取ることはむずかしい。一つであっても益の多いような方にこそつくべきであるのに、十までになってしまったので惜しいと思われて、たいして益のない石には換えにくいものだ。これも捨てずあれも取ろうと

思う心のために、あれも取れずこれも失うのは、当然の道理である。

京に住む人が、さしせまって東山に用事があって、もう東山に行き着いているとしても、西山に行ったほうが利益が多いと思いついたならば、東山の家の門から引き返して西山の方へ行くべきである。ここまで到着してしまったのだから、この用事をまず話してしまおう、日を指定しないことであるから、西山のことは帰ってまた改めて思い立とうと考えるために、一時の怠りが、とりもなおさず一生の怠りとなるのだ。この事を恐れなくてはならない。

一つの事を必ず成し遂げようと思うならば、他の事が不成功に終わるのを嘆いてはならない。他人の嘲笑《ちようしよう》をも恥じてはならない。あらゆる事と引き換えにしなければ、一つの大事が成就するはずはない。人が大勢いたなかで、ある人が「ますほの薄《すすき》、まそほの薄（穂の赤みを帯びた薄のことか。「ますほ」は「まそほ」の転訛《てんか》）などということがある。摂津国《せつつのくに》の渡辺《わたのべ》に住んでいる聖《ひじり》がこの事を聞き伝えて知っている」と語ったのを、その座におりました登蓮法師《とうれんほうし》が聞いて、雨が降っていたのに、「蓑《みの》や笠《かさ》がありますか、貸してください。その薄のことを習いに渡辺の聖のもとへ尋ねてまいりましょう」と言ったので、「あまりにも性急である。雨がやんでから行かれたら」と人が言ったところ、

「とんでもないことを仰せになるものよ。人の命は雨の晴れ間までも待ってくれるものだろうか。自分も死に、聖も死んでしまったら、聞きただされようか」と言って、どんどん走り出して聖のもとへ行って、教えを受けてしまいました、と申し伝えていることこそ、まったくすばらしく奇特なことと思われる。「敏速であるときは、必ず成功する」と、『論語』という書物にもあるということです。登蓮法師がこの薄のことを知りたいと思ったように、仏道に入る機縁を思わなくてはならないのである。

たとへば、碁《ご》をうつ人、一手《ひとて》もいたづらにせず、人にさきだちて、小を捨て大につくが如《ごと》し。それにとりて、三《み》つの石を捨てて、十《とを》の石につくことは易《やす》し。十を捨てて、十一につく事は難《かた》し。一つなりともまさらんかたへこそつくべきを、十まで成りぬれば、惜《を》しくおぼえて、多くまさらぬ石には換《か》へにくし。是《これ》をも捨てず、かれをも取らんと思ふ心に、かれをも得《え》ず、是をも失《うしな》ふべき道なり。

京にすむ人、いそぎて東山に用ありて、既《すで》に行きつきたりとも、西山に行きてその益《やく》まさるべき事を思ひ得《え》たらば、門《かど》より帰りて西山へ行くべきなり。ここまで来《き》つきぬれば、この事をば先づ言《い》ひてん。日をささぬ事なれば、西山の事は、帰りて又こそ思ひ立ためと思ふ故《ゆゑ》に、一時《いちじ》の懈怠《けだい》、すなはち一生の懈怠となる。これを恐るべし。

一事《いちじ》を必ず成《な》さんと思はば、他の事の破るるをもいたむべからず。人の嘲《あざけ》りをも恥づべからず。万事にかへずしては、一《いっ》の大事《だいじ》成るべからず。人の数多《あまた》ありける中《なか》にて、ある者、「ますほの薄《すすき》、まそほの薄などいふ事あり。わたのべの聖《ひじり》、この事を伝へ知りたり」と語りけるを、登蓮法師《とうれんほふし》、その座に侍《はべ》りけるが聞きて、雨の降りけるに、「蓑笠《みのかさ》やある、貸し給《たま》へ。かの薄《すすき》の事習《なら》ひに、わたのべの聖《ひじり》のがり尋ねまからん」と言ひけるを、「あまりにも物騒《ものさわ》がし。雨やみてこそ」と人の言ひければ、「無下《むげ》の事をも仰せらるるものかな。人の命は、雨の晴れ間《ま》をも待つものかは。我も死に、聖も失《う》せなば、尋ね聞きてんや」とて、走り出《い》でて行きつつ、習ひ侍《はべ》りにけりと申し伝へたるこそ、ゆゆしくありがたう覚ゆれ。「敏《と》きときは則《すなは》ち功《こう》あり」とぞ、論語《ろんご》と言《い》ふ文《ふみ》にも侍るなる。この薄《すすき》をいぶかしく思ひけるやうに、一大事《いちだいじ》の因縁《いんねん》をぞ思ふべかりける。

七〇 今日はその事を成さんと思へど（第一八九段）

今日はその事をしようと思うけれど、思いがけない他の急用が先に出てきて、それにまぎれて一日過ごしてしまい、待っている人はさしさわりがあって来ず、来ることを期待していない人はやって来るし、期待していた方面のことはうまくゆかず、思いもよらない方面だけがうまくいってしまう。めんどうと思っていたことは無事で、たやすいはずのことにとても苦心する。毎日が経過してゆく様子は前もって予想していたのとは違っている。一年の間も同様である。一生の間も、またそのとおりである。

前から予期していたことが、みなうまくゆかないかと思うと、たまたま思うとおりになることもあるので、ますます物事は予定するのがむずかしい。定めがたく不確かであると承知してしまうことだけが真実であって、間違わないのだ。

今日は、その事をなさんと思へど、あらぬ急《いそ》ぎ先《ま》づ出《い》で来て、まぎれ暮《くら》し、待つ人は障《さは》り有りて、頼《たの》めぬ人は来《きた》り、頼みたる方《かた》の事は違《たが》ひて、思ひよらぬ道ばかりはかなひぬ。わづらはしかりつる事はことなくて、やすかるべき事はいと心苦《こころぐる》し。日々《ひび》に過ぎ行くさま、かねて思ひつるには似ず。一年《ひととせ》の中《うち》もかくの如《ごと》し。一生《いつしやう》の間《あひだ》も又しかなり。

かねてのあらまし、皆違《たが》ひゆくかと思ふに、おのづから違はぬ事もあれば、いよいよ物は定めがたし。不定《ふぢやう》と心得《こころえ》ぬるのみ、実《まこと》にて違はず。

七一 妻《め》といふものこそ（第一九〇段）

妻というものこそ、男の持ってはならないものである。「いつも独り住みで」などと聞くのこそ、奥ゆかしいことであるが、「誰《だれ》それの婿《むこ》になってしまった」とか、また、「これこれの女を迎え入れて、ともに住んでいる」などと聞いてしまうと、ひどくがっかりさせられるものである。それほどたいしたこともない女をすばらしいと思いこんで連れ添っているに相違あるまいと推し測られて、下品にさえ思われるし、もしりっぱな女ならば、その女はこの男をとりわけいとおしんで、自分の守り本尊ででもあるかのように大切にしていることであろう、言ってみれば、その程度のことに相違あるまいと思われるにちがいない。まして、家の内をきりまわして処理している女は、ひどくつまらない。子供などが生まれてきて、大切に養い守りかわいがっているのは情けないものだ。夫が亡くなってから後、尼になって年をとっている有様は、夫の死後までも興ざめなものだ。

どんな女であっても、朝夕連れ添って顔を見ていようものなら、ひどく気にくわず憎くなるだろう。それでは、女のためにも中途半端なことになるに相違なかろう。他所《よそ》に住んでいるままで、ときどき女のもとへ通って行って泊るようなのこそ、年月が経っても絶えない交情ともなるであろう。ひょっこりとやって来て泊っていったりなどするようなのは、新鮮な気分であるにちがいない。

妻《め》といふものこそ、男《をのこ》の持つまじきものなれ。「いつも独《ひと》り住《ず》みにて」など聞くこそ、心にくけれ、「誰《たれ》がし婿《むこ》になりぬ」とも、又、「如何《いか》なる女《をんな》を取りすゑて、相住《あひす》む」など聞きつれば、無下《むげ》に心おとりせらるるわざなり。ことなる事なき女をよしと思ひ定めてこそ添《そ》ひゐたらめと、賤《いや》しく

もおしはかられ、よき女ならば、この男をぞらうたくして、あが仏とまもりゐたらめ、たとへば、さばかりにこそと覚えぬべし。まして、家のうちをおこなひをさめたる女、いと口惜《くちを》し。子など出《い》で来《き》て、かしづき愛したる、心憂《こころう》し。男なくなりて後、尼になりて年よりたるありさま、なき跡《あと》まであさまし。

いかなる女なりとも、明暮《あけくれ》添《そ》ひ見んには、いと心づきなく、にくかりなん。女のためも半空《なかぞら》にこそならめ。よそながら、ときどき通ひ住まんこそ、年月《としつき》へても絶えぬなからひともならめ。あからさまに来て、泊《とま》り居《ゐ》などせんは、めづらしかりぬべし。

七二 達《たつ》人《じん》の人を見る眼《まなこ》は（第一九四段）

人生を達観した人の人間を見とおす眼力は、少しもまちがうところのあるはずがない。

たとえば、ある人が世間に嘘《うそ》をこしらえだして人をだますことがあるような場合に、すなおにそれを真実と思って、その人の言うとおりにだまされる人がある。あまりに深く信じこんでしまって、そのうえにうるさいほど、嘘を承知で付け加える人がある。また、まるで何とも思わないで心をとめない人がある。また、いくらか不審に思って、信用するのでもなく、信用しないのでもなくて、考えこんでいる人がある。また、真実らしいとは思わないが、人の言うことであるからそうでもあろうかと、そのままにしてしまう人もある。また、あれこれを推測し、事情のわかった様子をして、賢そうにうなずいてほほえんでいるが、まったくわかっていない人がある。また、推測した結果、ああ、そうでもあろうと思いながら、それでもなお自分の考え違いもあろうかと、あやぶむ人がある。また、格別かわったこともなかったのだと手を打って笑う人がある。また、嘘と知っているけれども知っているとも言わず、嘘だとわかっていることをあれこれと言うこともなく、知らない人と同じ様子で過ごす人がある。また、この嘘の主旨を初めから承知して、少しもそれをばかにせず、嘘をこしらえだしている人と同じ心になって、人をだますのに力をあわせる人がある。

愚かな人間の間の嘘をめぐる戯れごとについてさえ、真相を知った人の前では、これらのさまざまな受けとめ方が、言葉からでも顔色からでも、すっかり知られてしまうに相違ない。まして明識の人が、迷っているわれわれを見るのは、手のひらの上の物を見るようなものである。もっとも、かような推量で、仏法に関することまでを同列に並べて言うべきではない。

達人《たつじん》の人を見る眼《まなこ》は、少しもあやまる所あるべからず。

たとへば、或人《あるひと》の、世《よ》に虚言《そらごと》をかまへ出《いだ》して人をはかる事あらんに、すなほにまことと思ひて、言ふままにはかるる人あり。あまりに深く信をおこして、なほわづらはしく虚言《そらごと》を心得添《こころえそ》ふる人あり。又、何《なに》としも思はで、心をつけぬ人あり。又、いささか覚束《おぼつか》なくおぼえて、たのむにもあらず、たのまずもあらで、案じゐたる人あり。又、まことしくは覚えねども、人のいふ事なれば、さもあらんとてやみぬる人もあり。又、さまざまに推《すい》し心得《こころえ》たるよしして、賢《かしこ》げにうちうなづき、ほほゑみてゐたれど、つやつや知らぬ人あり。又、推《すい》し出《いだ》して、あはれ、さるめりと思ひながら、なほ誤《あやま》りもこそあれと怪《あや》しむ人あり。又、ことなるやうもなかりけりと、手を打ちて笑ふ人あり。又、心得たれども、知れりとも言はず、覚束《おぼつか》なからぬは、とかくの事なく、知らぬ人とおなじやうにて過ぐる人あり。又、この虚言《そらごと》の本意《ほい》を、はじめより心得て、少しもあざむかず、かまへ出《いだ》したる人とおなじ心になりて、力をあはする人あり。

愚者《ぐしや》の中の戯《たはぶ》れだに、知りたる人の前にては、このさまざまの得たる所、詞《ことば》にても顔にても、かくれなく知られぬべし。まして、明《あき》らかならん人の、まどへる我等《われら》を見んこと、掌《たなごころ》の上の物を見んが如《ごと》し。但《ただ》し、かやうの推《お》しはかりにて、仏法までをなずらへ言ふべきにはあらず。

七三 或《ある》大福長者《だいふくちやうじや》の言はく（第二一七段）

ある大富豪が言うことには、「人間は万事をさしおいて、ひたすら利得を身につけるべきである。貧しくては生きているかいがない。富んでいる人だけが人間といえるのだ。所得を身につけようと思うなら、当然、まずその心がまえを修行しなければならぬ。その心がまえというのは、ほかのことでもない。人間界のことは永久に不変であるという考えを堅持して、かりそめにも、この世は無常なものと観念することがあってはならない。これが第一の心がまえである。次に、何事によらず、用を果たしてはならない（やりたいことをすべてやりとげてはいけない）。人間がこの世に生きている間は、自分のこと他人のことに関して、願望は無限にあるものだ。欲求にしたがって望みをかなえようと思うならば、百万の銭《ぜに》があったとしても少しの間も手もとにとどまるはずがない。人間の願望というものはなくなるときがない。財産は尽きるときがある。限りある財産でもって限りのない願望に応じることは、できるはずがない。欲望が心にもよおすことがあったら、自分を破滅させる悪い考えがやって来たと厳重に用心し恐れて、些細《ささい》な用事でも果してはならない。次に、銭を下僕のように考えて使用するものと思ったら、永久に貧苦をのがれることはできない。主君のように神のようにかしこみ尊むべきで、思いのままに使うようなことがあってはならない。次に、恥辱を受けるようなことに遇《あ》っても怒ったり恨んだりすることがあってはならない。次に、正直であって、約束を堅く守らなければならない。この道理を守って利益を求めるような人には、火が乾いているものに燃えうつり、水が低いところに向かって流れるように富が来るだろう。銭《ぜに》がたまって、とめどがないときは、酒宴や美声・女色に熱中せず、住居を飾らず、願望を遂げなくとも、心はいつまでも変わることなく安らかで楽しいものだ」と申した。
いったい人間は、願望を遂げようとして財産を求める。銭を財産とするのは願いをかなえてくれるからである。願望があってもやり遂げず、銭があっても使わないようならば、まったく貧乏人と同じである。そんなことで何を楽しみとしようか。この戒めは、ただ人間の願望を断ち切って、貧乏を憂えてはならないということと受け取れる。欲望を遂げて楽しみとするよりは、むしろ財産のないほうがましであろう。癰《よう》・疽《そ》のような悪性の腫《は》れものを病む者が、その患部を水で洗って、その場しのぎの楽しみとするよりは、患わないほうがよい。こうなっては、貧乏も富裕も区別するところがない。結局、仏教修行の最高段階である究竟即《くきようそく》（仏の悟りの境地）は、最下位の理即《りそく》（凡夫の境地）と同じである。大金持を志す大欲は無欲と似ているのである。

或大福長者《あるだいふくちやうじや》の言《い》はく、「人は万《よろづ》をさしおきて、ひたふるに徳《とく》をつくべきなり。貧しくては生けるかひなし。富めるのみを人とす。徳をつかんと思はば、すべからく、まづその心づかひを修行《しゆぎやう》すべし。その心と言《い》ふは、他のことにあらず。人間常住《じやうぢゆう》の思ひに住《ぢゆう》して、かりにも無常を観《くわん》ずる事な

かれ。これ第一の用心なり。次に万事の用をかなふべからず。人の世にある、自他につけて所願《しよぐわん》無量《むりやう》なり。欲に随《したが》ひて志を遂《と》げんと思はば、百万の銭《ぜに》ありといふとも、暫《しばら》くも住すべからず。所願は止《や》む時なし。財《たから》は尽《つ》くる期《ご》あり。限りある財をもちて、かぎりなき願ひにしたがふ事、得《う》べからず。所願心にきざす事あらば、我《われ》をほろぼすべき悪念来《きた》れりと、かたく慎《つつし》み恐れて、小要《せうえう》をも為《な》すべからず。次に、銭を奴《やつこ》のごとくして使ひもちゐる物と知らば、永く貧苦を免《まぬか》るべからず。君のごとく、神のごとく畏《おそ》れ尊《たふと》みて、従《したが》へもちゐることなかれ。次に、恥《はぢ》に臨《のぞ》むといふとも、怒り恨《うら》むる事なかれ。次に、正直にして約を固くすべし。この義を守《まぼ》りて利を求めん人は、富の来《きた》る事、火のかわけるにつき、水のくだれるにしたがふがごとくなるべし。銭積《ぜにつ》もりて尽きざる時は、宴飲《えんいん》・声色《せいしよく》を事とせず、居所《きよしよ》を飾らず、所《しよ》願《ぐわん》を成《じやう》ぜざれども、心とこしなへに安く楽し」と申しき。

抑《そもそも》人は、所願を成ぜんがために、財《たから》を求む。銭を財とする事は、願ひをかなふるが故《ゆゑ》なり。所願あれどもかなへず、銭あれども用ゐざらんは、全く貧者《ひんじや》とおなじ。何をか楽しびとせん。このおきては、ただ人間の望みを断《た》ちて、貧を憂《うれ》ふべからずと聞えたり。欲を成じ《じやう》て楽しびとせんよりは、しかじ、財《たから》なからんには。病《や》まざらんにはしかじ。癰《よう》・疽《そ》を病《や》む者、水に洗ひて楽しびとせんよりは、病まざらんにはしかじ。ここに至りては、貧富《ひんぷ》分《わ》く所なし。究竟《くきやう》は理《り》即《そく》に等し。大欲《たいよく》は無欲《むよく》に似たり。

七四 園《その》の別当《べつたう》入道《にふだう》は（第二三一段）

園家《そのけ》の祖、検非違使別当入道《けびいしのべつとうにゆうどう》（藤原基氏《もとうじ》）は、比類のない料理人である。「ある人のところで、りっぱな鯉《こい》を出したので、一同は別当入道の料理の技《わざ》を見たいと思ったが、軽々しく言い出すのもどうかとためらっていたのを、別当入道は心得た人であって、『このごろ毎日、百日の鯉を切って（百日間毎日鯉を切る誓いをたてて）おりますので、今日切らないわけにはまいりません。ぜひとも切らせていただきたいものです』と言ってお切りになったのは、たいそうその場にふさわしく興趣のあることと人々が思っていました」と、ある人が北山太政入道殿《きたやまのだいじようにゆうどうどの》（西園寺実兼）にお話し申されたところ、「このようなことは、自分にはじつにいやみに思われるのだ。『切るのに適当な人がいなければ、下さいませ、切りましょう』と言っていれば、いっそうよかったであろう。何でわざわざ百日の鯉を切ろうというのか」と仰せられたのはおもしろいと思われたと、ある人がお話しなさったのは、たいそうおもしろい。

だいたい、趣向を弄《ろう》しておもしろみがあるよりも、おもしろみがなくても素直で穏当なのがまさっているものである。客人のもてなしなども、その時宜《じぎ》にかなうようにとりつくろっているのも、ほんとうによいのだけれども、ただそれとなく持ち出したのが、たいそうよいものである。人に物を与えるのも、何のきっかけもなくて「これを差し上げましょう」と言ったのが、本当の好意である。惜しむふりをして先方に所望されようと思ったり、勝負事に負けたときの賭物《かけもの》にかこつけて贈ったりしているのは、いやなものだ。

園《その》の別当入道《べつたうにふだう》は、さうなき庖丁者《はうちやうじや》なり。ある人のもとにて、いみじき鯉《こひ》を出《い》だしたりければ、皆人《みなひと》、別当入道の庖丁《はうちやう》を見ばやと思へども、たやすくうち出でんもいかがとためらひけるを、別当入道さる人にて、「この

程百日の鯉を切り侍るを、今日欠《か》き侍るべきにあらず。まげて申し請《う》けん」とて切られける、いみじくつきづきしく、興ありて人ども思へりけると、ある人、北山太政入道殿《きたやまのだいじやうにふだうどの》に語り申されたりければ、「かやうの事、おのれはよにうるさく覚ゆるなり。切りぬべき人なくは給《た》べ、切らんと言ひたらんは、なほよかりなん。何条《なでふ》、百日の鯉《こひ》を切らんぞ」とのたまひたりし、をかしく覚えしと人の語り給ひける、いとをかし。

大方《おほかた》、ふるまひて興あるよりも、興なくてやすらかなるが、まさりたる事なり。まれ人の饗応《きやうおう》なども、ついでをかしきやうにとりなしたるも、誠《まこと》によけれども、ただ、その事となくてとり出《い》でたる、いとよし。人に物を取らせたるも、ついでなくて、「これを奉らん」と言ひたる、まことの志なり。惜《を》しむよしして乞《こ》はれんと思ひ、勝負《しようぶ》の負けわざにことつけなどしたる、むつかし。

七五

万《よろづ》の咎《とが》あらじと思はば（第二三三段）

あらゆる難点がないようにしたいと思うならば、何事にも誠意があって、人を分け隔てせず、誰《だれ》に対してでも礼儀正しく、口数の少ないのにまさることはあるまい。男も女も、老人も若者も、すべてそういう人がりっぱなのであるが、ことに、若くて容貌《ようぼう》のすぐれた人で、言葉づかいのきちんとしているのは、いつまでも忘れがたく心ひかれるものである。

すべての難点は、ものなれた様子で巧者ぶり、わがもの顔で得意げな様子をして、人をあなどり軽んずるところにあるのだ。

万《よろづ》の咎《とが》あらじと思はば、何事《なにごと》にもまことありて、人を分《わ》かず、うやうやしく、言葉少《すくな》からんにはしかじ。男女《なんによ》・老少《らうせう》、皆さる人こそよけれども、ことに、若くかたちよき人の、ことうるはしきは、忘れがたく、思ひつかるるものなり。

万《よろづ》の咎《とが》は、馴《な》れたるさまに上手めき、所得《ところえ》たるけしきして、人をないがしろにするにあり。

七六 主《ぬし》ある家には（第二三五段）

主人のいる家には、何の関係もない人が思いのままに入って来ることはない。主人のいない所には、通行人がやたらに立ち入ったり、狐《きつね》や梟《ふくろう》のようなものも人の気配に妨げられないのでわがもの顔に入って棲《す》みこみ、木霊《こだま》（古木に宿る精霊。人気《ひとけ》の少ない時にあらわれ、害をなすと信じられていた）などという怪しげな姿をしたものもあらわれるものである。

また、鏡には色や形がないために、あらゆるものの映像がやって来て映るのだ。鏡に色や形がもしあったとしたら、このようなものが映ることはないであろう。

空間は、何でもよく物をおさめ入れる。われわれの心に、さまざまの思いが勝手気ままにやってきて浮ぶのも、心という主人がいないせいであろうか。心に主人があったとすれば、胸のうちに、いろいろの想念が入ってくることはないだろう。

―― 主《ぬし》ある家には、すずろなる人、心のままに入《い》り来《く》る事《こと》なし。主《あるじ》なき所には、道行《みちゆ》き人《びと》みだりに立ち入り、狐《きつね》・梟《ふくろふ》やうの物も、人気《ひとげ》にせかれねば、所《ところ》得顔《えがほ》に入り棲《す》み、木霊《こたま》などいふけしからぬかたちも、あらはるるものなり。

又、鏡には色・かたちなき故《ゆゑ》に、万《よろづ》の影来《かげきた》りてうつる。鏡に色・かたちあらましかば、うつらざらまし。

虚空《こくう》よく物をいる。我等《われら》が心に念々《ねんねん》のほしきままに来《きた》り浮《うか》ぶも、心といふもののなきにやあらん。心に主《ぬし》あらましかば、胸のうちに、若干《そこばく》のことは入り来《きた》らざらまし。

七七　丹波《たんば》に出雲《いづも》といふ所あり（第二三六段）

丹波《たんば》に出雲《いずも》という所（京都府亀岡市千歳町）がある。出雲大社（島根県出雲市）を勧《かん》請《じょう》してお移しし、りっぱに造ってある。しだの某《なにがし》とかいう人の領地なので、秋のころ、聖海上人《しょうかいしょうにん》やそのほかにも多くの人々をさそって、「さあ、おいでなさい、出雲神社の参拝に。ぼた餅《もち》をごちそうしましょう」と言って、いっしょに連れて出雲まで行ったところ、一同は参拝して、深く信心をおこした。神殿の御前にある獅子《しし》と狛犬《こまいぬ》とが互いに背中を向けて後ろ向きに立っていたので、上人がたいそう感動して「ああ、結構なことだ。この獅子の立ちかたは、たいそう珍しい。深いわけがあるだろう」と涙ぐんで、「なんと、おのおの方《がた》、このすばらしいことをご覧になって不審にお思いになりませんか。情けないことです」と言ったので、誰《だれ》もかれも不思議がって「本当に他の獅子・狛犬とちがっていますなあ。都へのみやげ話にしましょう」などと言うので、上人は、いっそう知りたがって、年輩で物知り顔をした神官を呼んで、「このお社《やしろ》の獅子の立ち方は、きっと、いわれがあることでございましょう。少々承りたいものです」と言われたところ、「そのことでございます。いたずらな子供たちがいたしましたことで、けしからぬことでございます」と言って立ち寄って、もとのように置きなおして行ってしまったので、上人の感激の涙は、むだになってしまった。

丹波《たんば》に出雲《いづも》といふ所あり。大社《おほやしろ》を移して、めでたく造れり。しだのなにがしとかやしる所なれば、秋の比《ころ》、聖海上人《しやうかいしやうにん》、その外《ほか》も、人数《あまた》多さそひて、「いざ給《たま》へ、出雲拝《をが》みに。かいもちひ召《め》させん」とて、具《ぐ》しもて行《い》きたる

に、各《おのおの》拝《をが》みて、ゆゆしく信おこしたり。御前《おまへ》なる獅子《しし》・狛犬《こまいぬ》、背《そむ》きて、後《うしろ》さまに立ちたりければ、上人《しやうにん》いみじく感じて、「あなめでたや。この獅子の立ちやう、いとめづらし。深き故《ゆゑ》あらん」と涙ぐみて、「いかに殿原《とのばら》、殊勝《しゆしよう》の事は御覧じとがめずや。無下《むげ》なり」と言へば、各《おのおの》怪《あや》しみて、「誠《まこと》に他《た》にことなりけり。都のつとに語らん」など言ふに、上人なほゆかしがりて、おとなしく物知りぬべき顔したる神官《じんぐわん》を呼びて、「この御社《みやしろ》の獅子の立てられやう、定めて習《なら》ひあることに侍《はべ》らん。ちと承《うけたまは》らばや」と言はれければ、「その事に候ふ。さがなき童《わらはべ》どもの仕りける、奇怪《きくわい》に候ふことなり」とて、さし寄りて、据《す》ゑなほして往《い》にければ、上人の感涙いたづらになりにけり。

七八 八つになりし年（第二四三段）

八つになった年に、父に尋ねて、「仏とは、どんなものでございましょうか」と言った。父が答えて、「仏には人間がなっているのだ」と言った。また尋ねて、「人間はどうやって仏になりますのでしょうか」と聞いた。父はまた、「仏の教えによってなるのである」と答えた。そこで、また尋ねて、「その教えてくださいました仏をば、何ものが教えましたか」と聞いた。父はまた、「それもまた、前の仏の教えによって仏におなりになったのである」と答えた。そこで、また尋ねて、「その教えを始められた最初の仏は、どんな仏でございますのでしょうか」と言うとき、父は「天から降って来たのであろうか、土から湧《わ》いて来たのであろうか」と言って笑った。

「問いつめられて、答えられなくなってしまいました」と、父は人々に語っておもしろがった。

八《やっ》になりし年、父に問ひて言はく、「仏は如何《いか》なるものにか候《さうら》ふらん」といふ。父が言はく、「仏には人のなりたるなり」と。又問ふ、「人は何《なに》として仏には成《な》り候ふやらん」と。父又、「仏の教へによりてなるなり」と答ふ。又問ふ、「教へ候ひける仏をば、なにが教へ候ひける」と。又答ふ、「それも又、さきの仏の教へによりて成り給ふなり」と。又問ふ、「その教

へ始め候ひける第一の仏は、如何なる仏にか候ひける」といふ時、父、「空よりやふりけん、土よりやわきけん」といひて、笑ふ。

「問ひつめられて、え答へずなり侍《はべ》りつ」と、諸人《しよにん》に語りて興じき。

徒然草の風景 ⑤

双《ならび》ヶ《が》丘《おか》

京都周辺の山々から双ヶ丘を見つけるのは容易である。標高はわずか一〇〇メートルあまりなのに、北山の山並みから少し離れて、ふたつの愛らしい山がちょんちょんと仲よく並んでいる。

双ヶ丘は「双び」とはいうものの、実は三つの丘から成っている。北から一ノ丘、二ノ丘、三ノ丘と呼ばれ、一番高い一ノ丘でも一〇分も登れば山頂にたどり着く。北には仁和寺《にんなじ》の伽藍《がらん》が迫り、南には北郊の町並み。明るい雑木林に囲まれるのんびりした公園のようだが、実はここには少なくとも一八基もの円墳《えんぷん》が群がっている。六世紀後半から七世紀はじめの豪族の古墳と考えられ、巨石を使った全長約一八メートルもの横穴式石室《せきしつ》も発見されている。双ヶ丘は古代、中世にわたって葬送の地であった。

『兼好法師家集』に「ならびのをかに無常所をまうけて」という詞《ことば》書《がき》があるため、兼好は双ヶ丘に墓所を定め、晩年をこの地で過ごしたと考えられている。その場所は二ノ丘の西麓《せいろく》のあたりと伝えられ、『徒然草』が爆発的な人気を得た元禄《げんろく》のころ、兼好を偲《しの》ぶ人々によって長泉寺が建立された。通常は公開していないが、堂内には兼好の木像が安置され、境内にはその墓もある。双ヶ丘の鳥の声や樹々をわたる風の音もさやさやと聞こえ、兼好が「つれづれなるままに日くらし硯《すずり》にむかひて」筆を執る小庵を想像するにふさわしい。山中にあらず、巷間《こうかん》にもあらず——兼好の生き方にも似た場所だ。

歎異抄

安良岡康作［校訂・訳］

歎異抄

❖ あらすじ

『歎異抄《たんにしよう》』は、親鸞《しんらん》の教えと異なる説の存在を嘆き、念仏を信仰する人々に正しい教えを示そうとした書である。著者については諸説あるが、親鸞の関東時代の直弟子であった唯円《ゆいえん》とするのが定説である。第九条・第一三条には、親鸞と唯円の問答が見え、唯円が親鸞から直接教えをうけたことがうかがわれる。『歎異抄』は全一八条からなり、親鸞の言葉を集めた前半（第一部）と異説批判の後半（第二部）に分けられる。その前後には序（第一部冒頭）と後記（第三部）があり、序では、親鸞の死後に多くの異説が広まっているのを憂え、後学の修行者の疑問を晴らすために書いたという執筆の動機が述べられている。前半の第一～一〇条は、唯円の耳の底に残って忘れることのできない親鸞の発言を記したものである。なかでも第三条は「善人《ぜんにん》なほもつて、往生《わうじやう》を遂ぐ。況《いは》んや、悪人《あくにん》をや」にはじまる悪人正機説《あくにんしようき》でよく知られる。

後半の第一一～一八条は、唯円による異説批判である。各条の冒頭で巷《ちまた》に横行する異説をあげ、親鸞の言葉を引きながら異説としての根拠を示したうえで批判が展開される。後記では、親鸞の言葉を書き残す意図が最後に改めて表明されている。親鸞の説いた真実の信心と異なる邪説が広がったのは、人々の信心が親鸞のものと違うためであり、それによって多くの論争も生じると唯円は考えた。末尾近くに「一室の行者《ぎやうじや》の中に、信心異なることなからんために、泣く泣く、筆を染めて、これを記す」とあるように、唯円は念仏修行者間で信心が相違するのを心から悲しみ、痛切な思いで『歎異抄』を記したのであった。

第一部　親鸞聖人《しんらんしょうにん》の御口伝《ごくでん》

心ひそかに愚かな考えをあれこれと働かせ、おおよそ、親鸞聖人《しんらんしょうにん》ご在世の昔と、これを書いている今との状況を比べて究明してみると、亡き師が直接、口伝えに教えてくださった真実なる信心とは違う教えが説かれていることを悲しく思い、後進の人たちがその信心を引き継いでゆくにあたって、疑いや迷いが生ずるのではないかと思うのである。

幸いにも高徳の僧に出会う縁がなければ、どうして念仏という実行しやすいただ一つの仏の道へ入ることができようか。けっして、自分本位の考えで、阿弥陀仏《あみだぶつ》（西方《さいほう》にある極楽浄土《ごくらくじょうど》の教主である仏の名。浄土教の本尊）の他力《たりき》によって浄土へ往生して覚《さと》りに至るという本来の教義を混乱させてはならない。

そこで、亡き親鸞聖人がお話しになったご趣旨のうち耳の奥底にはっきりと残っていることを、わずかばかり書き記す次第である。これは、ひたすらに信心を同じくして念仏を行《ぎよう》ずる人たちの疑問を晴らそうとするためである。

竊《ひそ》かに、愚案《ぐあん》を廻《めぐ》らして、粗《ほぼ》、古今《ここん》を勘《かんが》ふるに、先師口伝《せんしくでん》の真信《しんしん》に異《こと》なることを歎《なげ》き、後学相続《こうがくさうぞく》の疑惑《ぎわく》有ることを思《おも》ふ。幸《さいは》ひに、有縁《うえん》の知識《ちしき》に依《よ》らずは、争《いかで》か、易行《いぎやう》の一門《いちもん》に入《い》ることを得《え》んや。全《まつた》く、自見《じけん》の覚語《かくご》を以《もつ》て、他力《たりき》の宗旨《しゆうし》を乱《みだ》ること莫《なか》れ。仍《よ》つて、故親鸞聖人《こしんらんしやうにん》の御物語《おんものがたり》の趣《おもむき》、耳の底に留《とど》むる所《ところ》、聊《いささ》か、之《これ》を注《しる》す。偏《ひと》へに、同心行者《どうしんぎやうじや》の不審《ふしん》を散《さん》ぜんが為《ため》なり。

一　阿弥陀仏の本願《ほんがん》

一、阿弥陀仏《あみだぶつ》のお立てになった誓願の、人間の思量を越えた絶対的な力にお助けをいただいて、「往生（浄土に往《い》って生まれること）を果すのだ」と信じて、口に「南無阿《なむあ》弥陀仏《みだぶつ》」という念仏を申そうという心が生ずる時に、阿弥陀仏はすぐに一切の衆生《しゅじょう》を受け入れて救い取り、お見捨てにならないというご利益《りやく》を、人にお与えになるのである。

この阿弥陀仏の本願（すべての衆生を救おうという根本の誓願）におかせられては、老人と若い者、善人と悪人とを区別することがない。人にとっては、ただ一つ、その本願への信心だけが必要なのだと心得るべきである。なぜなら、その本願は、犯す罪悪が深くして重く、煩悩《ぼんのう》の力が非常に盛んな衆生をお助けになるためのものだからである。

したがって、本願を信じるに当っては、ほかの善《よ》い行いは必要ではない。念仏に勝る善い行いはないからである。また、悪い行いをも恐れてはならない。阿弥陀仏の本願を妨害するほどの悪い行いはないからである。

一《ひとつ》、弥陀《みだ》の誓願不思議《せいぐわんふしぎ》に助けられ参《まゐ》らせて、往生《わうじやう》をば遂《と》ぐるなりと信じて、念仏申《ねんぶつまう》さんと思ひ立つ心《こころ》の起る時、即《すなは》ち、摂取不捨《せつしゆふしや》の利益《りやく》に預《あづ》けしめ給《たま》ふなり。

弥陀の本願《ほんぐわん》には、老少《らうせう》・善悪《ぜんまく》の人を簡《えら》ばれず。ただ、信心《しんじん》を要《えう》とすと知るべし。その故《ゆゑ》は、罪悪深重《ざいあくじんぢゆう》・煩悩熾盛《ぼんなうしじやう》の衆生《しゆじやう》を助けんがための願《ぐわん》にまします。

しかれば、本願を信ぜんには、他《た》の善《ぜん》も要にあらず。念仏にまさるべき善なき故に。悪《あく》をも恐《おそ》るべからず。弥陀の本願を妨《さまた》ぐるほどの悪なき故に。

と云々《うんぬん》。

二 念仏への信心

一、おのおの方が、十以上もの国境《くにざかい》を越えて（常陸国《ひたちのくに》の弟子たちが京に行くまでには、下総《しもうさ》・武蔵《むさし》・相模《さがみ》・伊豆《いず》・駿河《するが》・遠江《とおとうみ》・三河《みかわ》・尾張《おわり》・伊勢《いせ》・近江《おうみ》・山城《やましろ》の十一か国を通過）、命を惜しまず、私を訪ねて来られた、そのご意向は、いちずに極楽に往生する手だてを問いただそうとするためであります。それなのに、念仏よりほかに往生の手だてを心得ており、また、往生のための教えを書いた文章などを知っているであろうと、私に期待を持っておられるならば、それは大きな間違いです。もしもそうお思いならば、奈良の都（興福寺、東大寺など）や比叡山《ひえいざん》（延暦寺）にも、すばらしい学僧たちが数多くおいでになりますから、それらの人々にお逢《あ》いして、極楽往生の肝要なところを、念を入れてお尋ねになるのがよいのです。この親鸞《しんらん》におきましては、「ただ念仏だけを唱えて阿弥陀仏《あみだぶつ》のお助けをこうむるのがよい」という法然《ほうねん》聖人（浄土宗の開祖。親鸞の師）のお言葉をいただいて信ずる以外のことはないのです。

念仏を唱えることは、本当に極楽浄土に往生する因《もと》なのでございましょうか、あるいは地獄に堕《お》ちる行いなのでございましょうか、私はまったく心得ておりません。私としましては、たとい、法然聖人にだまされて、念仏したことで地獄に堕ちてしまったとしても、けっして後悔するはずはございません。というのは、念仏以外の修行に励んで仏に成ることができた私が、念仏を唱えたために地獄に堕ちたのならば、それこそ、だまされたという後悔もございましょうが、どのような修行も満足にできない私にはどのみち地獄以外のすみかはないのです。

阿弥陀仏の本願が真実ならば、釈尊の説教が偽り言であるはずがありません。釈尊の説教が真実ならば、善導《ぜんどう》（中国浄土教を確立した高僧）の解釈が偽り言であるはずはありません。善導の解釈が真実ならば、法然聖人のお言葉が、どうして偽り言でありましょうか。その法然聖人のお言葉が真実ならば、この親鸞が申します趣旨もまた、根拠のないはずはございますまいよ。

結局のところ、この愚かな私の信心は、このようなものです。こう申し上げたからには、念仏を選び取って信じようと、あるいは捨てようと、それぞれのお考えしだいです。

一、各々《おのおの》、十余ケ国《じふよかこく》の境《さかひ》を越えて、身命《しんみやう》を顧《かへり》みずして、尋《たづ》ね来《きた》らしめ給ふ御志《おんこころざし》、偏《ひと》へに、往生極楽《わうじやうごくらく》の道《みち》を問ひ訊《き》かんがためなり。しかるに、念仏より外《ほか》に往生の道をも存知《ぞんぢ》し、また、法文等《ほふもんとう》をも知りたるらんと、心にくく思《おぼ》し召《め》しておはしまして侍《はんべ》らんは、大《おほ》きなる誤《あやま》りなり。もししからば、南都《なんと》・北嶺《ほくれい》にも、ゆゆしき学生《がくしやう》たち多く座《ざ》せられて候《さうら》ふなれば、かの人々にも逢《あ》ひ奉《たてまつ》りて、往生の要《えう》、よくよく訊《き》かるべきなり。親鸞《しんらん》におきては、「ただ念仏して、弥陀《みだ》に助けられ参《まゐ》らすべし」と、よき人の仰《おほ》せを被《かぶ》りて信ずる外《ほか》に、別《べつ》の子細《しさい》なきなり。

念仏は、まことに、浄土《じやうど》に生《むま》るる種子《たね》にてや侍らん、また、地獄《ぢごく》に堕《お》つべき業《ごふ》にてや侍るらん、惣《そう》じて以《もつ》て存知せざるなり。たとひ、法然聖人《ほふねんしやうにん》に賺《すか》され参《まゐ》らせて、念仏して地獄に堕ちたりとも、さらに後悔《こうくわい》すべからず候《さうら》ふ。その故《ゆゑ》は、自余《じよ》の行《ぎやう》も励《はげ》みて仏《ぶつ》に成《な》るべかりける身《み》が、念仏を申して、地獄にも堕《お》ちて候はばこそ、賺《すか》され奉《たてまつ》りてといふ後悔も候はめ、いづれの行《ぎやう》も及《およ》び難《がた》き身なれば、とても、地獄は一定住処《いちぢやうすみか》ぞかし。

弥陀《みだ》の本願《ほんぐわん》、実《まこと》におはしまさば、釈尊《しやくそん》の説教《せつけう》、虚言《きよごん》なるべからず。仏説《ぶつせつ》、実におはしまさば、善導《ぜんだう》の御釈《おんしやく》、虚言《きよごん》し給ふべからず。善導の御釈、実ならば、法然の仰《おほ》せ、虚言《そらごと》ならんや。法然の仰せ、実ならば、親鸞が申《まう》す旨《むね》、またもつて空《むな》しかるべからず候《さうら》ふ歟《か》。

詮《せん》ずる所《ところ》、愚身《ぐしん》の信心《しんじん》におきては、かくの如し。この上《うへ》は、念仏を取りて信じ奉《たてまつ》らんとも、また捨《す》てんとも、面々《めんめん》の御計《おんはから》ひなり。と云々《うんぬん》。

三　悪人往生

一、善人でさえ浄土に往生できるのだ。まして悪人は言うまでもないことだ。
それなのに世間の人はいつも、「悪人でさえ往生する。ましてや善人は言うまでもないことだ」と言う。この事は、一応は理由があるようであるが、本願と他力《たりき》との趣旨に反している。その訳《わけ》は、自己の力を信じて善事を行う人は、仏の他力をひたすらに頼りに思う心が欠けているので、阿弥陀仏《あみだぶつ》の本願から外れている。しかし、その自力に頼る心を根本から改め、仏の他力をお頼り申し上げれば、阿弥陀仏の誓願によって現れた真実の浄土への往生を果すことになるのである。

あらゆる煩悩《ぼんのう》を身に具《そな》えている私たちは、どのような修行によっても生死《しようじ》を重ねる迷いの境地を脱け出ることができない。それを不憫《ふびん》にお思いになって、私たちを救い取ろうとされる本願をお起しになった仏の根本のご意志は、悪人が仏と成るためなのであるから、仏の他力をお頼り申し上げる悪人こそ、本当に往生する可能性を持つ存在のである。

それゆえに、「善人でさえも、往生するのだ。まして、悪人は言うまでもない」と聖人はおっしゃいました。

――

一《ひとつ》、善人《ぜんにん》なほもつて、往生《わうじやう》を遂《と》ぐ。況《いは》んや、悪人《あくにん》をや。しかるを、世の人、常《つね》に言はく、「悪人なほ往生す。いかに況んや、善人をや」。この条《でう》、一旦《いつたん》、その言はれあるに似《に》たれども、本願《ほんぐわん》・他力《たりき》の意《い》趣《しゆ》に背《そむ》けり。その故《ゆゑ》は、自力作善《じりきさぜん》の人は、偏《ひと》へに他力を頼《たの》む心欠《か》けたる間《あひだ》、弥陀の本願にあらず。しかれども、自力の心《こころ》をひるがへして、他力を頼み奉《たてまつ》れば、真実報土《しんじつほうど》の往生を遂《と》ぐるなり。煩悩具足《ぼんなうぐそく》のわれらは、いづれの行《ぎやう》にても、生死《しやうじ》を離《はな》るることあるべからざるを憐《あはれ》み給《たま》ひて、願《ぐわん》を起し給ふ本意《ほんい》、悪人成仏《あくにんじやうぶつ》のためなれば、他力を頼み奉《たてまつ》る悪人、もつとも、往生の正因《しやういん》なり。

よつて、「善人《ぜんにん》だにこそ往生《わうじやう》すれ。まして悪人《あくにん》は」と仰《おほ》せ候《さうら》ひき。

四 仏道における慈悲

一、仏道の慈悲には、聖道門《しようどうもん》（この世で自力《じりき》で修行し、覚《さと》りを開く教え）と浄土門《じようどもん》（阿弥陀仏《あみだぶつ》の本願によって、浄土に往生して覚りを開く教え）とで相違するところがある（日本仏教の中で、浄土宗・真宗・時宗は浄土門に属し、その他の宗派は聖道門に入る)。

聖道門の慈悲というのは、この現世において、人をかわいそうに思い、いとおしみ、守り育てることである。しかしながら、自分の思いどおりに助けぬくことは、極めて難しいことだ。

一方、浄土門の慈悲というのは、この世で念仏して、速やかに浄土へ往生して仏と成って、その広大な慈悲の心でもって、あらゆる生き物を思いどおりに救うことだと言ってよいのである。

この世に生きている間は、どんなにかわいそうだ、同情すべきことだと思っても、思いどおりに助けることが困難なのだから、この聖道門の慈悲は終始一貫しない。

だからして、往生のために念仏を申すことだけが、終りまで貫徹する広大な慈悲の心なのでありましょう。

一《ひとつ》、慈悲《じひ》に、聖道《しやうだう》・浄土《じやうど》の変《かは》りめあり。

聖道の慈悲といふは、ものを憐《あはれ》み、愛《かな》しみ、育《はごく》むなり。しかれども、思ふが如《ごと》く助け遂《と》ぐること、極《きは》めて有《あ》り難《がた》し。

浄土の慈悲といふは、念仏して、急《いそ》ぎ仏《ぶつ》に成《な》りて、大慈《だいじ》大悲《だいひ》心《しん》をもつて、思ふが如く、衆生《しゆじやう》を利益《りやく》するをいふべきなり。今生《こんじやう》に、いかに、いとほし、不便《ふびん》と思ふとも、存知《ぞんぢ》の如《ごと》く助け難ければ、この慈悲、始終《しじゆう》なし。しかれば、念仏申すのみぞ、末通《すゑとほ》りたる大慈悲心にて候ふべき。と云々《うんぬん》。

五 一切《いっさい》の有情《うじょう》の救済

一、この親鸞《しんらん》は、亡き父母の追善供養《ついぜんくよう》のためと思って、一遍《いっぺん》でも念仏を申したことは、ありません。

その理由は、あらゆる生き物（一切の有情《うじょう》）は、全部が全部、輪廻《りんね》転生《てんしょう》して生まれ変わり死に変わる間に、父母であり兄弟である。どれもどれも、この次の世に浄土へ往生して仏と成って助けなければならないのです。念仏が自分の力ではげむ善行ならば、追善供養のために念仏して、亡き父母の冥福《めいふく》を助けましょうが、念仏はそのようなものではありません。ひたすら自力《じりき》を捨てて、速やかに浄土に往生して、覚《さと》りを開いて仏と成ってしまえば、迷いの境地である六道《ろくどう》（前世の報いによって転生を続ける迷いの六界。地獄、餓鬼《がき》、畜生《ちくしょう》、修羅《しゅら》、人間、天上）や四生《ししょう》（迷いの世界における生物の四分類。ほ乳類など母胎から生れる胎生《たいしょう》、鳥類など卵から生れる卵生《らんしょう》、魚類など湿気により生れる湿生《しっしょう》、諸天や地獄などに住むものなど過去からの業《ごう》の力で生ずる化生《けしょう》）においてさまざまな生を受け、前世の報いによってどのような苦しみに落ち込んでいても、神通力《じんずうりき》（仏の不可思議で無碍《むげ》自在な力）やさまざまな手段によって、まず第一に仏法に因縁のある人々を迷いから救うことができるのです。

一、親鸞《しんらん》は、父母《ぶも》の孝養《けうやう》のためとて、一返《いっぺん》にても念仏申《ねんぶつまう》したること、未《いま》だ候はず。
その故《ゆゑ》は、一切《いっさい》の有情《うじやう》は、皆《みな》もって、世々生々《せせしやうじやう》の父母・兄弟《きやうだい》なり。いづれもいづれも、この順次生《じゅんじしやう》に、仏《ぶつ》に成《な》りて、助け候ふべきなり。我《わ》が力《ちから》にて励《はげ》む善《ぜん》にても候はばこそ、念仏を廻向《ゑかう》して、父母をも助け候はめ、ただ、自力《じりき》を捨《す》てて、急《いそ》ぎ覚《さと》りを開《ひら》きなば、六道《ろくだう》・四生《ししやう》の間《あひだ》、いづれの業苦《ごふく》に沈《しづ》

――めりとも、神通《じんづう》・方便《はうべん》をもつて、まづ、有縁《うえん》を度《ど》すべきなり。と云々。

六 親鸞《しんらん》は、弟子の一人も持たず

一、ひたすら念仏だけを唱える（専修念仏《せんじゆねんぶつ》）人々の間で、これは自分の弟子だ、あれは他人の弟子だという口論があるようですが、これはとんでもない事態である。この親鸞は、弟子を一人も持っておりません。

その理由は、自分の取りはからいで他人に念仏を申させるのならば、その人こそ弟子でもありましょうが、阿弥陀仏《あみだぶつ》のお誘いを受けて念仏を申します人を、自分の弟子と申すことは、このうえない尊大なものの言い方である。自分に従うべき縁があれば一緒になり、自分から離れるべき縁があれば離れていくものであるのに、師匠に背いて、他の人と一緒になって念仏すれば往生できないなどということは、とんでもないことである。阿弥陀如来《あみだにょらい》から頂《いただ》いている信心を、自分の持ち物であるかのような態度で取り戻そうとして言うのであろうか。そのようなことは、けっしてしてはならないことである。

自然《じねん》という、阿弥陀仏の本願のおのずから助けてくださる道理に自分の信心が一致するなら、阿弥陀仏のご恩もわかり、また、念仏の道をお教えくださった師匠のご恩もわかるはずなのである。

一、専修念仏《せんじゆねんぶつ》の輩《ともがら》の、我が弟子《でし》、人《ひと》の弟子といふ相論《さうろん》の候ふらん事、以《もつ》ての外《ほか》の子細《しさい》なり。親鸞は、弟子一人《いちにん》も持たず候ふ。その故《ゆゑ》は、我が計《はから》ひにて、人に念仏を申させ候はばこそ、弟子《でし》にても候はめ、弥陀《みだ》の御催《おんもよほ》しに預《あづ》かって念仏《ねんぶつ》申し候ふ人を、我が弟子と申すこと、極《きは》めたる荒涼《くわうりやう》のことなり。付《つ》くべき縁《えん》あれば伴《ともな》ひ、離《はな》るべき縁あれば離るることのあるをも、師《し》を背《そむ》きて、人に連《つ》れて念仏すれば、往生《わうじやう》すべからざるものなりなんど言ふこと、不可説《ふかせつ》なり。如来《によらい》より賜《たま》はりたる信心《しんじん》を、我《わ》が物顔《ものがほ》に取り返さんと申すにや。返《かへ》す返《がへ》すも、あるべからざることなり。自然《じねん》の理《ことわり》に相叶《あひかな》はば、仏恩《ぶつとん》をも知り、また、師の恩《おん》をも知るべきなり。と云々《うんぬん》。

七 念仏は無碍《むげ》の一道《いちどう》なり

一、念仏を申すことは、何物もそれを妨げることのできない、唯一の大道《だいどう》である。

その理由はどういうことかというならば、本願を固く信じて念仏を行う人には、仏法を守る天の神（天上に住み仏法を守護する善神）や地の神が敬ってひれ伏し、仏法を害する悪魔や邪教の徒も妨げをすることがない。また、罪悪を犯しても、その行いの報いを身に受けることができないし、さまざまな善事・善行も念仏には及ばないからである。

一《ひとつ》、念仏《ねんぶつ》は、無碍《むげ》の一道《いちだう》なり。

その謂《い》はれ如何《いかん》とならば、信心《しんじん》の行者《ぎやうじや》には、天神《てんじん》・地祇《ちぎ》も敬服《きやうぶく》し、魔《ま》界《かい》・外道《げだう》も障碍《しやうげ》することなし。罪悪《ざいあく》も業報《ごふほう》を感《かん》ずること能《あた》はず、諸善《しよぜん》も及《およ》ぶことなき故《ゆゑ》なり。と云々。

八 念仏は非《ひ》行《ぎよう》・非《ひ》善《ぜん》なり

一、念仏は、それを唱える者にとって、非行《ひぎよう》であり、非善《ひぜん》である。念仏は、自分の企てによって行うのではないから、私は非行というのだ。また、念仏は、自分の企てによってなす善事・善行でもないのだから、非善というのだ。本当の念仏は、ひとえに仏の他力《たりき》にもとづく念仏であって、人間の自力《じりき》を脱しているのであるから、念仏を申す人にとっては、非行（他力行＝他力による実行）であり、非善（他力善＝他力にもとづく善）であるのだ。

一、念仏は、行者《ぎやうじや》のために、非行《ひぎやう》・非善《ひぜん》なり。我が計《はから》ひにて行《ぎやう》ずるに非《あら》ざれば、非行と言ふ。我が計ひにて作《つく》る善にも非ざれば、非善と言ふ。偏《ひと》へに、他力《たりき》にして、自力《じりき》を離れたる故《ゆゑ》に、行者のためには、非行・非善なり。と云々。

九 煩悩《ぼんのう》の所為《しょい》

一、私、唯円《ゆいえん》（親鸞《しんらん》の門弟。本書『歎異抄』の筆者と推定される）が、「念仏を申しましても、勇んで躍り上がったり、非常に喜んだりする気持が不十分でございますし、また、速やかに浄土へ参りたい気持もございませんが、いったいどうしたわけでございましょうか」と、親鸞聖人《しんらんしょうにん》に申し上げましたところ、聖人は以下のように仰せられた。

この親鸞にも、そのような疑問がこれまであったのだが、唯円房、そなたも同じ気持であるのだなあ。

よくよく念を入れて思案してみると、天に躍り、地に躍るくらいに喜んでよいはずのことを喜ばないのですから、ますます浄土への往生は確実だと思います。自分が喜んでよいはずの心持を抑えて喜ばないということは、人間の中の煩悩《ぼんのう》のなすところなのだ。ところが仏は、前もってこの事をご存じであらせられて、人間を「煩悩を十分に具《そな》えている凡夫」とおっしゃっているから、仏の他力《たりき》によって人間を救おうという慈悲のご誓願は、このような煩悩を具えている私たちのためのものなのだなあと自然にわかってきて、ますますご誓願が頼もしく思われるのだ。

　また、浄土へ速やかに参りたい心持が起きないで、ちょっとでも病にかかることもあると、今にも死んでしまうのであろうかと心細く思われることも、煩悩のせいである。限りなく遠い過去から現在まで、迷いの境地に生と死を繰り返して移り変ってきた、苦悩の多いこの世が捨てにくく、まだ生まれたことのない安楽な浄土が慕わしくありませんのは、本当に、きわめて煩悩が盛んであるからなのです。この世に別れることが惜しくつらいと思っても、この世との縁が切れて、力尽きて命が終わる時に、あの浄土へは参るはずのものなのだ。仏は、速やかに参りたい心持のない者をば、特に、憐《あわ》れみをおかけになるのである。この事によってこそ、ますます仏の大慈悲心・大誓願は頼もしく、浄土への往生は確定していると思います。

　もしも、念仏する時に、勇んで躍り上がったり、非常に喜んだりする心があり、速やかに浄土へも参りたいと思うようであれば、自分の身には煩悩がないのであろうかというこことになり、かえっていけないことでしょう。

——一、「念仏申《まう》し候《さうら》へども、踊躍《ゆやく》・歓喜《くわんぎ》の心《こころ》おろそかに候ふこと、また、

急《いそ》ぎ浄土《じやうど》へ参《まゐ》りたき心の候はぬは、如何《いかに》と候ふべき事にて候ふやらん」と申し入れて候ひしかば、

親鸞《しんらん》もこの不審《ふしん》ありつるに、唯円房《ゆいゑんばう》、同じ心にてありけり。

よくよく案《あん》じみれば、天《てん》に踊《をど》り、地《ち》に躍《をど》るほどに喜ぶべき事を喜ばぬにて、いよいよ、往生《わうじやう》は一定《いちぢやう》と思ひ給《たま》ふなり。喜ぶべき心を抑《おさ》へて、喜ばざるは、煩悩《ぼんなう》の所為《しよゐ》なり。しかるに、仏《ぶつ》、予《かね》て知《し》ろしめして、煩悩具足《ぐそく》の凡《ぼん》夫《ぶ》と仰《おほ》せられたることなれば、他力《たりき》の悲願《ひぐわん》はかくの如《ごと》きのわれらがためなりけりと知られて、いよいよ頼《たの》もしく覚《おぼ》ゆるなり。

また、浄土《じやうど》へ急ぎ参《まゐ》りたき心のなくて、いささか、所労《しよらう》のこともあれば、死なんずるやらんと、心細《こころぼそ》く覚《おぼ》ゆることも、煩悩の所為《しよゐ》なり。久遠劫《くをんごふ》より今まで流転《るてん》せる、苦悩《くなう》の旧里《きうり》は捨《す》て難《がた》く、未《いま》だ生《むま》れざる安養浄土《あんにやうじやうど》は恋《こひ》しからず候ふこと、まことに、よくよく、煩悩の興盛《こうじやう》に候ふにこそ。名残惜《なごりを》しく思へども、裟婆《しやば》の縁《えん》尽《つ》きて、力《ちから》なくして終《をは》る時に、かの土《ど》へは参るべきなり。急ぎ参りたき心なき者を、殊《こと》に憐《あはれ》み給ふなり。これにつけてこそ、いよいよ、大悲《だいひ》・大願《だいぐわん》は頼もしく、往生《わうじやう》は決定《けつぢやう》と存《ぞん》じ候へ。

踊躍《ゆやく》・歓喜《くわんぎ》の心《こころ》もあり、急ぎ浄土へも参りたく候はんには、煩悩のなきやらんと、悪《あ》しく候ひなまし。と云々《うんぬん》。

一〇 無義をもって義となす

一、「念仏においては、自力《じりき》のはからいのないこと（無義）を根本の教義（義）とするのである。念仏は、言葉で表すことができず、説明し尽すことができず、あれこれと考え量《はか》ることができないのであるから」と、親鸞聖人《しんらんしょうにん》はおっしゃいました。

一、「念仏には、無義《むぎ》を以《もつ》て義《ぎ》とす。不可称《ふかしやう》・不可説《ふかせつ》・不可思議《ふかしぎ》の故《ゆゑ》に」と仰《おほ》せ候《さうら》ひき。

親鸞の風景 ①

六角堂《ろっかくどう》

中京区烏丸《からすま》六角――京都のまんなか。ここに西国三十三所の第十八番札所、六角堂がある。近代的なビルに囲まれているものの、六角形のお堂の前には「観音菩薩《かんのんぼさつ》」と書かれた大きな赤い提灯がぶらさがり、線香の煙がもうもうと立ち上がって、札所の親しみやすさがにじみ出ている。

寺伝によると、聖徳太子が四天王寺《してんのうじ》の用材を得るために山城《やましろ》を訪れた折、この辺りの池で水浴みをした。それを終えて、かたわらに置いた持仏の如意輪観音像《にょいりんかんのんぞう》を手に取ろうとしたが、なぜか動かない。観音さまがここをお気に召したのだろう、とお堂を建てたという。

平安時代以降は観音霊場としてにぎわい、夢で観音のお告げを得るべく多くの人々がお堂に籠《こも》った。その群衆の中に、比叡山《ひえいざん》を飛び出した二十九歳の親鸞がいた。参籠《さんろう》九十五日目の夢に聖徳太子が現れ、法然《ほうねん》を訪ねることとなる(三一五頁)。迷いの中にいた親鸞が浄土宗へ向かう、いわばその後の人生を決定づけた瞬間であり、それを顕彰して境内に六角形の親鸞堂(写真)が建立された。

中世には上京《かみぎょう》の革堂《こうどう》に対する下京《しもぎょう》の町堂となり、有事のときは半鐘が鳴らされ、庶民たちはここに集まった。応仁《おうにん》の乱をはじめ何度も焼かれたものの、そのたびに町衆のエネルギーによって復活している。今も地元の人に「六角さん」と気軽に呼ばれるのは、長いこと町にぴたりと寄り添ってきたためであろう。

第二部　聖人の仰せにあらざる異義ども

さて、あの親鸞聖人《しんらんしようにん》がこの世においでになった昔に、志を同じくして、はるばると遠い京都に向って奮い立って徒歩の旅をし、同一の信心を持って、将来の浄土に思いを寄せて往生を願った仲間は、ともに聖人のご見解をお伺いしたのであるが、その人たちに付き従って念仏を唱える老人や若者などが数えきれないほどたくさんおいでになる中に、聖人の仰せになったお言葉ではない異端邪説の数々を、近頃は、しばしば口論し合っておられますということを、人づてに承っている。それら一つ一つが根拠のない理由は、以下に述べるとおりである。

——そもそも、かの御在生《ございしやう》の昔《むかし》、同じく志《こころざし》をして、歩《あゆ》みを遼遠《れうゑん》の洛陽《らくやう》に励《はげ》まし、信《しん》を一《ひと》つにして、心《こころ》を当来《たうらい》の報土《ほうど》に懸《か》けし輩《ともがら》は、同時《どうじ》に、御意趣《ごいしゅ》を承《うけたまは》りしかども、その人々に伴《ともな》ひて念仏申《まう》さるる老若《らうにやく》、その数《かず》を知らずおはします中《なか》に、上人《しやうにん》の仰《おほ》せにあらざる異義《いぎ》どもを、近来《きんらい》は、多く仰せられ合《あ》うて候ふ由《よし》、伝へ承る。謂《い》はれなき、条々《でうでう》の子細《しさい》のこと。

二 誓願《せいがん》と名号《みやうごう》の不思議

一、ただの一字も読み書きできないで念仏している仲間たちに向かって、「お前は、阿弥陀仏《あみだぶつ》の誓願の不思議な力（人間の思量を超えた絶対性）を信じて念仏を申すのか、または、阿弥陀仏の名号《みようごう》（仏菩薩の名。特に「南無阿弥陀仏《なむあみだぶつ》」の六字をいう）の不思議な力を信じて念仏を申すのか」と言って相手をびっくりさせて、この二つの不思議の内容をも明白に説明しないで、他人の心を混乱させること。このことは、よくよく注意して理解しなくてはならない。

阿弥陀仏は誓願の不思議な力によって、保ちやすく唱えやすい「南無阿弥陀仏」（「南無」は絶対的に帰依《きえ》する意）という名号を考え出されて、この名を唱える者を浄土へ迎え入れようというお約束をされたのであるから、まず第一に、阿弥陀仏の大慈悲・大誓願の不思議な力によりお助けをこうむって、生と死を続けている迷いの境界を離れ去ることができると信じて、自然に念仏が口をついて出るのも阿弥陀如来《あみだにょらい》のおはからいによるのだと思うと、少しも自分の考えが混じり合わないので、阿弥陀仏の本願と完全に一体となり、真実の極楽浄土に往生するのである。これは、誓願の不思議な力を専一に信じ申し上げれば、名号の不思議な力も十分に具《そなわ》るということで、誓願と名号との不思議な力が一つになって、まったく相違することがないのである。

次に、自分の考えを心の中に抱いて、人間の行為の善と悪との二つについて、善行は往生の助けとなり、悪行は往生の妨げとなると、二通りに分けて思うのは、阿弥陀仏の誓願の不思議な力を信頼しないで、自分の考えにより、往生のための行為を努力してやり、申すところの念仏をも自力《じりき》による修行としてしまう。こういう人は、名号の不思議な力をもまた信じないのである。信じなくとも、辺地《へんじ》・懈慢《けまん》・疑城《ぎじょう》・胎宮《たいぐ》という仮の浄土に往生したうえで、自力による念仏者を他力に転じて極楽往生させたいという阿弥陀仏の誓願にもとづいて、最終的には真実の浄土に往生するのは、名号の不思議な力によるのである。これは、そのまま、誓願の不思議な力によることだから、この二つは別のものではなく、まったく一体のものであるはずである。

一《ひとつ》、一文不通《いちもんふつう》の輩《ともがら》の念仏申《ねんぶつまう》すにあうて、「汝《なんぢ》は、誓願不思議《せいぐわんふしぎ》を信じて念仏申すか、また、名号不思議《みやうがうふしぎ》を信ずるか」と言ひ驚かして、二つの不思議を、子細《しさい》をも分明《ふんみやう》に言ひ開《ひら》かずして、人の心を惑《まど》はす事。この条《でう》、返《かへ》す返《がへ》すも、心を留《とど》めて、思《おも》ひ分《わ》くべきことなり。

誓願《せいぐわん》の不思議《ふしぎ》によりて、易《やす》く持《たも》ち、称《とな》へ易《やす》き名号《みやうがう》を案《あん》じ出《いだ》し給ひて、この名字《みやうじ》を称へん者を迎《むか》へ取らんと御約束《おんやくそく》あることなれば、まづ、弥陀《みだ》の大《だい》悲《ひ》・大願《だいぐわん》の不思議に助けられ参《まゐ》らせて、生死《しやうじ》を出《い》づべしと信じて、念仏の申さるるも如来《にょらい》の御計《おんはから》ひなりと思へば、少《すこ》しも、自《みづか》らの計ひ交《まじ》はらざるが故《ゆゑ》に、本願《ほんぐわん》に相応《さうおう》して、実報土《じつぽうど》に往生《わうじやう》するなり。これは、誓願の不思議をむねと信じ奉《たてまつ》れば、名号の不思議も具足《ぐそく》して、誓願・名号の不思議一《ひと》つにして、さらに、異《こと》なることなきなり。

次に、自《みづか》らの計ひを挟《さしはさ》みて、善《ぜん》・悪《まく》の二つにつきて、往生の助《たす》け・障《さは》り、二様《ふたやう》に思ふは、誓願の不思議をば頼《たの》まずして、わが心に往生の業《ごふ》を励《はげ》みて、申す所《ところ》の念仏をも自行《じぎやう》になすなり。この人は、名号の不思議をもまた信ぜざるなり。信ぜざれども、辺地《へんぢ》・懈慢《けまん》・疑城《ぎじやう》・胎宮《たいぐ》にも往生して、果遂《くわすい》の願《ぐわん》の故に、つひに報土《ほうど》に生《しやう》ずるは、名号不思議の力なり。これ、即《すなは》ち、誓願不思議の故なれば、ただ一つなるべし。

三 学問と往生

一、お経やその注釈を読んで学問しない人たちは、往生は確実でないとのこと。これは、非常に何とも言いようがない、ひどい説と言わねばならない。

他力が絶対の真実である主旨を説き明かしている多くの正しい教えは、本願を信じて念仏を申すなら仏と成る、とお説きになっている。それ以外に、どんな学問が往生のために必要なのであろうか。本当に、この道理に迷っているような人は、どのようにでも学問をして、本願の主旨を知るべきである。お経や注釈を読んで学問するといっても、聖教《しょうぎょう》の根本の真意が会得できないのでは、はなはだかわいそうなことである。

一字も読み書きできず、お経や注釈の筋道《すじみち》もわからないような人が、たやすく唱えられるための「南無阿弥陀仏《なむあみだぶつ》」という名号《みょうごう》であるから、念仏の行《ぎょう》を「易行《いぎょう》」というのである。学問を専門とするのは、自力《じりき》による修行中心の聖道門《しょうどうもん》（二四九頁参照）である。困難な道であるから「難行《なんぎょう》」と名づけるのである。思い誤って学問して、名声や財物を得たいと執着している人は、来世において浄土へ往生できるかどうか疑わしいという証拠となる文書もあるはずなのです。

このごろ、念仏を専一に唱える人たちと聖道門の人たちとが、仏法の教理についての論争を企てて、「我が宗派こそすぐれているが、他人の宗派は劣等だ」と言っている。そうこうするうちに、他宗に敵対する者も現れ、仏法を悪く言うことも生ずるのである。このような事は、ことごとく、自分から仏の教えを悪く言うことになるではないか。

仮に、諸宗派がみなそろって、「念仏は、取るに足らぬ人のためのものである。その教えは、浅薄だ、低劣だ」と言っても、少しも口争いしないで、「私どものように、最下等の素質の凡人で、一字も読み書きできない者が、信心すれば救われるということを伺って信じておりますので、もっと上等の素質の人には低級であっても、私どもにとっては、この念仏の宗旨は最高の仏の教えであらせられる。たとい、ほかの教義がすぐれているとしても、自分にとっては能力が及ばないので、その修行に励むことは難しい。誰《だれ》もが生死《しょうじ》の迷いの世界を離れ去ることこそ、諸々の御仏たちの根本の願いであらせられるのだから、念仏を妨害なさってはいけません」と言って、憎らしい様子を示さなければ、どんな人が害を加えようか。その上に、「論争の場合には、心身を悩ます妄念が多く起こるものである。智慧《ちえ》のある僧は、論争の場から遠く離れ去らなくてはならぬ」（『大宝積経《だいほうしゃくきょう》』巻九二及びそれを引用した『往生要集《おうじょうようしゅう》』に載る）という趣旨の証拠となる文書もあるのですから。

亡き親鸞聖人《しんらんしょうにん》のお言葉には、「この念仏によって往生できるという教えをば、信ずる人間もあれば、悪く言う人間もあるはずだというのは、仏が説いておられることであるから、私はすでに信じ申し上げているが、それとはまた別に、悪く言う人もいるので、仏の説法は真実なものなのだなあと知られるのです。それゆえ、浄土への往生は、ますます確実であると思います。もし、悪く言う人がおりませんような場合には、信心する人はあっても、悪く言う人がどうしていないのかとも思われてくるでありましょう。このように申しても、必ずしも他人に悪く言われようというのではない。仏が、あらかじめ、信ずる人と悪く言う人とが一緒にあるに違いないことを承知しておられて、信じる人に疑いを起させまいとして説いておかれたことを申すのである」とございました。

今の世の人は、学問をして他人の悪口を止《や》めさせようとし、ただただ論義・問答が大切だと考えておられるのでありましょうか。学問をするなら、ますます阿弥陀仏の根本のご意志を知り、その慈悲の願いの限りなく広く大きいご趣旨をも心得て、自分のような下劣な身では浄土への往生はどうであろうかなどと懸念《けねん》するような人にも、阿弥陀仏の本願には、善人と悪人、心の清らかな人と汚《けが》れた人というような区別がないことを説き聞かせてこそ学者としての価値もございましょうが、時おり、何の深い考えもなくて無心に阿弥陀仏の本願にぴったり適合して念仏する人を「学問すればこそ往生は確定するのだ」などと言って威《おど》すことは、仏法の妨げをする悪魔であり、仏に怨《うら》みを持つ敵である。そういう学者は、自分自身、阿弥陀仏の他力《たりき》への信心が欠けているだけではなく、間違って他人をも迷わせようとするのである。よくよく気をつけて畏《おそ》れなければならぬ、先師、親鸞聖人《しんらんしょうにん》のお心に違反することを。合わせて、かわいそうだと思わなくてはならぬ、阿弥陀仏の本願にはずれていることを。

一、経釈《きやうしやく》を読み、学《がく》せざる輩《ともがら》、往生不定《わうじやうふぢやう》の由《よし》の事。この条《でう》、頗《すこぶ》る、不《ふ》足言《そくげん》の義《ぎ》と言ひつべし。

他力真実《たりきしんじつ》の旨《むね》を明《あか》せる、もろもろの正教《しやうけう》は、本願《ほんぐわん》を信じ、念仏を申《まう》さば、仏《ぶつ》に成《な》る。その外《ほか》、何《なに》の学問かは往生の要《えう》なるべきや。まことに、この理《ことわり》に迷《まよ》へらん人は、いかにもいかにも、学問して、本願の旨《むね》を知るべきなり。経釈《きやうしやく》を読み、学《がく》すといへども、聖教《しやうげう》の本意《ほんい》を心得《こころえ》ざる条《でう》、尤《もつと》も不便《ふびん》の事なり。

一文不通《いちもんふつう》にして、経釈《きやうしやく》の行《ゆ》く路《ぢ》も知らざらん人の、称《とな》へ易《やす》からんための名号《みやうがう》におはします故《ゆゑ》に、易行《いぎやう》と言ふ。学問をむねとするは、聖道門《しやうだうもん》なり。難行《なんぎやう》と名付《なづ》く。誤《あやま》つて学問して、名聞《みやうもん》・利養《りやう》の思ひに住《ぢゆう》する人、順次《じゆんじ》の往《わう》生《じやう》いかがあらんずらんといふ証文《しようもん》も候《さうら》ふべきなり。

当時《たうじ》、専修念仏《せんじゆねんぶつ》の人と聖道門の人、法論《ほふろん》を企《くはた》てて、「我が宗《しゆう》こそ優《すぐ》れたれ、人《ひと》の宗は劣《おと》りなり」と言ふほどに、法敵《ほふてき》も出《い》で来《きた》り、謗法《はうぼふ》も起る。これ、しかしながら、自《みづか》ら、我が法《ほふ》を破謗《ははう》するにあらずや。

たとひ、諸門挙《しよもんこぞ》りて、「念仏は、かひなき人のためなり。その宗、浅《あさ》し、賤《いや》し」と言ふとも、さらに争《あらそ》はずして、「我等《われら》が如《ごと》く、下根《げこん》の凡夫《ぼんぶ》、一文《いちもん》不通《ふつう》の者《もの》の、信ずれば助かる由《よし》承《うけたまは》りて信じ候へば、さらに上根《じやうこん》の人のためには賤《いや》しくとも、我等がためには、最上《さいじやう》の法《ほふ》にてまします。たとひ、自《じ》余《よ》の教法《けうぼふ》優《すぐ》れたりとも、自《みづか》らがためには、器量《きりやう》及《およ》ばざれば、勤《つと》め難《がた》し。我《われ》も人も生死《しやうじ》を離《はな》れんことこそ、諸仏《しよぶつ》の御本意《ごほんい》にておはしませば、御妨《おんさまた》げあるべからず」とて、憎《にく》いけせずは、誰《たれ》の人かありて、仇《あた》をなすべきや。かつは、諍論《じやうろん》の処《ところ》には、もろもろの煩悩《ぼんなう》起る。智者遠離《ちしやをんり》すべき由の証文《しようもん》候ふにこそ。

故聖人《こしやうにん》の仰《おほ》せには、「この法をば、信ずる衆生《しゆじやう》もあり、謗《そし》る衆生もあるべしと、仏《ぶつ》説き置かせ給ひたることなれば、我は既《すで》に信じ奉《たてまつ》る、また、人ありて謗るにて、仏説実《ぶつせつまこと》なりけりと知られ候ふ。しかれば、往生は、いよいよ、一定《いちぢやう》と思ひ給ふなり。誤《あやま》つて、謗る人の候はざらんにこそ、いかに、信ずる人はあれども、謗《そし》る人のなきやらんとも覚《おぼ》え候ひぬべけれ。かく申せばとて、必ず、人に謗られんとにはあらず。仏《ぶつ》の、かねて、信《しん》・謗共《ばうとも》にあるべき旨《むね》を知ろしめして、人の疑《うたが》ひをあらせじと説《と》き置《お》かせ給ふことを申すなり」とこそ候ひしか。

今《いま》の世《よ》には、学文《がくもん》して、人の謗《そし》りを止《や》め、偏《ひと》へに、論義《ろんぎ》・問答《もんだふ》むねとせんと構《かま》へられ候《さうら》ふにや。学問せば、いよいよ、如来《にょらい》の御《ご》本意《ほんい》を知り、悲願《ひぐわん》の広大《くわうだい》の旨《むね》をも存知《ぞんぢ》して、賤《いや》しからん身にて往生《わうじやう》はいかがなんど危《あやぶ》まん人にも、本願《ほんぐわん》には善悪《ぜんまく》・浄穢《じやうゑ》なき趣《おもむき》をも説《と》き聞《き》かせられ候はばこそ、学生《がくしやう》のかひにても候はめ、たまたま、何心《なにごころ》もなく、本願に相応《さうおう》して念仏する人をも、学文《がくもん》してこそなんど言ひ威《をど》さるること、法《ほふ》の魔障《ましやう》なり、仏《ぶつ》の怨敵《をんでき》なり。自《みづか》ら、他力《たりき》の信心欠《か》くるのみならず、誤《あやま》って、他《た》を迷《まよ》はさんとす。慎《つつし》んで畏《おそ》るべし、先師《せんし》の御心《おんこころ》に背《そむ》くことを。かねて憐《あはれ》むべし、弥陀《みだ》の本願《ほんぐわん》にあらざることを。

一三 本《ほん》願《がん》ぼこり

一、阿《あ》弥《み》陀《だ》仏《ぶつ》の本願が人間の思量を越えた絶大なものであらせられるからといって、自分の悪い行いを畏《おそ》れないのは、「本願ぼこり」（阿弥陀仏の本願が特に悪人を目ざして救い給うことから、何をやっても救われると思い、つけ上がって誇らしげに振る舞うこと。反対派の人々が作り出した言葉）といって、往生を果たせるはずがないということ。これは、本願の力を疑い、この世での善行・悪行が前世の行いによることを理解していないのである。

人に善《よ》い心の生ずるのも、前世の善い行いがそのようにさせるからである。悪い事が自然に心に思い浮び、また実行されるようになるのも、前世の悪行がはたらきかけるからである。亡き聖人《しょうにん》のお言葉には、「兎《うさぎ》の毛や羊《ひつじ》の毛の先についている塵《ちり》ほどの罪でも、前世の行いにもとづかぬことはないのだと知るべきである」とございました。

また、ある時、聖人から「唯円房《ゆいえんぼう》は、私の言うことを信ずるか」というお言葉がございましたので、「信じます」と申しましたところ、「それなら、私がこれから言うことに背くまいか」と、もう一度おっしゃいましたので、かしこまって承知いたしましたところ、「まず、人を千人殺してくれないか。そうするなら、往生は確定するだろう」とおっしゃいました時に、「お言葉ではございますが、人一人も、この私の能力では殺すことができるとも思われません」と申し上げましたところ、「それでは、どうしてこの親《しん》鸞《らん》が言うことに背くまいと言うのか」と言われ、続けて「これでわかるだろう。どんなことでも自分の思いどおりになることであるなら、往生のために『千人殺せ』と私が言う時に、即座に殺すことができるのだ。しかしながら、人殺しをする因縁が存しないことによって、一人も殺さないのだ。自分の心が善《よ》いから殺さないのではないのだ。また、殺すまいと思っていても、百人、千人を殺すこともあるだろう」というお言葉がございましたが、それは、私どもが、自分の心が善いことが往生のためには善いと思い、自分の心が悪いことが悪いと思い込んで、阿弥陀仏が本願の不思議な力で私どもをお助けになるということがわかっていないということをおっしゃったのです。

親鸞聖人ご在世のその昔、邪説に陥っている人がいて、悪事をしでかした者を救おうというのが阿弥陀仏の本願であるからといって、故意に好んで悪事をしでかして、それを往生のための行為としなくてはならないということを言って、次第に悪い噂《うわさ》が聞えてきました時に、聖人がお便りに「薬があるからといって、毒を好んで飲んではならぬ」とお書きになりましたのは、そのような誤った考えに執着することをやめさせようとするためである。けっして悪事は往生の妨げであると言われたのではない。「戒律を保つ人だけが本願を信ずることができるなら、私どもは、どうして生死《しょうじ》を繰り返す迷いの境地から離れられようか」と聖人は仰せられた。このようなひどく情けない身も、本願にめぐり逢わせていただいたからこそ、本当に誇らしげになるのです。だからといって、我が身に縁のない悪い行いは、けっして自然にしでかすようにはならないものですよ。

また、「海や河で網を引き釣りをして生活を営む者も、野や山で獣をとらえ鳥をつかまえて生き続ける者も、商売をし、田畑を耕作して過す者も、次の点に関してはまったく同じことなのだ」と聖人は言われ、さらに「しかるべき因縁がはたらけば、どのような行動もするであろう」と仰せになりましたのに、この頃は、浄土往生を願う者らしく振舞って、善いことをする者だけが念仏を申してよいように言い、あるいは念仏道場に貼紙《はりがみ》をして「これこれのことをしでかすような者をば、道場へ入れてはならぬ」などと言うことは、ひたすらに賢く善事を行い、仏道修行に専心して励む様子を表面《うわべ》に示しながら、心の中には嘘偽りの思いを持ち続けている者ではないか。

本願に甘えてしでかす罪も、前世の行いが引き起こすからである。だから、善事につけても、悪事につけても、前世の行いの報いのままに任せて、ひたすら本願をお頼り申し上げればこそ、他力《たりき》なのであります。『唯信鈔《ゆいしんしょう》』（安居院法印聖覚《あぐいのほういんせいかく》の著書。親鸞はこの書を重んじた）の中にも、「阿弥陀仏にどれほどの力がおありになるのかを知りながら、罪を犯した身であるから、救われ難《がた》いと思うのであろうか」とあるのですぞ。本願を誇って甘える心持があるからこそ、阿弥陀仏の他力を頼る信心も確実になるはずのことでございます。

人が悪い行いや煩悩を完全に断ち切って、その後に本願を信ずるのなら、本願に甘える心持もなくてよいはずであるのに、煩悩を断ち切ってしまえば、即座に覚《さと》りに達した仏と成るのであって、こうした仏のためには、五劫《ごこう》（無限に近い時間）のきわめて長い間、深く考えをめぐらされて立てられた阿弥陀仏の本願は、意味のないものになりましょう。一部の信者たちを本願ぼこりだと言って誡《いまし》められる人たちも、煩悩も身の不浄も十分に具《そな》えていらっしゃるように見受けられる。それこそ本願を誇って甘えておられるのではないか。どういう悪事を本願ぼこりと言うのか。また、どういう悪事が本願ぼこりでないのでありましょうぞ。本願ぼこりがよくないという人たちは、かえって考えが幼稚なことなのだなあ。

一《ひとつ》、弥陀《みだ》の本願《ほんぐわん》不思議《ふしぎ》におはしませばとて、悪《あく》を畏《おそ》れざるは、また、本願ぼこりとて、往生叶《わうじやうかな》ふべからずといふこと。この条《でう》、本願を疑ひ、善《ぜん》

悪《まく》の宿業《しゆくごふ》を心得《こころえ》ざるなり。

善《よ》き心の起るも、宿善《しゆくぜん》の催《もよほ》す故《ゆゑ》なり。悪事《あくじ》の思はれ、せらるるも、悪業《あくごふ》の計《はから》ふ故《ゆゑ》なり。故聖人《こしやうにん》の仰《おほ》せには、「卯毛《うのけ》・羊毛《ひつじのけ》の尖《さき》に居《ゐ》る塵《ちり》ばかりも造《つく》る罪《つみ》の、宿業にあらずといふことなしと知るべし」と候《さう》ひき。

また、或時《あるとき》、「唯円房《ゆいゑんばう》は、我が言ふことをば信ずるか」と仰《おほ》せの候ひし間《あひだ》、「さん候《ざうら》ふ」と申し候《まう》ひしかば、「さらば、言はんこと違《たが》ふまじきか」と重《かさ》ねて仰せの候ひし間《あひだ》、慎《つつし》んで領状《りやうじやう》申して候ひしかば、「例《たと》へば、人《ひと》千人殺《せんにんころ》してんや。しからば、往生は一定《いちぢやう》すべし」と仰せ候ひし時、「仰せにては候へども、一人《いちにん》も、この身の器量《きりやう》にては、殺しつべしとも覚《おぼ》えず候《さうら》ふ」と申して候ひしかば、「さては、いかに、親鸞《しんらん》が言ふことを違《たが》ふまじきとは言ふぞ」と。「これにて知るべし。何事《なにごと》も心に任《まか》せたることならば、往生のために千人《せんにん》殺せと言はんに、即《すなわ》ち殺すべし。しかれども、一人《いちにん》にても、叶《かな》ひぬべき業縁《ごふえん》なきによりて、害《がい》せざるなり。我が心の善くて、殺さぬにはあらず。また、害せじと思ふとも、百人、千人を殺すこともあるべし」と仰せの候ひしかば、我等《われら》が、心の善きをば善しと思ひ、悪《あ》しき事をば悪しと思ひて、願《ぐわん》の不思議《ふしぎ》にて助け給《たま》ふといふことを知らざることを、仰せの候ひしなり。

そのかみ、邪見《じやけん》に堕《お》ちたる人あつて、悪を造《つく》りたる者を助けんといふ願《ぐわん》にてましませばとて、わざと、好《この》みて悪を造りて、往生の業《ごふ》とすべき由《よし》を言ひて、やうやうに、悪《あ》し様《ざま》なる事の聞《きこ》え候ひし時、御消息《ごせうそく》に、「薬《くすり》あればとて、毒《どく》を好むべからず」とあそばされて候ふは、かの邪執《じやしふ》を止《や》めんがためなり。全《まつた》く、悪は往生の障《さは》りたるべしとにはあらず。「持戒《ぢかい》・持律《ぢりつ》にてのみ本願を信ずべくは、我等、いかでか、生死《しやうじ》を離《はな》るべきや」と。かかる、あさましき身も、本願《ほんぐわん》にあひ奉《たてまつ》りてこそ、げにほこられ候へ。さればとて、身《み》に具《そな》へざらん悪業《あくごふ》は、よも造《つく》られ候はじものを。

また、「海河《うみかは》に網《あみ》を曳《ひ》き、釣《つり》をして世を渡《わた》る者も、野山《のやま》に獣《しし》を狩《か》り、鳥を捕《と》りて、命《いのち》を継《つ》ぐ輩《ともがら》も、商《あきな》ひをし、田畠《でんばく》を作りて過《す》ぐる人も、ただ同じことなり」と。「さるべき業縁《ごふえん》の催《もよほ》さば、いかなる振舞《ふるまひ》もすべし」とこそ、聖人は仰《おほ》せ候ひしに、当時《たうじ》は、後世者《ごせしや》ぶりして、善《よ》からん者《もの》ばかり念仏申《まう》すべき様《やう》に、或《あるい》は道場《だうぢやう》に張文《はりぶみ》をして、何々《なんなん》の事したらん者をば、道場へ入《い》るべからずなんどと言ふこと、偏《ひと》へに、賢善《けんぜん》・精進《しやうじん》の相《さう》を外《ほか》に示《しめ》して、内《うち》には虚仮《こけ》を抱《いだ》ける者か。

　願《ぐわん》にほこりて造らん罪も、宿業《しゆくごふ》の催《もよほ》す故《ゆゑ》なり。されば、善《よ》きことも、悪《あ》しきことも、業報《ごふほう》にさし任《まか》せて、偏へに、本願を頼《たの》み参《まゐ》らすればこそ、他《た》力《りき》にては候へ。『唯信鈔《ゆいしんせう》』にも、「弥陀《みだ》、いかばかりの力《ちから》ましますと知りてか、罪業《ざいごふ》の身《み》なれば救《すく》はれ難《がた》しと思ふべき」と候ふぞかし。本願にほこる心のあらんにつけてこそ、他力を頼む信心も決定《けつぢやう》しぬべきことにて候へ。

　おほよそ、悪業《あくごふ》・煩悩《ぼんなう》を断《だん》じ尽《つく》して後《のち》、本願を信ぜんのみぞ、願《ぐわん》にほこる思ひもなくてよかるべきに、煩悩を断《だん》じなば、即《すなは》ち仏《ぶつ》に成《な》り、仏のためには、五劫思惟《ごこふしゆい》の願、その詮《せん》なくやましまさん。本願ぼこりと誡《いまし》めらるる人々も、煩悩・不浄具足《ふじやうぐそく》せられてこそ候ふげなれ。それは、願にほこらるるにあらずや。いかなる悪を本願ぼこりといふ。いかなる悪かほこらぬにて候ふべきぞや。却《かへ》りて、心幼《こころをさな》きことか。

一四 滅罪の利益《りやく》

一、一度の念仏によって、八十億劫《はちじゆうおくこう》（限りなく長い時間）もの長い間苦しまなくてはならない重い罪を消し去ることになる、と信じて、念仏せよということ。これは、十悪罪（人間の十種の罪悪。殺生《せつしよう》、偸盗《ちゆうとう》、邪淫《じやいん》、妄語《もうご》、綺語《きご》、悪口《あくく》、両舌《りようぜつ》、貪欲《とんよく》、瞋恚《しんい》、邪見《じやけん》）・五逆罪（五種の極悪罪。母を殺す、父を殺す、聖者を殺す、仏を傷つけ血を流させる、教団の統一を破る）という重い罪を犯した罪人が、ふだんは念仏を申さないで、この世の命の終る時に、初めて高徳の僧の教えを受けて、一度念仏をすれば、八十億劫も苦しむ罪を消し去り、十度の念仏を申すならば、八十億劫の十倍も苦しむ重い罪を消し去って、浄土に往生すると言っているのである。これは、十悪罪・五逆罪がどんなに重い罪であるかをわからせるために、一度の念仏、十度の念仏と言ったもので、念仏の、罪を消し去る利益のことを説いたものである。しかし、その程度では、まだ私たちの信心しているところには及ばないのである。

その訳は、阿弥陀仏《あみだぶつ》の放たれる光明に照らされて、その本願《ほんがん》に頼りきろうとする心が生ずる時に、無上の堅い信心をいただくのであって、そのときすでに、阿弥陀仏は必ず往生・成仏することに定まった境地に私たちを受け入れてくださり、命が終るときには、多くの煩悩や仏道の妨げを転換させて、不生不滅の真理を覚《さと》らせてくださるのである。こうした慈悲心にもとづく本願があらせられないならば、このようなあまりにもひどい罪を犯した人が、どうして生死《しようじ》の迷いから離れ去ることができようかと思って、一生の間に唱える念仏は、みなすべて阿弥陀如来《あみだにょらい》の大いなる慈悲心のご恩に報い、その恩恵に感謝することだと思うべきである。

念仏を唱えるたびに自分の罪を消してしまえると信ずることは、まさしく、自分から進んで罪を消し去って往生しようと努めることなのであります。もしもそのように努めるなら、一生の間に何を思っても、すべては生死を繰り返す迷いの境地にしばりつける束縛《そくばく》でないものはないのであるから、命がなくなる時まで念仏をしつづけてはじめて往生できる。とはいっても、私たちの生は前世の行いの報いに制約されているのだから、どのような思いがけない事実に出会うかもしれず、あるいはまた、病気の苦悩が苦痛となり、安定しない心のまま命が終るような場合には、念仏を申すことは難しくなる。そのように念仏ができない間に犯した罪は、どのようにして消し去ることができるのか。

もし罪が消え去らなければ、往生は遂げることができないのか。

衆生を浄土に摂《おさ》め取ってお捨てにならない阿弥陀仏の本願をお頼り申し上げるなら、どのような思いがけない事が起きて、罪をしでかして、念仏を唱えないで命が終っても、直ちに浄土への往生を遂げるはずである。あるいはまた、今すぐにも浄土に往生して覚《さと》りを開き仏に成ろうとする臨終の時期が近づくにつれて、おのずから念仏を申すようになるのも、ますます阿弥陀仏のお力をお頼り申し上げ、そのご恩にお報い申し上げるための念仏なのでございましょう。

一度や十度の念仏によって自分の罪を消し去ろうと思うようなことは、自分の力を頼りにする心持であって、それはまた、臨終に際して乱れぬ安定した心で念仏して往生しようと仏に祈願する人の本心であるから、それでは阿弥陀仏の他力への信心がないことなのであります。

一《ひとつ》、一念《いちねん》に八十億劫《はちじふおくこふ》の重罪《ぢゆうざい》を滅《めつ》すと信ずべしといふこと。この条《でう》は、十悪《じふあく》・五逆《ごぎやく》の罪人《ざいにん》、日ごろ、念仏を申さずして、命終《みやうじゆ》の時、初《はじ》めて、善知識《ぜんちしき》の教《をし》へにて、一念申せば、八十億劫の罪《つみ》を滅し、十念《じふねん》申せば、十《と》八十億劫《はちじふおくこふ》

の重罪を滅して、往生《わうじやう》すと言へり。これは、十悪・五逆の軽重《きやうぢゆう》を知らせんがために、一念・十念と言へるか。滅罪《めつざい》の利益《りやく》なり。未《いま》だ、我等《われら》が信ずる所に及ばず。

その故《ゆゑ》は、弥陀《みだ》の光明《くわうみやう》に照《てら》され参《まゐ》らする故に、一念発起《いちねんほつき》する時、金剛《こんがう》の信心《しんじん》を賜《たま》はりぬれば、既《すで》に、定聚《ぢやうじゆ》の位《くらゐ》に摂《をさ》めしめ給ひて、命終《みやうじゆ》すれば、もろもろの煩悩《ぼんなう》・悪障《あくしやう》を転《てん》じて、無生忍《むしやうにん》を覚《さと》らしめ給ふなり。この悲願《ひぐわん》ましまさずは、かかるあさましき罪人《ざいにん》、いかでか生死《しやうじ》を解脱《げだつ》すべきと思ひて、一生《いつしやう》の間《あひだ》申す所《ところ》の念仏は、皆、悉《ことごと》く、如来大悲《によらいだいひ》の恩《おん》を報《ほう》じ、徳《とく》を謝《しや》すと思ふべきなり。

念仏申さん毎《ごと》に、罪を滅《ほろぼ》さんと信ぜんは、既に、われと罪《つみ》を消《け》して、往生せんと励《はげ》むにてこそ候《さうら》ふなれ。もししからば、一生の間《あひだ》、思ひと思ふこと、皆《みな》、生死《しやうじ》の絆《きづな》にあらざることなければ、命尽《いのちつ》きんまで、念仏退転《たいてん》せずして、往生すべし。ただし、業報限《ごふほうかぎ》りあることなれば、いかなる不思議《ふしぎ》の事にも逢《あ》ひ、また、病悩《びやうなう》、苦痛《くつう》を責《せ》めて、正念《しやうねん》に住《ぢゆう》せずして終《をは》らん、念仏申すこと難《かた》し。その間《あひだ》の罪をば、いかがして滅《めつ》すべきや。罪消《き》えざれば、往生は叶《かな》ふべからざるか。

摂取不捨《せつしゆふしや》の願《ぐわん》を頼《たの》み奉《たてまつ》らば、いかなる不思議ありて、罪業《ざいごふ》を犯《をか》し、念仏申さずして終《をは》るとも、速《すみや》かに、往生を遂《と》ぐべし。また、念仏の申されんも、ただ今、覚《さと》りを開《ひら》かんずる期《ご》の近づくに随《したが》ひても、いよいよ、弥陀《みだ》を頼み、御恩《ごおん》を報《ほう》じ奉るにてこそ候《さうら》はめ。

罪《つみ》を滅《めつ》せんと思はんは、自力《じりき》の心《こころ》にして、臨終正念《りんじゆうしやうねん》と祈《いの》る人の本意《ほんい》なれば、他力の信心なきにて候ふなり。

一五 煩悩具足《ぼんのうぐそく》の覚《さと》り

一、煩悩《ぼんのう》を十分に持っている、この身のままで、完全に覚《さと》りを開いて仏に成るということ。これは、とんでもないことであります。

現世の肉身のままで仏と成るという即身成仏《そくしんじようぶつ》は、真言宗の密教の根本の教理であり、手に印を結び、口で真言を唱え、心を集中させる「身《しん》・口《く》・意《い》」の修行を積んで獲得した覚りである。同じくまた、人間の六つの感覚や精神（眼、耳、鼻、舌、身、意）を浄化することは、『法華経《ほけきょう》』に説かれる無上の教えであり、身安楽行《しんあんらくぎょう》、口《く》安楽行、意《い》安楽行、誓願《せいがん》安楽行という身心に安楽をもたらす四つの行を修めた結果得られる功徳である。これらはすべて、能力のすぐれた人の修行であり、仏を観察して仏法の真理を思念することで得られる覚りなのである。これに対して、来世に生れて覚りを開くことは、仏の他力《たりき》にもとづく浄土門《じょうどもん》の中心をなす教理であって、信心が固く定まったときに与えられる。これはまた、易行他力の浄土門における、能力の劣った人の勤め行うところであり、善人・悪人をお選びにならない阿弥陀仏《あみだぶつ》の教えなのである。

この現世においては、煩悩や悪を完全に断ち切ることは非常に困難であるから、真言宗や天台法華宗の教えを修行する汚《けが》れのない清僧は、それでもやはり来世での覚りを仏に祈願するのである。まして、煩悩の多い我らが来世での覚りを願うのは当然のことである。戒律を守る一切の行動と、智慧《ちえ》の働きによる正しい理解とを共に持たなくとも、阿弥陀仏の本願という船に乗って、生死《しょうじ》を繰り返す迷いという苦しい海を渡り、真実の浄土の岸に着いてしまうと、煩悩という黒い雲もたちまち晴れ、真理を現す覚りの月がたちまちに出現して、あらゆる方面を照らして、遮《さえぎ》るもののない阿弥陀仏の光と一体となって、あらゆる人々に利益《りやく》を与えるのであり、真に覚りを開いたと言えるのでありま す。

この身のまま現世で覚りを開くと申します人は、釈尊のように、迷える者に対応してさまざまに変化した姿でもって出現し、三十二相（足裏に千輻輪《せんぷくりん》の紋があるなど、仏が備える三十二の優れた身体的特徴）や八十種好《しゅごう》（さらに微細な八十の優れた身体的特徴）をも十分に具《そな》えて、衆生に説法し、利益を与えなさるのでしょうか。こういう事をこそ、この世において覚りを開いて仏と成ることの手本とは申すのです。

親鸞聖人《しんらんしょうにん》の『和讃《わさん》』（仏・菩薩や先聖などを和語で讃嘆する歌謡）に、「金剛堅固《こんごうけんご》の信心の、定まる時を待ち得てぞ、弥陀の心光摂護《しんこうしょうご》して、永く生死を隔てける（この上なくしっかりした堅い信心が定まった時に阿弥陀仏の慈悲心の光が信者を摂《おさ》め取って護《まも》ってくださり、生死を繰り返す苦しみを永遠に遠ざけてくださることよ）」と言われますのは、信心が定まる時に、阿弥陀仏は私たちを摂め取ってお捨てにならないのであるから、六道《ろくどう》（地獄、餓鬼《がき》、畜生《ちくしょう》、修羅《しゅら》、人間、天上）という迷いの境地を廻《めぐ》り続けるはずがない。したがって、永遠に生死の迷いを遠ざけてくださるのですぞ。このように「了解する」ことを「覚《さと》る」ことと混同して言ってよいものなのか。そのように考え違いしている人は、まことに気の毒でありますなあ。「浄土教の真実の教えでは、この世で阿弥陀仏の本願を信じて、来世に浄土で覚りを開いて仏と成ると学びますのですぞ」と、亡き親鸞聖人《しんらんしようにん》は仰せになりました。

一《ひとつ》、煩悩具足《ぼんなうぐそく》の身《み》を以《もつ》て、既《すで》に、覚《さと》りを開《ひら》くといふこと。この条《でう》、以《もつ》ての外《ほか》の事に候《さうら》ふ。

即身成仏《そくしんじやうぶつ》は、真言秘教《しんごんひけう》の本意《ほんい》、三密行業《さんみつぎやうごふ》の証果《しようくわ》なり。六根清浄《ろつこんしやうじやう》は、また、法花一乗《ほつけいちじよう》の所説《しよせつ》、四安楽《しあんらく》の行《ぎやう》の感徳《かんとく》なり。これ皆《みな》、難行《なんぎやう》・上根《じやうこん》の勤《つと》め、観《くわん》念成就《ねんじやうじゆ》の覚《さと》りなり。来生《らいしやう》の開覚《かいかく》は、他力《たりき》・浄土《じやうど》の宗旨《しゆうし》、信心決定《しんじんけつぢやう》の通故《つうこ》なり。これまた、易行《いぎやう》・下根《げこん》の勤め、不簡善悪《ふけんぜんまく》の法《ほふ》なり。

おほよそ、今生《こんじやう》においては、煩悩《ぼんなう》・悪障《あくしやう》を断《だん》ぜんこと、極《きは》めて有《あ》り難《がた》き間《あひだ》、真言《しんごん》・法花《ほつけ》を行《ぎやう》ずる浄侶《じやうりよ》、なほもつて、順次生《じゆんじしやう》の覚《さと》りを祈る。いかに況《いは》んや。戒行《かいぎやう》・恵解《ゑげ》共《とも》に無しといへども、弥陀《みだ》の願船《ぐわんせん》に乗《じよう》じて、生死《しやうじ》の苦《く》海《かい》を渡《わた》り、報土《ほうど》の岸《きし》に着《つ》きぬるものならば、煩悩《ぼんなう》の黒雲《こくうん》速《はや》く晴れ、法性《ほつしやう》の覚月《かくげつ》速《すみや》かに現《あら》はれて、尽十方《じんじつぱう》の無碍《むげ》の光明《くわうみやう》に一味《いちみ》にして、一切《いつさい》の衆《しゆ》を利益《りやく》せん時にこそ、覚《さと》りにては候へ。

この身《み》を以《もつ》て覚りを開くと候ふなる人は、釈尊《しやくそん》の如《ごと》く、種々《しゆじゆ》の応化《おうげ》の身《しん》をも現《げん》じ、三十二相《さんじふにさう》・八十随形好《はちじふずいぎやうかう》をも具足《ぐそく》して、説法《せつぽふ》・利益《りやく》候ふにや。これをこそ、今生《こんじやう》に覚りを開く本《ほん》とは申し候へ。

『和讃《わさん》』に言《い》はく、「金剛堅固《こんがうけんご》の信心の、定まる時を待ち得《え》てぞ、弥陀の心光摂護《しんくわうせふご》して、永《なが》く生死《しやうじ》を隔《へだ》てける」とは候ふは、信心の定まる時に、一度摂取《ひとたびせつしゆ》して捨て給はざれば、六道《ろくだう》に輪廻《りんゑ》すべからず。しかれば、永く、生死をば隔て候ふぞかし。かくの如く知るを、覚《さと》るとは言ひ紛《まぎ》らかすべきや。哀《あは》れに候ふをや。「浄土真宗《じやうどしんしゆう》には、今生《こんじやう》に本願《ほんぐわん》を信じて、彼《か》の土《ど》にして覚りをば開くと習《なら》ひ候ふぞ」とこそ、故聖人《こしやうにん》の仰《おほ》せには候《さうら》ひしか。

一六 廻心《えしん》と自然《じねん》

一、本願を信じて念仏を唱える人が、もし偶然に腹を立てたり、悪い事をしでかしたり、信者仲間に向かって口論したりしたならば、そのたびに廻心《えしん》（今までの自力《じりき》に頼る心を転換させて、他力《たりき》の信心に入ること）せよということ。これは、往生のために悪を断ち切り、善を実行する心から言うのであろうか。

ひたすら念仏だけを実行する人にあっては、廻心ということは、生涯に一度だけあるはずである。その廻心とは、常日ごろ阿弥陀仏《あみだぶつ》の本願という他力を信ずる真実の教えを知らない人が、阿弥陀仏の智慧《ちえ》を頂いて、ふだんの心がけでは往生ができないと思い直して、今までの心がけを変えて、本願をお頼みすることをこそ、本当の廻心とは申すのであります。

あらゆる物事にわたって、朝でも夕方でも、いつでも廻心して、それで往生ができますなら、人の命は、出てゆく呼吸《いき》が入ってくるわずかの間をも待たないで終わることもあるはかないものだから、廻心もせず、柔和で迫害に忍耐強く堪えぬく心持になる前に命が終るような場合は、いかなる人をも摂《おさ》め取ってお捨てにならぬという阿弥陀仏の誓願は甲斐《かい》のないことにおなりになるのであろうか。

悪い事をするたびに廻心せよと言う人は、口では、誓願の力をお頼み申し上げると言いながら、心中では、どんなに悪人を助けようという本願が不思議であらせられるといっても、やはり善《よ》い行いをする人を特にお助けになるであろうと思うので、本願の力を疑い、他力をお頼み申し上げる心が抜け落ちて、真実ではない仮の浄土に往生することになるということは、非常に情けないこととお思いになるべきことなのである。

本願への信心が確定してしまえば、往生は、阿弥陀仏のおはからいで実現することであるから、自分のはからいによるはずがない。したがって、悪い行いをしても、ますます本願の力を敬い申し上げれば、おのずから然《しか》らしめる本願の道理によって、柔和で怒らずに耐え忍ぶ心も生じてくるであろう。万事に関して、往生については賢い考えをけっして身につけないで、ただ我を忘れてしみじみと、阿弥陀仏のご恩の深くて重いことを、いつでも思い出されるのがよいのである。そうすれば、おのずと念仏も口から出てくるようになるのです。これが「自然《じねん》」(弥陀の本願がおのずからそうさせること)というものである。自分で考えをめぐらさないことを「自然」と申すのである。これがそのまま、他力、すなわち阿弥陀仏の本願の力であらせられる。それなのに、この「自然」ということの意味がほかにあるように、自分こそ物知りだという顔つきで言う人がおりますということをお聞きしている。まことに情けないことでございます。

一《ひとつ》、信心の行者《ぎやうじや》、自然《しぜん》に、腹《はら》をも立て、悪《あ》し様《ざま》なる事をも犯《をか》し、同朋《どうぼう》・同侶《どうりよ》にもあひて口論《こうろん》をもしては、必ず廻心《ゑしん》すべしといふ事。この条《でう》、断《だん》悪《あく》・修善《しゆぜん》の心地《ここち》か。

一向専修《いつかうせんじゆ》の人《ひと》においては、廻心といふこと、ただ一度《ひとたび》あるべし。その廻心は、日ごろ、本願他力真宗《ほんぐわんたりきしんしゆう》を知らざる人、弥陀《みだ》の智慧《ちゑ》を賜《たまは》りて、日ごろの心にては往生叶《わうじやうかな》ふべからずと思ひて、本《もと》の心をひき変《か》へて、本願を頼《たの》み参《まゐ》らするをこそ、廻心とは申し候《さうら》へ。

一切《いつさい》の事《じ》に、朝《あした》・夕《ゆふべ》に廻心して、往生を遂《と》げ候ふべくは、人の命は、出《い》づる息《いき》、入《い》るほどを待たずして終《をは》ることなれば、廻心もせず、柔和《にうわ》・忍辱《にんにく》の思ひにも住《ぢゆう》せざらん先《さき》に、命尽《つ》きば、摂取不捨《せつしゆふしや》の誓願《せいぐわん》は空《むな》しくならせおはしますべきにや。

口《くち》には、願力《ぐわんりき》を頼《たの》み奉《たてまつ》ると言ひて、心《こころ》には、さこそ、悪人を助けんといふ願《ぐわん》、不思議《ふしぎ》にましますといふとも、さすが、善《よ》からん者をこそ助け給《たま》はんずれと思ふほどに、願力を疑ひ、他力を頼み参《まゐ》らする心欠《か》けて、辺地《へんぢ》の生《しやう》を受《う》けんこと、もつとも歎《なげ》き思《おも》ひ給ふべきことなり。

信心定《しんじんさだ》まりなば、往生は、弥陀に計《はから》はれ参《まゐ》らせてすることなれば、我《わ》が計ひなるべからず。悪《わろ》からんにつけても、いよいよ、願力を仰《あふ》ぎ参らせば、自然《じねん》の理《ことわり》にて、柔和《にうわ》・忍辱《にんにく》の心も出《い》で来《く》べし。すべて、万《よろづ》の事《こと》につけて、往生には、賢《かしこ》き思ひを具《ぐ》せずして、ただほれほれと、弥陀の御恩《ごおん》の深重《じんぢゆう》なること、常《つね》は思《おも》ひ出《い》だし参らすべし。しかれば、念仏も申され候ふ。これ、自然《じねん》なり。我が計《はから》はざるを、自然と申すなり。これ、即《すなは》ち、他力《たりき》にてまします。しかるを、自然といふことの別《べつ》にあるやうに、我物知顔《われものしりがほ》に言ふ人の候ふ由承《よしうけたまは》る。あさましく候ふ。

一七 辺地往生《へんじのおうじやう》

一、辺地《へんじ》という仮の浄土に往生を遂げる人は、最終的には地獄に堕《お》ちなくてはならぬということ。これは、どんな証拠となる文書に見えますのか。

学者たることを誇示する人たちの中に言い出されたことと聞いておりますが、情けのうございます。経論や聖典《しょうてん》を、どのようにご覧になっていますのでしょうか。「信心の欠けている念仏の行者は、本願を疑うことによって、辺地に往生して、本願を疑った罪を埋め合せた後で、真実の浄土で覚《さと》りを開く」と伺っております。

本願を本当に信心する念仏行者が少ないので、方便《ほうべん》としての仮の浄土に多くの人を勧めてお入れになっているのに、結局は地獄に堕ちて浄土への往生の願いはむだになるはずだと申しますのは、阿弥陀仏《あみだぶつ》による救済を説かれた釈迦如来《しゃかにょらい》が嘘を言われたと申し上げることであります。

一《ひとつ》、辺地往生《へんぢのわうじやう》を遂《と》ぐる人、終《つひ》には地獄《ぢごく》に堕《お》つべしといふ事。この条《でう》、何の証文《しようもん》に見え候《さうら》ふぞや。

学生立《がくしやうた》つる人の中《なか》に言《い》ひ出《い》ださるることにて候ふなるこそ、あさましく候へ。経論《きやうろん》・聖教《しやうげう》をば、如何《いか》やうに見做《みな》されて候ふらん。

「信心欠《か》けたる行者《ぎやうじや》は、本願《ほんぐわん》を疑《うたが》ふによりて、辺地に生《しやう》じて、疑ひの罪《つみ》を償《つぐの》ひて後《のち》、報土《ほうど》の覚《さと》りを開《ひら》く」とこそ承《うけたまは》り候へ。

信心の行者少《すくな》き故《ゆゑ》に、化土《けど》に多く勧《すす》め入《い》れられ候ふを、終《つひ》に空《むな》しくなるべしと候ふなるこそ、如来《にょらい》に虚妄《こまう》を申し付《つ》け参《まゐ》らせられ候ふなれ。

一八 施入物《せにゅうもつ》の多《た》・少《しょう》

一、仏法に対して寄進する物品（施入物《せにゅうもつ》）の多いか少ないかによって、浄土に往生してから、大きな仏にもなるし、小さな仏にもなるはずだということ。これは、まったく言葉で言えないほどけしからぬことだ、けしからぬことだ。そして、道理に合わぬことだ。

第一に、仏に大・小という量の程度を決めようとすることが、あってはならぬことでありますなあ。あの安楽な浄土の本主であらせられる阿弥陀仏《あみだぶつ》の御身の丈《たけ》がお経の中に説かれていますのも、それは方便《ほうべん》としての仮の姿のことである。浄土に往生する人が、真の覚《さと》りを開いて仏に成ると、長いとか短いとか、四角いとか円《まる》いとかいう形体や、青・黄・赤・白・黒とかという色彩をも超越してしまうのであるから、何をもって仏身の大・小を決めることができるのか。念仏を唱えると仏の姿を拝見申し上げるとお経の中にあるというのは、大きな声で念仏すれば大きな仏を見、小さな声で念仏すれば小さな仏を見ると言っているのである。ひょっとして、このことにでもこじつけて、大きな仏にもなり、小さな仏にもなると言ったのでしょうか。

初めに述べた物品の寄進ということは、一方ではまた、布施行《ふせぎよう》による救済の行いとも確かに言うことができる。しかし、どんなに金銭や財宝を仏の御前に差し出し、念仏道場の師匠に恵み与えても、信心が欠けてしまえば、その寄進の効果はないのである。たとえ一枚の紙や一銭の半分も仏法に寄進しなくとも、阿弥陀仏の他力《たりき》に打ち込んで、信心が深ければ、それこそ阿弥陀仏の本願の真意にかなうことでありましょう。

大体において、寄進の物品を欲しがる世間的な利欲の心があるので、仏法を口実にして、寄進物の多・少によって大・小の仏になると言って、念仏する仲間たちを言葉で威《おど》しなされるのであろうか。

一《ひとつ》、仏法《ぶつぽふ》の方《かた》に施《せ》入物《にふもつ》の多《た》・少《せう》に随《したが》つて、大《だい》・小仏《せうぶつ》に成るべしといふ事。

この条《でう》、不可説《ふかせつ》なり、不可説なり。比興《ひきよう》のことなり。

先《ま》づ、仏《ぶつ》に大・小の分量《ぶんりやう》を定めんこと、あるべからず候《さうら》ふか。かの、安《あん》養浄土《にやうじやうど》の教主《けうしゆ》の御身量《ごしんりやう》を説《と》かれて候ふも、それは方便報身《はうべんほうしん》の形《かたち》なり。法《ほつ》性《しやう》の覚《さと》りを開《ひら》いて、長短《ちやうたん》・方円《はうゑん》の形《かたち》にもあらず、青《しやう》・黄《わう》・赤《しやく》・白《びやく》・黒《こく》の色《いろ》をも離れなば、何《なに》を以《もつ》てか大・小を定むべきや。念仏申すに、化仏《けぶつ》を見《み》奉《たてまつ》るといふことの候ふなるこそ、大念《だいねん》には大仏《だいぶつ》を見、小念《せうねん》には小仏《せうぶつ》を見ると言へるが、もし、この理《ことわり》なんどにばしひき懸《か》けられ候ふやらん。

かつは、また、檀波羅蜜《だんはらみつ》の行《ぎやう》とも言ひつべし。いかに、財物《たからもの》を仏前《ぶつぜん》にも投《な》げ、師匠《ししやう》にも施《ほどこ》すとも、信心欠《か》けなば、その詮《せん》なし。一紙《いつし》・半銭《はんせん》も仏法の方《かた》に入《い》れずとも、他力《たりき》に心《こころ》を投《な》げて、信心深《ふか》くは、それこそ願《ぐわん》の本意《ほんい》にて候はめ。

すべて、仏法に事《こと》を寄《よ》せて、世間《せけん》の欲心《よくしん》もある故《ゆゑ》に、同朋《どうぼう》を言ひ威《をど》さるるにや。

親鸞の風景

居多ヶ浜《こたがはま》

②

鈍色《にびいろ》の波濤《はとう》をたたえる居多ヶ浜の海は、親鸞の時代も哀しい潮騒をかなでていたのだろうか。親鸞が京から北陸道を下り、波が断崖《だんがい》を洗う難所の親不知《おやしらず》を越え、この新潟県上越市の浜辺に至ったのは承元《しょうげん》元年（一二〇七）。還俗《げんぞく》したために名は藤井善信《よしざね》と変わり、身分は流人。流罪の原因は、法然門下の同胞たちにあった。美声をほこる安楽《あんらく》と住蓮《じゅうれん》が京都・鹿ヶ谷《ししがたに》で「往生礼讃偈《おうじょうらいさんげ》」を合唱する仏事を催し、後鳥羽《ごとば》院の不在中に女房たちが駆けつけ、外泊までしたという。それが院の逆鱗《げきりん》に触れ、専修念仏《せんじゅねんぶつ》は禁止となり、二人の僧は死罪、法然は土佐へ、親鸞は越後の国府へと流される。親鸞が巻き込まれたのは、弟子の中で責任ある立場にあったためだろう。

親鸞は七年の歳月をこの雪深い北陸の地で過ごす。居多ヶ浜からほど近い五智国分寺《ごちこくぶんじ》には、親鸞が最初の一年を過ごしたという竹《たけ》ノ内草庵《うちそうあん》跡があり、少し南の国府別院は次に住んだ竹之前草庵があったと伝えられる。海に近いこの地で、親鸞は農民、漁師、商人など、さまざまな職種の人に接し、自らの思想をさらに深めていった。しかし越後で積極的に布教したという記録はない。西本願寺所蔵の『観無量寿経集註《かんむりょうじゅきょうしゅうちゅう》』『阿弥陀経《あみだきょう》集註』には三十代の親鸞のものとされる注記がびっしりと書き込まれているため、越後でも布教よりむしろ経典の研究に努めたのであろう。その成果は『教行信証《きょうぎょうしんしょう》』に昇華し、後に赴いた常陸《ひたち》での布教活動の礎となった。

第三部　後記

以上に挙げた誤った説は、すべてみな信心が違っていることから、生じますのかなあ。

亡き親鸞聖人《しんらんしょうにん》のお話では、師の法然聖人《ほうねんしょうにん》のご在世中、そのお弟子が数多くおいでになった中に、法然聖人と同じご信心の人が極めて少ししかいらっしゃらなかったので、当時の親鸞と同門のお弟子たちとの間でご論争の事がありました。その訳《わけ》は、親鸞聖人が「この善信《ぜんしん》（親鸞）の信心も、師の法然聖人のご信心も、同一です」と仰せになりましたので、勢観房《せいかんぼう》や念仏房《ねんぶつぼう》などと申すご同門の方たちがとんでもないこととして論争なさって、「どうして法然聖人のご信心に、善信房の信心が同一であるはずがあるか」とおっしゃいましたので、「師の法然聖人の御智慧《ちえ》とご学識が広大であらせられるのに対して、同一であろうと申すなら不都合なことでしょうが、浄土への往生の信心では全然違うことはありません。まったく同一です」とご返答なさいました。けれども、それでもまだ「どうしてそんな道理があろうか」と疑って非難なさいましたので、結局は、法然聖人の御前で、どちらの主張が正しいかを判定すべきだということになりました。法然聖人に論争の詳しい事情を申し上げましたところ、法然聖人は「この源空《げんくう》（法然）の信心も阿弥陀如来《あみだにょらい》から頂《いただ》いた信心である。善信房《ぜんしんぼう》の信心も如来から頂いた信心である。したがって、まったく同一である。私とは違った信心でいらっしゃるような人は、この源空が参ろうとしている浄土へは、万が一にも往生されますまい」と仰せになりました。ですから、今の念仏専一の人たちの中にも、親鸞聖人《しんらんしょうにん》のご信心と同一でないご事情もありましょうと思われます。どれもこれも私の申すことは同じ言葉の繰り返しでありますけれども、ここに書き記しておく次第です。

露のようなはかない命が、枯れ草のように老衰した身に残っております間には、ともに念仏される方々のご疑問をもお伺いし、親鸞聖人のお言葉のご趣旨をも説明してお聞かせいたしますけれども、私が目を閉じて世を去った後では、さぞかし、いいかげんなことになることでございましょうと嘆かわしく思っております。このような異義の数々を口論なされます人々によって、あれこれと言われて混乱させせられたりなどされますことのあります時は、亡き聖人のお心にかなって用いられていた聖教《しょうぎょう》の数々を、念入りにご覧になるのがよいことです。

大体において、聖教には真実《しんじつ》の教えと、方便としての仮の教えとが、混じっております。したがって、仮の教えを捨て、真実の教えを選び取ることこそ、親鸞聖人のご本心なのであります。けっして、けっして、聖教を読み違えなさってはなりませぬ。

それで最も肝要な、証拠となる文章の中から、少しばかり抜き出しまして、聖教の理解のための基準として、この書に書き添え申し上げる次第でございます。

右条々《みぎでうでう》は、皆以《みなもつ》て、信心の異《こと》なるより、事起《ことおこ》り候《さふら》ふか。

故聖人《こしやうにん》の御物語《おんものがたり》に、法然《ほふねん》聖人の御時《おんとき》、御弟子《おんでし》その数《かず》おはしける中《なか》に、同じく御信心《ごしんじん》の人も少《すく》なくおはしけるにこそ、親鸞《しんらん》・御同朋《ごどうぼう》の御仲《おんなか》にして、御《ご》相論《さうろん》のこと候ひけり。その故《ゆゑ》は、「善信《ぜんしん》が信心も、聖人の御信心《ごしんじん》も、一《ひと》つなり」と仰《おほ》せの候ひければ、勢観房《せいくわんばう》・念仏房《ねんぶつばう》なんど申す御同朋達《ごどうぼうたち》、以《もつ》ての外《ほか》に争《あらそ》ひ給《たま》ひて、「いかでか、聖人の御信心に、善信房《ぜんしんばう》の信心、一つにはあるべきぞ」と候ひければ、「聖人の御智慧《おんちゑ》・才覚博《さいかくひろ》くおはしますに、一つならんと申《まう》さばこそ僻事《ひがこと》ならめ、往生《わうじやう》の信心においては、全《まった》く、異《こと》なることなし。ただ一つなり」と御返答《ごへんたふ》ありけれども、なほ、「いかでか、その義《ぎ》あらん」といふ疑難《ぎなん》ありければ、詮《せん》ずるところ、聖人の御前《おんまへ》にて、自《じ》・他《た》の是《ぜ》・非《ひ》を定むべきにて、この子細《しさい》を申し上げければ、法然聖人の仰せには、「源空《げんくう》が信心も、如来《によらい》より賜《たまは》りたる信心なり。善信房の信心も、如来より賜らせ給ひたる信心なり。されば、ただ一つなり。別《べつ》の信心にておはしまさん人は、源空が参《まゐ》らんずる浄土《じやうど》へは、よも参らせ給ひ候はじ」と仰せ候ひしかば、当時《たうじ》の一向専修《いつかうせんじゆ》の人々《ひとびと》の中《なか》にも、親鸞の御信心に一つならぬ御事《おんこと》も候ふらんと覚《おぼ》え候ふ。いづれもいづれも、繰《く》り言《ごと》にて候へども、書き付《つ》け候ふなり。

露命《ろめい》、わづかに、枯草《こさう》の身《み》に懸《かか》りて候ふほどにこそ、相伴《あひともな》はしめ給ふ人々の御不審《ごふしん》をも承《うけたまは》り、聖人の仰せの候ひし趣《おもむき》をも申《まう》し聞《き》かせ参らせ候へども、閉眼《へいがん》の後《のち》は、さこそ、しどけなき事どもにて候はんずらめと歎《なげ》き存《ぞん》じ候ひて、かくの如《ごと》くの義《ぎ》ども仰せられ合《あ》ひ候ふ人々にも、言ひ迷《まよ》はされなんどせらるることの候はん時は、故聖人の御心《おんこころ》に相叶《あひかな》ひて、御用《おんもち》ゐる候ふ御聖教《おんしやうげう》どもを、よくよく御覧《ごらん》候ふべし。

おほよそ、聖教には、真実《しんじつ》・権仮《ごんけ》、ともに相混《あひまじ》はり候ふなり。権《ごん》を捨《す》て て実《じつ》を取り、仮《け》をさし置《お》きて真《しん》を用《もち》ゐるこそ、聖人の御本意《ごほんい》にて候へ。構《かま》 へて構へて、聖教を見乱《みみだ》らせ給ふまじく候ふ。

大切《たいせつ》の証文《しょうもん》ども、少々《せうせう》抜《ぬ》き出《い》で参《まゐ》らせ候うて、目安《めやす》にして、この書《しょ》に添《そ》 へ参らせて候ふなり。

親鸞聖人《しんらんしょうにん》がいつもおっしゃっていたことですが、「阿弥陀如来《あみだにょらい》が五劫《ごこう》の長い間考えぬかれた誓願をよくよく考えてみると、それはひとえに、この親鸞一人のためであるのだなあ。そう思ってみると、これほど前世の悪い行いを持った我が身であったのに、助けてやろうと思い立ってくださった阿弥陀仏の本願の何とも有難《ありがた》いことよ」と、お気持を述べられたことを今になってさらに考えてみると、善導和尚《ぜんどうかしょう》（唐の高僧）の「自分自身は、現実に、罪悪を積んで生死《しょうじ》の迷いを重ねている凡夫であって、永遠の過去からこれまで、いつも迷いの境地に沈没し、いつも迷いの世界に輪廻しづづけて、そこから離れ

去るきっかけのない身なのだと思い知れよ」という、尊いお言葉に少しも相違しておられない。それだから、もったいなくも、ご自身のことに関連させて親鸞聖人がおっしゃったのは、私どもが自身の罪悪の深いことをも覚《さと》らず、阿弥陀如来のご恩の高いことをも知らないで迷っているのを、はっきりと気づかせようというためでございますなあ。

本当に、私も他の人も、如来のご恩ということを忘れて、自分たちの信心の善《よ》いか悪いかということばかり言い合っているのである。

聖人は「人間の信心の善と悪との二つは、まったくもって私にはよくわかっていないのだ。その訳《わけ》は、如来が『善い信心だ』とお思いになる程度まで、私が信心を知り尽したならば、信心の善さを知ったことにもなろうが、また、如来が『悪い信心だ』とお思いになる程度まで、私が信心を知り尽したならば、信心の悪さを知ったことにもなろうが、煩悩を十分に具《そな》えている凡夫においては、また、火のついた家のように無常であるこの世界においては、数多くの言葉は、すべてみな、うそ言《ごと》であり、戯れであり、真実のものはない中で、ただ一つ念仏だけが真実であらせられる」とおっしゃいました。

本当に、私も他の人も、偽りばかりを言い合っております中で、ただ一つ見聞きするのに忍びないことがあるのです。それは、念仏を申すことについて、信者同士が信心の重要な点を互いに問答したり、また他人にも教えさとしたりする時に、他人にものを言わせず、論争を打ち切るために、まったく親鸞聖人のお言葉ではないことまでも「これは聖人のお言葉だ」とだけ申すことは、情けなく嘆かわしく存ずるのです。この趣旨をじっとよくお考えになって、理解なさらなくてはならないのでございます。

右に述べたことは、けっして、私一人の言葉ではないけれども、お経やその注釈に説かれた道理も知らず、仏法を説いた文章の浅さ・深さをよくわかっているわけでもありませんので、きっと愚かしいところもありましょうが、昔、親鸞聖人がおっしゃったご趣旨の百分の一ほど、一端だけを思い出し申し上げて、ここに書きつける次第です。

まことに悲しいことよ、幸いにも念仏しているのにもかかわらず、直ちに真実の浄土に往生しないで、辺地《へんじ》という仮の浄土に留《とど》まることは。同じく修行している念仏行者たちの中で、その信心が親鸞聖人の教えに相違することがないように、泣きながら筆に墨をしみ込ませて、以上の事を書き記すのである。この書に名をつけて、『歎異抄《たんにしよう》』と言おう。他人にお見せになってはならない。

——聖人《しやうにん》の常《つね》の仰《おほ》せには、「弥陀《みだ》の五劫思惟《ごこふしゆい》の願《ぐわん》を、よくよく案《あん》ずれば、偏《ひと》へに、親鸞一人《しんらんいちにん》がためなりけり。されば、それ程《ほど》の業《ごふ》を持ちける身にてありけるを、助けんと思《おぼ》し召《め》し立ちける本願《ほんぐわん》の忝《かたじけな》さよ」と御述懐《ごしゆつくわい》候《さうら》ひしことを、今また案ずるに、善導《ぜんだう》の、「自身《じしん》は、これ、現《げん》に、罪悪《ざいあく》・生死《しやうじ》の凡夫《ぼんぶ》、曠劫《くわうごふ》よりこの方《かた》、常《つね》に沈み、常に流転《るてん》して、出離《しゆつり》の縁《えん》あることなき身と知れ」といふ金言《きんげん》に、少《すこ》しも違《たが》はせおはしまさず。されば、忝《かたじけな》く、我《わ》が御身《おんみ》にひき懸《か》けて、我等が、身の罪悪《ざいあく》の深きほどをも知らず、如来《によらい》の御《ご》恩《おん》の高き事をも知らずして、迷《まよ》へるを、思ひ知らせんがためにて候ひけり。

まことに、如来の御恩といふことをば沙汰《さた》なくして、我も人も、善《よ》し・悪《あ》しといふことをのみ申し合《あ》へり。

聖人の仰《おほ》せには、「善《ぜん》・悪《まく》の二つ、惣《そう》じて以《もつ》て存知《ぞんぢ》せざるなり。その故《ゆゑ》は、如来《によらい》の御心《おんこころ》に善《よ》しと思《おぼ》し召《め》すほどに知り通《とほ》したらばこそ、善《よ》きを知りたるにてもあらめ、如来の悪《あ》しと思し召すほどに知り通したらばこそ、悪《あ》しきを知りたるにてもあらめど、煩悩具足《ぼんなうぐそく》の凡夫《ぼんぶ》、火宅無常《くわたくむじやう》の世界は、万《よろづ》の言《こと》、皆以《みなもつ》て、虚言《そらごと》・戯言《たはこと》、実《まこと》ある言《こと》なきに、ただ、念仏のみぞ実《まこと》にておはします」とこそ、仰《おほ》せは候ひしか。

まことに、我も人も、虚言《そらごと》をのみ申し合ひ候ふ中《なか》に、一つ、痛《いた》ましきことの候ふなり。その故《ゆゑ》は、念仏申すについて、信心《しんじん》の趣《おもむき》をも互《たが》ひに問答《もんだふ》し、人にも言ひ聞かする時、人の口を塞《ふさ》ぎ、相論《さうろん》を断《た》たんがために、全《まつた》く、仰せにてなきことをも仰せとのみ申すこと、あさましく歎《なげ》き存《ぞん》じ候ふなり。この旨《むね》をよくよく思《おも》ひ解《と》き、心得《こころえ》らるべきことに候ふ。

これ、さらに、私《わたくし》の言葉《ことば》にあらずといへども、経釈《きやうしやく》の行《ゆ》く路《ぢ》も知らず、法文《ほふもん》の浅深《せんじん》を心得分《こころえわ》けたることも候はねば、定《さだ》めて、をかしきことにてこそ候はめども、古《いにしへ》、親鸞《しんらん》の仰《おほ》せ言候《ごとさうら》ひし趣《おもむき》、百分《ひやくぶん》が一《ひと》つ、片端《かたはし》ばかりをも思《おも》ひ出《い》で参《まゐ》らせて、書き付け候ふなり。

悲しきかなや、幸《さいは》ひに念仏しながら、直《ぢき》に報土《ほうど》に生《む》まれずして、辺地《へんぢ》に宿《やど》を取らんこと。一室《いつしつ》の行者《ぎやうじや》の中《なか》に、信心異《しんじんこと》なることなからんために、泣く泣く、筆を染《そ》めて、これを記《しる》す。名《な》付《づ》けて、歎異抄《たんにせう》と言ふべし。外見《ぐわいけん》あるべからず。

西念寺《さいねんじ》

広い空、田畑のみどり、山々の重なり、遠くうっすらと筑波山《つくばさん》。茨城県笠間市稲田《いなだ》から望む風景を、二十年もの長きにわたってこの地に草庵を営んだ親鸞もあきることなく眺めていたことだろう。

弟子たちの不始末と専修念仏《せんじゅねんぶつ》への弾圧によって越後に流された親鸞は、赦免《しゃめん》となったのちも京に戻らずにいた。三年後に向かったのが常陸国《ひたちのくに》(茨城県)。四十二歳から六十二歳ごろまで、この稲田《いなだ》の地で草庵《そうあん》を営む。ここには親鸞を慕う人々が出家在家貴賤問わず、次々に押し寄せたという。親鸞もまた常陸では積極的にその教えを説いて歩き、生涯で得た弟子はほとんどこの時期に集まった人々だった。『教行信証《きょうぎょうしんしょう》』を著わし始めたのも稲田の地。難解な経論を膨大に引用し、自らの浄土教理論を証明した大著である。長い流刑生活と、東国の風土のなかで熟成されていった親鸞の教えは、この稲田で徐々にかたちを成していったのだろう。

稲田御坊《ごぼう》と称される西念寺がその草庵の場所と伝えられ、境内には御頂骨堂や親鸞手植えと言われる銀杏《いちょう》の巨木などがある。本堂は平成の再建だが、苔《こけ》むした茅葺《かやぶ》きの小さな山門(写真)はいかにも鄙《ひな》びて、今も多くの門徒がくぐる光景を見れば、かつても同様に親鸞の教えを求めて老若男女が集まったことが想像される。漁師だって商人だって農民だって、生死のことはみな阿弥陀《あみだ》さまにお任せすればよいのだ――親鸞の言葉は彼らをどれほど安心させたことだろう。

解説

鴨長明と『方丈記』

『方丈記』の作者、鴨長明《かものちょうめい》は、久寿《きゅうじゅ》二年（一一五五）、京の賀茂御祖《かものみおや》（下鴨《しもがも》）神社の神事をつかさどる正禰宜《しょうねぎ》・鴨長継《かものながつぐ》の子として生をうけた。順調に行けば父の跡を継いで禰宜になるはずであったろうが、十代の終わりに父が早逝し、その人生は暗転する。父の跡を追って死ぬことさえ考えたが踏みとどまり、二十代の間は父方の祖母の家を継いでいた。しかし、その縁も切れて祖母の家を出、三十歳を過ぎて小さな庵《いおり》に住みはじめた。

長明はいつからか和歌を詠《よ》みはじめ、歌合《うたあわせ》等に参加して歌人として知られるようになった。二十七歳で『鴨長明集』を自撰《じせん》し、三十四歳で『千載集《せんざいしゅう》』に一首が入集する名誉に浴している。長明の和歌の師は『金葉集《きんようしゅう》』の撰者《せんじゃ》源俊頼《としより》を父に持つ俊恵《しゅんえ》である。洛東白河《らくとうしらかわ》にあった自邸を「歌林苑《かりんえん》」と称して開放した俊恵は、長明のような者も含め、身分にこだわらず多くの歌人を集めて歌会や歌合を催した。

正治《しょうじ》二年（一二〇〇）、四十六歳の長明は後鳥羽《ごとば》院が主催した「正治百首《しょうじひゃくしゅ》」の歌人として選ばれ、以後、後鳥羽院を中心とする歌壇《かだん》の一員として多くの歌合《うたあわせ》に参加するようになった。その活躍が認められ、翌年には『新古今集』撰進のために設けられた和歌所《わかどころ》の寄人《よりうど》（編集員）に任命された。神職に貢献もせず引き籠もっていた長明が、和歌所の寄人になってからは昼夜を問わず仕事に打ち込んだのである。その献身的な働きに感じ入った後鳥羽院は、下鴨神社の摂社である河合《かわい》社の禰宜職を恩賞として与えようとした。長明の神官としての苦渋の人生に光が射したかに見えたが、下鴨神社を統轄《とうかつ》していた祐兼《すけかね》の強い反対にあい、望みはあっけなく断たれた。失意の長明は、院の厚意を台無しにして失踪してしまう。

『方丈記』によれば、長明は自らの不運を折に触れて悟り、五十歳の春に出家・遁世《とんせい》したという。東山《ひがしやま》の真葛原《まくずがはら》あたりを経て、都の北東にある大原《おおはら》で五年を過ごし、その後、洛南《らくなん》の日野《ひの》へ移って方丈《ほうじょう》（約三《メー》四方《トル》）の庵《いおり》を構えた。『方丈記』は日野での隠遁《いんとん》生活の素晴らしさを語るが、心の底には都への未練もあったようである。『吾妻鏡《あずまかがみ》』は、三年後の建《けん》暦《りやく》元年（一二一一）の秋、長明が鎌倉《かまくら》へ下向し、和歌所で同じく寄人をつとめた飛鳥井《あすかい》雅経《まさつね》に推挙されて、三代将軍の源実朝《さねとも》と幾度も謁見《えつけん》した事実を伝えている。長明は和歌のみならず、朝廷の楽所預《がくしよあずかり》をつとめた管絃《かんげん》の名人中原有安《なかはらありやす》を師とする琵琶《びわ》の名手でもあった。そのため、和歌や管絃などの貴族文化に憧《あこが》れた実朝の師として推されたと思われるが、実際は実朝に抱えられることもなく、日野へ戻っている。

数か月後の建暦二年三月下旬、幾たびもの挫折《ざせつ》を経て行き着いた隠遁の草庵《そうあん》で、『方丈記』は書き上げられた。前半で都での生活を批判的に描き、後半で理想的な草庵生活を語る構成は、慶滋保胤《よししげのやすたね》の『池亭記《ちていき》』の影響が大きい。平安時代の文人貴族であった保胤は、朝廷に仕えながら浄土教に強く惹《ひ》かれ、「池亭」と名付けた自邸で『池亭記』をまとめた。和漢混淆《わかんこんこう》の対句を多用した『方丈記』の文体も『池亭記』を意識したものだが、長明の実体験に基づく都の大災の鮮やかな描写は、そこに独自の迫力を加えている。『方丈記』には歌ことばも散りばめられているが、方丈という極小の空間に置いた「黒き皮籠《かはご》」に「和歌・管絃・往生要集ごときの抄物《せうもつ》を入れ」(『方丈記』)ていたように、長明は和歌と琵琶と仏教を最後まで手放さなかった。晩年には『方丈記』の他、歌人時代の回想を含む歌論書『無名抄《むみょうしょう》』と仏道を志す人々の姿を描いた『発心集《ほっしんしゅう》』も著している。

神官としての血筋や和歌・音楽の才能に対して、長明は並々ならぬ自負を持っていたはずだが、それは常に挫折と表裏一体であった。自意識の強さに由来する精神の屈折が彼に与えた影響は計り知れない。その点で、『方丈記』の末尾に見える閑居への執着と自らを凝視する冷静な心との葛藤《かっとう》を示す自問自答は、長明がぬぐいされなかった強烈な自意識を顕在化させていて興味深い。冷静な観察眼と論理的思考による明快な筆致、繊細な感受性に基づく流麗な表現、それらに長明の自意識が絡まり合って、『方丈記』は紡ぎ出された。『方丈記』完成の四年後、長明は六十二歳で世を去ったが、『方丈記』に耳を澄ますと、葛藤を抱えながら人が安らかに生きる道を模索した彼の声が、今も確かに聴こえてくる。

兼好と『徒然草』

『徒然草《つれづれぐさ》』の作者兼好《けんこう》は、弘安《こうあん》六年（一二八三）頃《ごろ》、朝廷に代々神祇官《じんぎかん》として仕えた卜部《うらべ》家の分家に生まれた。父兼顕は治部少輔《じぶしょう》、兄弟の兼雄は民部大輔《みんぶたいふ》として朝廷に仕え、兼好自身も二十歳前後から天皇の身辺雑事に携わる蔵人《くろうど》として後二条《ごにじょう》天皇のもとに出仕し、左兵衛佐《さひょうえのすけ》にまで至った。天皇をはじめとする上流貴族の周辺で青年期を過ごしたが、その天皇が徳治《とくじ》三年（一三〇八）にこの世を去る。その後しばらくして、兼好は三十歳前後で出家、俗名の「兼好（かねよし）」をそのまま音読して出家名とし、「兼好（けんこう）」となった。

出家後は、まず修学院《しゅうがくいん》や小野《おの》の辺りの山里に隠棲した。三十代後半には比叡山横川《ひえいざんよかわ》に入り隠遁修行の生活を送っている。その間、ただ孤独に籠っていたわけではなく、祖父の代から縁の深い関東へは一度ならず下向した。とくに武蔵《むさし》の金沢《かねざわ》（現在の神奈川県金沢文庫の辺り）には、しばらく住したこともあった。鎌倉の海でとれる鰹《かつお》について書いた第一一九段や、親子の情愛をめぐる東国武士の発言を評価した第一四二段、北条時頼《ときより》の母である松下禅尼《まつしたのぜんに》の倹約を説く第一八四段など、『徒然草』には関東での見聞や関東武士の逸話《いつわ》が見出されるが、それらは関東滞在で得た情報と観察眼によるものであろう。

四十代に入った兼好は、都へ戻り、歌人・文化人として活躍するようになる。生前の兼好は当時の歌壇の主流であった二条派の歌人として名高く、「和歌四天王」とも称された。『続千載集《しよくせんざい》』『風雅集《ふうが》』等の勅撰集《ちよくせん》に入集するほどの歌詠《うたよ》みで、兼好が自ら編んだ『兼好法師家集』も現存する。また、五十代にかけては『古今集』や『源氏物語』をはじめとする古典の書写・校合《きようごう》を積極的に行い、古典の研究と継承に励んだようである。

鎌倉幕府の滅亡から室町幕府の成立、さらなる対立と分裂、うち続く南北朝の動乱のなかで、兼好は晩年を迎えた。六十代に入ってからは、貴族だけでなく武家勢力との交わりも密になった。貴族方の権力者であった洞院公賢《とういんきんかた》との対面、足利尊氏《あしかがたかうじ》の護持僧であった醍《だい》醐寺三宝院《ごじさんぼういん》の賢俊に従っての伊勢《いせ》下向、尊氏の側近であった高師直《こうのもろなお》への有職故実《ゆうそくこじつ》の指南といった事実が知られている。能書家の知識人として認められていたらしく、『太平記』には兼好が高師直の恋文を代筆した逸話も見える。こうした兼好の生き方を反映し、『徒然草』には和歌や有職故実に関わる話が散りばめられている。没年は定かでないが、少なくとも観応《かんのう》三年(一三五二)七十歳頃までは生存が確かめられる。四十にならないほどで死ぬのが見苦しくない（第七段）と述べた兼好であったが、当時としては相当の長寿を保ち、老いてなお人々と交わり続けたのであった。

兼好は政権がめまぐるしく変わる動乱の時代に『徒然草』をしたためた。その大部分は四十代後半以降に書かれたと見られるが、成立年次や執筆目的は明らかではない。そもそも、生前の兼好が遁世《とんせい》の歌人として知られていたことは確かだが、同時代の人々が『徒然草』を読んでいた記録は見当たらない。埋《うも》れていた『徒然草』の価値を見出し、最初の愛読者となったのは、室町時代を代表する歌人正徹《しょうてつ》であった。正徹は永享《えいきょう》三年（一四三一）に『徒然草』の全文を書写し、その後、歌論書『正徹物語』の中で『徒然草』の素晴らしさを説いた。

江戸時代に入ると、出版文化の隆盛とともに『徒然草』の刊行が版を重ね、注釈書も数多く書かれるようになった。『徒然草』を短い章段に区切る読み方や、「吉田兼好」の俗称がはじまったのは、このころである。兼好に付された「吉田」姓は、兼好没後に卜部《うらべ》氏が吉田神社に仕えて吉田姓を名乗ったことによるもので、正式には兼好の姓ではない。『徒然草』は江戸時代を通して武士や学者から町人まで幅広い層に受け入れられ、以降、日本を代表する古典として知られるようになった。

『徒然草』という書名は「つれづれなるままに……」という序文による。「つれづれ」は、平安時代以来、日記や物語文学において多く使われた表現である。あるときは光源氏が須《す》磨《ま》・明石《あかし》で都を偲《しの》び、またあるときは和泉式部《いずみしきぶ》が恋しい人を想いながら、これといってすることもない「つれづれ」の気分に浸っている。それに身を任せると、さまざまな思いが胸に去来し、とりとめもなく歌が詠《よ》まれ、文字が書かれた。このような王朝以来の精神性をすくいとる形で、『徒然草』は書きはじめられた。しかし、兼好が「ものぐるほし」くなりながら書きつづった「よしなしごと」は、むろん王朝貴族のそれとは異なる。古《いにしえ》の伝統を愛惜《あいせき》する感性や王朝文化の影響を受けた感覚的表現が随所に見出される一方で、世の無常や迷妄《めいもう》が論理的な鋭い筆致で示される。現実的で実用的なものの知識や重要性を淡々と記すかと思えば、「一生は雑事《ざふじ》の小節《せうせつ》にさへられて……」（第一一二段）と、雑事に忙殺されて無駄に終わる人生を激しく自責する。その他、とくに後半以降は、弓（第九二段）・木登り（第一〇九段）・双六《すごろく》（第一一〇段）・乗馬（第一四五段）・囲碁《いご》（第一八八段）等の名人や、博打《ばくち》うち（第一二六段）、大福長者《だいふくちようじや》（第二一七段）の話など、人々の価値ある言動への幅広い関心が認められる。兼好のかくも多様な視点は、貴族社会が没落して武士が台頭するようになった動乱の時代のなかで、さまざまな階層の人と交わる遁世の文化人として生きたことが背景にあるのだろう。揺れ動く世相のなかで兼好の心の深層から浮かび上がってきた言葉の数々は、時を超えて私たちの心に訴えるものがある。

親鸞と『歎異抄』

『歎異抄《たんにしよう》』は、弟子による親鸞《しんらん》の肉声の記録であり、阿弥陀仏《あみだぶつ》の本願《ほんがん》を核とする親鸞の信心を正しく伝えたいという弟子の強い願いから成った書である。

親鸞は承安《しようあん》三年（一一七三）、藤原氏系の中流貴族・日野《ひの》有範《ありのり》の子として生まれた。九歳のときに出家、比叡山で二十年間修行の日々を送ったが、二十九歳の時に山を下りた。自身の進むべき道を定めるために六角堂《ろくかくどう》で百日間の参籠《さんろう》をはじめ、九十五日目に救世《ぐぜ》観音《かんのん》の化身とされる聖徳太子の夢告を得、親鸞は法然《ほうねん》の元へ向かおうと決意した。

法然は比叡山《ひえいざん》の傑出した学僧であったが、「南無阿弥陀仏《なむあみだぶつ》」を口でとなえる専修念仏《せんじゆねんぶつ》こそが人々を救う行《ぎよう》であるとして山を下り、以来、東山《ひがしやま》の吉水《よしみず》で上下貴賤《きせん》あらゆる階層に教えを説いた。親鸞は法然の弟子となり、後に「たとひ、法然上人に賺《すか》され参らせて、念仏して地獄に堕ちたりとも、さらに後悔すべからず候《さうら》ふ」（『歎異抄』第二条）と断言するほど念仏に打ち込んだ。その一方で、人々から熱狂的に支持された専修念仏は、比叡山《ひえいざん》や興《こう》福寺《ふくじ》といった旧来の仏教から警戒され非難されるようになっていた。承元《しようげん》元年（一二〇七）には朝廷によって専修念仏が禁止され、法然は土佐《とさ》、親鸞は越後《えちご》へ流罪《るざい》となった。四年後には赦免《しやめん》されたが、親鸞はそのまま越後に留まった。この間に妻恵信尼《えしんに》をめとり、三年後には妻子とともに常陸《ひたち》へ移っている。親鸞は四十二歳からの約二十年間を常陸で過ごし、その間に親鸞を慕って多くの弟子が集まった。主著『教行信証《きょうぎょうしんしょう》』の執筆を開始したのもこの時期である。

親鸞は六十歳頃、ふたたび都へ戻り、著作を書き継ぐ生活に入った。だが、第三条の悪《あく》人正機説《にんしょうきせつ》や第一三条の本願《ほんがん》ぼこり等に見られるように、親鸞の教えは誤解されやすく、関東に残された弟子の間では念仏の教えをめぐって異説が生じるようになっていた。親鸞は折に触れて弟子に手紙を書き送り、直接に教えを説きもしたが、異説をめぐる念仏者同士の対立は絶えなかった。親鸞は争いを防ぐために息子の善鸞《ぜんらん》を関東に送ったが、その善鸞自身が関東における指導権の掌握をたくらんで異説を広めるようになる。それを憂えた親鸞は善鸞と絶縁、これにより一旦《いったん》は事態が収束したものの、弘長《こうちょう》二年（一二六二）九十歳で親鸞が亡くなると、さらに多くの異説が生じ、論争と混乱を招いていた。

『歎異抄』は、親鸞の死から二、三十年後のこのような状況を背景に書かれたものである。著者は、親鸞の常陸時代の直弟子・唯円《ゆいえん》とされる。常陸の唯円が遠路はるばる京の親鸞を訪ねたことは、『歎異抄』第二条冒頭の「各々《おのおの》、十余ケ国の境《さかひ》を越えて……」からも窺《うかが》われる。親鸞の曾孫覚如《かくにょ》の伝記絵巻『慕帰絵詞《ぼきえことば》』に「唯円大徳は親鸞聖人面授なり。鴻才弁《こうさい》舌の名誉あり」とあるように、当時の唯円は卓抜した才能と巧みな弁舌で知られていた。

唯円は間近に聞いた師の言葉を耳に染みこませて『歎異抄』に書き残した。『歎異抄』を読むと、弟子に懇々切々と語りかける親鸞の声が聞こえてくる。親鸞と弟子との問答も、いま目の前で言葉が交わされているかのようで、読者はあたかも弟子にまじって説法の場に居合わせているような感覚をおぼえるだろう。『歎異抄』の後半は唯円による異説批判だが、その筆致には、異端への深い憂いと親鸞の教えを正しく広めようとする使命感が溢《あふ》れている。この唯円の切実な思いが『歎異抄』の親鸞を息づかせ、いっそう魅力的なものにした。

事実、親鸞に関する書物のなかで『歎異抄』ほど広く読まれ、熱烈な読者を獲得したものはない。親鸞には、書簡や和讃《わさん》など、親鸞自身による資料が多くあり、なかでも後半生に二十年以上をかけて書き続けられた大著『教行信証』は特筆に値する。親鸞の信仰の全体を理解するためには『教行信証』の理解が最重要だが、経典を縦横に引用して念仏の信仰を論証したこの書は、非常に難解なことで知られる。『歎異抄』は、このように複雑で広大な親鸞の信仰の一端をきわやかに描き出しており、弟子による聞書《ききがき》という性質上、親鸞自身の著作とは異なるが、親鸞という人間の魅力と一途な信仰の姿を鮮烈に実感させてくれる。

（平野多恵）

校訂・訳者紹介

神田秀夫——かんだ・ひでお
一九一三年、東京都生れ。東京大学卒。上代文学専攻。武蔵大学名誉教授。主著『古事記の構造』『日本の神話』『人麻呂家集と人麻呂伝』ほか。一九九三年逝去。

永積安明——ながずみ・やすあき
一九〇八年、山口県生れ。東京大学卒。中世文学専攻。神戸大学名誉教授。主著『中世文学論』『中世文学の展望』『平家物語を読む』ほか。一九九五年逝去。

安良岡康作——やすらおか・こうさく
一九一七年、埼玉県生れ。東京大学卒。中世文学専攻。東京学芸大学名誉教授。主著『徒然草全注訳 上下』『中世的文学の探究』『中世的文芸の理念』ほか。二〇〇一年逝去。

日本の古典をよむ⑭
方丈記・徒然草・歎異抄

二〇〇七年一〇月三〇日　第一版第一刷発行
二〇一九年一〇月　二日　　第五刷発行

校訂・訳者　神田秀夫・永積安明・安良岡康作
発行者　金川 浩
発行所　株式会社 小学館
〒一〇一‐八〇〇一
東京都千代田区一ツ橋二‐三‐一
電話　編集　〇三‐三二三〇‐五一七〇
販売　〇三‐五二八一‐三五五五
印刷所　大日本印刷株式会社
製本所　牧製本印刷株式会社

ISBN978-4-09-362184-7